Le Siècle.

ADRIEN PAUL.

LES AVENTURES
DU CHEVALIER
DE FLOUSTIGNAC

A COTÉ DU BONHEUR

PARIS
BUREAUX DU SIÈCLE
RUE DU CROISSANT, 16.

A. VIALON. DEL. J. GUILLAUME SC.

Adrien Paul.

LE CHEVALIER DE FLOUSTIGNAC

I

L'AUBERGE DES TROIS-MAGOTS.

Un soir du mois de décembre 1720, vers les six heures, un homme se promenait de long en large dans la salle basse de l'auberge des Trois-Magots, à Valenciennes.

Cet homme était le chevalier de Floustignac, le héros de cette véridique histoire.

Il pouvait avoir tous les âges possibles, depuis trente jusqu'à cinquante ans; c'est-à-dire que sa mise ample et posée corrigeait la verdeur de ses traits, et que cette même verdeur contre-balançait l'ampleur de sa mise, de telle sorte que, en se vieillissant tout à fait par certains artifices de physionomie, ou en se rajeunissant par des vêtemens juvéniles et pincés, il pouvait tour à tour et fort naturellement passer pour être à l'automne ou au printemps de sa vie. Il était d'une taille médiocre mais robuste, et vêtu d'un habit de drap vert galonné d'or, veste et culotte pareilles à l'habit, cravate de point de Malines, bottes jusqu'aux genoux; de précieuses dentelles s'échappaient de ses paremens et allaient mignardement caresser les chatons de quelques brillans; une épée retroussait cavalièrement la basque gauche de son habit. Sa perruque, soigneusement poudrée et nouée en catogan, nous empêche de vous dire s'il était blond, noir ou brun, ce qui du reste devait être fort indifférent à cette époque où la houppe du perruquier enfarinait indistinctement toutes les têtes. C'était le bon temps des cheveux roux.

Ce soir-là, il faisait un orage affreux, et ce devait être une grande jouissance que de se voir dans une salle bien close et devant un foyer pétillant comme étaient la salle et le foyer des Trois-Magots.

Cependant l'étranger paraissait tout à fait indifférent à ce bien-être. Il allait, venait, s'asseyait, tirait de cinq minutes en cinq minutes une montre anglaise enrichie de perles fines, dont il comparait impatiemment l'heure à celle marquée par l'horloge. Quelquefois il marmottait entre ses dents une phrase d'imprécation, ou faisait un geste de colère.

Pendant ce temps, et sans que les préoccupations de l'inconnu en parussent souffrir, une jeune servante à l'œil fin, au teint frais, à la mine éveillée, trottinait autour de lui, tantôt sous le prétexte de ranimer le foyer, tantôt sous celui de disposer les apprêts du souper, et cela avec une telle persistance, une curiosité si audacieusement féminine, que tout autre que notre homme en aurait à coup sûr été surpris ou blessé.

Ce voyageur aux dentelles et aux bagues étincelantes ne lui était pas absolument inconnu, et elle cherchait à se rappeler où et dans quelle circonstance elle l'avait déjà vu.

Enfin, au bout d'une demi-heure d'attente, la porte charretière de l'auberge s'ouvrit, puis se referma; et bientôt après un homme d'une haute stature, et enveloppé d'un de ces manteaux couleur muraille dont l'espèce s'est perdue en même temps que les mouches et les talons rouges, entra dans la salle.

Cet homme était si complétement mouillé que, comme celles de Panurge, ses bottes prenaient l'eau par le col de sa chemise. Son premier soin fut de demander une pinte de vin, qu'il avala d'un seul trait, et, comme si cette immersion intérieure eût eu pour résultat immédiat de réagir homœopathiquement sur l'immersion externe, il alla,

sans plus de précaution d'hygiène s'asseoir à l'un des coins de l'âtre, et désignant l'autre coin à l'habit de drap vert galonné d'or, il lui dit :

— Maintenant que nous sommes seuls, capitaine, causons.

Il paraît que le chevalier était ou avait été quelque peu capitaine.

Il alla s'assurer que personne ne rôdait dans le corridor, absolument comme font au théâtre les confidens de monsieur Scribe et de monsieur Ancelot, puis il ferma soigneusement la porte et revint à la place désignée.

— Eh bien! Saint-Etienne, demanda-t-il, où en sommes-nous?

— Toutes les dispositions sont prises; Bras-d'Acier est embusqué avec six hommes sur la route d'Avesnes, à deux portée de mousquet des fortifications.

— Bien.

— Êtes-vous sûr qu'*ils* partiront ce soir?... le temps est si affreux...

— Tout le ciel se fondrait en eau, toutes les constellations s'allumeraient en foudre, que le contrôleur général ne resterait pas ici une heure de plus. Le peuple est trop irrité pour qu'il ne gagne pas la frontière à tout prix et le plus tôt possible.

— Est-*il* seul?

— Sa femme l'accompagne.

— Jeune? jolie?

— Cinquante ans, grande, assez bien faite, avec un œil et le haut de la joue couverts d'une tache de vin.

— On la respectera.

— Non-seulement vous la respecterez, reprit celui auquel le dernier venu avait donné le titre de capitaine, mais vous respecterez aussi Son Excellence le contrôleur général; c'est presque un confrère... et, de par le diable! si on s'avise de toucher à un seul cheveu de leurs têtes...

— Tenez, capitaine, à franchement parler, ces habits de grand seigneur vous gâtent. Il n'y a qu'une mauvaise aiguille à tricoter comme la flamberge qui vous bat le mollet pour inspirer de pareils scrupules; je vous aime bien mieux avec un justaucorps plus sombre, lorsque étincellent à votre ceinture les canons de vos pistolets, et que vous tenez entre vos genoux le poitrail d'un bon cheval... Alors...

— Alors, comme à présent, comme toujours, je prétends être obéi sans murmure. — En parlant ainsi, les sourcils du capitaine s'étaient contractés de manière à couper court à toute nouvelle réplique. Saint-Etienne, comme un homme forcé à l'obéissance passive, mais qui enrage, se contenta de hocher la tête et de tourmenter les braises du foyer en sifflotant quelque refrain de l'époque. Son mouvement de colère passé, le capitaine Dominique reprit la conversation en ces termes : — Que s'est-il passé à Paris depuis mon départ?

— On a défendu aux armuriers de vendre des armes, de quelque sorte que ce fût, à toute personne qui ne serait pas munie d'une autorisation expresse du prévôt des marchands.

— Cela fait qu'au lieu d'en acheter, nous serons désormais obligés de les prendre; cet arrêt-là nous met en économie... Ensuite?

— Les escouades du guet ont été doublées, et on leur a adjoint quantité de soldats auxquels on donne une haute paye de trente sous par jour.

— A la bonne heure! Je vois que l'on commence à nous apprécier dignement.

— Le parlement a fait faire votre portrait, qu'il a envoyé à toutes les maréchaussées.

— Voilà une distinction à laquelle je suis très sensible; je ferai en sorte de ne pas être en reste avec le parlement.

— Le ministre de la guerre Leblanc...

— Celui qui partage avec Dubois la charge de pourvoyeur du régent?

— Celui-là même.

— Eh bien! qu'a-t-il fait, ce cher ministre?

— Il a promis deux mille livres à qui vous livrerait mort ou vif.

— Deux mille livres!... C'est bien peu; moi, j'en promettrai dix mille à qui m'apportera sa méchante tête, et je parie ma meilleure carabine que je serai servi avant lui. Ces gens-là ne savent pas faire les choses... Est-ce tout?

— Enfin, capitaine, il n'est bruit que de vous; toutes les conversations roulent sur vous; la première chose que l'on demande à ceux qui entrent dans un salon, c'est : « *Est-il pris? L'a-t-on vu? Où est-il?* »

— Je serais bien ingrat si je n'allais au plus tôt leur donner moi-même de mes nouvelles... Se doute-t-on de là où je suis?

— Pas le moins du monde. Grâce aux bruits contradictoires que nous avons fait courir sur le lieu de votre retraite, ceux-là vous croient en Hollande, ceux-ci en Angleterre, d'autres vous croient dans Paris. Il y a même un marquis dont j'ai oublié le nom qui assure vous avoir reconnu dernièrement à la cour de Lorraine, sous le tablier d'un aide de cuisine...

— Ce marquis vaut de l'or. Et celui qu'on appelle le *Diable incarné*, d'Argenson, que fait-il au milieu de tout cela?

— Depuis que le régent lui a donné les sceaux, il nous laisse assez tranquilles.

— On le surveille toujours?

— Toujours; j'ai dernièrement fait entrer chez lui un de nos hommes en qualité de valet. Il ne fait pas un pas dont nous n'ayons connaissance à l'instant. Je vous jure, capitaine, qu'il n'y a rien d'amusant comme de faire ainsi la police de la police; on apprend d'étranges choses.

— A propos, Saint-Etienne, a-t-on parlé dans Paris de l'arrestation du cardinal de Gèvres qui s'en retournait dans son archevêché de Bourges?

— Non, capitaine.

— Celui-là au moins n'aura pas à se plaindre de nos procédés; de compte fait, nous lui avons pris dix louis, sa croix pectorale et son anneau pontifical.

— Il n'avait que cela sans doute?

— Comment! il n'avait que cela? Je vous reconnais bien là, manans que vous êtes tous, incapables d'un procédé honnête et désintéressé envers qui que ce soit au monde. Le cardinal avait avec lui un pâté de rouges-gorges qu'il emportait dans son diocèse, et de plus deux flacons de vin de Tokai qu'il avait, à ce qu'il nous a dit, gagné au bailli de Froulay en jouant au piquet. Nous allions nous en emparer, car c'était l'heure de déjeuner, lorsque Son Éminence, les larmes aux yeux, et bien plus sensible à cette perte qu'à toutes les autres, me supplia de lui laisser au moins la moitié de son vin de Hongrie et de son pâté.

— Et vous l'avez fait?

— Je lui ai dit : « Monseigneur, voici vos rouges-gorges et votre tokai; vous êtes un digne prélat qui ne voulez pas recevoir les dîmes de vos censitaires lorsqu'il sont été grêlés, et à ce titre, nous n'avons rien à vous refuser. » Là-dessus, le cardinal m'a donné sa bénédiction, et nous nous sommes séparés les meilleurs amis du monde.

Nos deux interlocuteurs en étaient là de leur singulière conversation, lorsqu'ils furent interrompus par l'arrivée de plusieurs voyageurs que la cloche du souper venait d'appeler dans la salle commune.

Parmi eux était l'ex-contrôleur général Jean Law, que la chute de son système et l'animosité publique obligeaient à quitter au plus vite cette même France où il régnait naguère par la plus incontestable des puissances, celle de l'argent.

Law, il est superflu de le dire, voyageait incognito; et bien lui en prenait, comme on le verra dans le chapitre suivant.

Voici le portrait qu'en trace Saint-Simon : « Il était Ecos» sais, fort douteusement gentilhomme, grand et très bien » fait, d'un visage et d'une physionomie agréable, galant

» et fort bien avec les dames de tous les pays où il avait » voyagé. C'était un homme doux, bon, respectueux, que » l'excès du crédit et de la fortune n'avait point gâté, et » dont le maintien, l'équipage, la table et les meubles ne » purent scandaliser personne; il souffrit avec une patience et une suite singulières toutes les traverses qui » furent suscitées à ses opérations, jusqu'à ce que, vers la » fin, se voyant court de moyens, et voulant toutefois » faire face, il devint sec, l'humeur le prit, et ses réponses » furent souvent mal mesurées. C'était un homme de système, de calcul, de comparaison, fort instruit et profond » en ce genre, et qui, sans jamais tromper, avait pourtant » gagné infiniment au jeu, à force de posséder, ce qui paraît incroyable, la combinaison des cartes.

» Sa femme n'était pas légitime. Elle était de bonne maison d'Angleterre, bien apparentée, et avait suivi Law » par amour. Elle passait d'ailleurs pour sa femme, et » portait son nom; on s'en était longtemps douté, mais » après leur départ cela devint certain. Cette femme, ainsi » que nous l'avions déjà dit, avait un œil et le haut de la » joue couverts d'une tache de vin. Elle était haute, altière, impertinente en ses discours et en ses manières, » recevant les hommages, rendant peu ou point, faisant » rarement quelques visites choisies, et vivant avec autorité dans sa maison. »

Law, à l'époque dont nous parlons, pouvait avoir de quarante-cinq à cinquante ans. Il était très simplement vêtu de velours noir, sans dentelles ni broderies. Sa physionomie était parfaitement calme, et rien en lui ne dévoilait les inquiétudes qui devaient l'agiter.

En se mettant à table, il recommenda à une servante d'aller prendre les ordres de sa femme, qu'une légère indisposition retenait dans son appartement, et demanda des chevaux pour après le souper.

Saint-Etienne et le chevalier prirent place à ses côtés.

II

A TABLE D'HOTE.

Le personnel des tables d'hôte était au siècle dernier ce qu'il est de nos jours. C'étaient des voyageurs de toutes castes, mangeant, buvant, se carrant avec un égoïsme parfait, guignant les morceaux avant la lettre, accaparant le feu, et pérorant à tue-tête, qui de son négoce, qui de ses pérégrinations, qui de son *ut* de poitrine, qui de ses batailles, etc., à moins qu'un événement considérable et récent ne ralliât toutes les conversations à un seul et même sujet.

Le jour où commence cette histoire, il n'était déjà plus question de la querelle des bâtards et des princes du sang, ni de l'abbé Porto-Carrero qui était allé porter chez la Fils lon le secret de la conspiration de Cellamare; ni de l'apothicaire de Brives-la-Gaillarde qui venait d'être promu cardinal, tout marié qu'il était; ni de la jeune duchesse de Berri que Riom faisait mourir d'amour et madame de Mouchy de jalousie; ni de mesdames de Sabran, d'Averne et de Parabère, les trois sultanes du régent: toutes choses qui tour à tour avaient servi de pâture au badaudisme public.

Ce qui préoccupait tous les esprits, c'était la fuite de ce pauvre Law, de ce pauvre même Law qui était là présent, obligé de dévorer dans le silence et avec une apparente approbation les sarcasmes que les sots ne manquent jamais de lancer, après le résultat, sur la piste du malheur.

—Comment, disait l'un, ils ont laissé échapper ce damné d'Ecossais qui nous a tous bernés depuis quatre ans comme des niais que nous sommes! J'aurais fait le voyage de Paris rien que pour le voir faire amende honorable, la corde au cou, sur le parvis Notre-Dame, et rouer en place de Grève?

— Contre son habitude, reprit un plaisant, il ne l'eût pas volé cette fois.

— Et cela se donnait des airs de grands seigneurs! si ce n'est pas à faire pitié!

— Le fils d'un orfèvre (1) qui prêtait sur gages, d'un usurier...!

— Un chevalier d'industrie...!

— Un joueur de bassette qui a séduit la fille d'un lord et tué en duel le frère de sa maîtresse...!

— Un mauvais drôle qui a été obligé de fuir de Londres où il avait été condamné à être pendu...!

— Qui a été chassé de la Hollande...!

— Et de l'Italie...!

— Et de partout...!

— Monsieur de Villeroy avait bien raison de le prendre en grippe.

— Feu Sa Majesté Louis XIV et monsieur de Chamillard savaient bien ce qu'ils faisaient lorsqu'ils l'ont rebuté, lui et ses plans.

— Il étaient plus fins que le régent Philippe et le cardinal Dubois.

Après les premiers momens laissés aux séductions gastronomiques du premier service, la conversation, un instant détournée de son cours, retomba sur Law, que rien n'aurait empêché d'éluder ce supplice en quittant immédiatement la table, si l'équivoque de sa position ne lui eût fait craindre avant tout de provoquer en quoi que ce fût l'attention des convives.

Ce sentiment d'une circonspection exagérée est inné à toutes les natures honnêtes qui se trouvent sous le coup d'une catastrophe; leur puissance d'intuition, leur rapidité de calcul, toutes leurs belles qualités, qui marchent d'habitude l'œil fier et le front haut, se trouvent soudain abattues par la honte et la peur du scandale, comme un chêne par l'ouragan. Il n'y a que les vrais scélérats qui puissent conserver en pareil cas leur présence d'esprit.

Napoléon a dit quelque part que l'infortune était la sage-femme du génie. Ne le serait-elle pas plus souvent d'une humilité exagérée et de l'abaissement intellectuel? Nous le craignons.

— Est-il vrai, demanda l'un de voyageurs, que le fils de cet Ecossais de malheur avait obtenu de figurer dans un ballet dansé par le jeune roi, ce qui ne s'accorde ordinairement qu'aux enfans des plus nobles familles?

— Non-seulement cela est vrai, monsieur, mais on prétend encore que le régent s'était formellement engagé à donner à ce marmouset le bâton de maréchal dès qu'il serait en âge.

— Pour le bâton, je ne dis pas...

— D'ailleurs, avec la fortune scandaleuse qu'avait su accaparer ce Law, il pouvait arriver à tout ce qu'il y a d'élevé dans l'État...

— Même à la hart! reprit le plaisant.

— Il était déjà propriétaire des châteaux de Roissi, de Guermande, de Tancarville, de la Marche et de plusieurs autres...

— Sans compter l'hôtel de Soissons...

— Il avait obtenu le tabouret pour sa concubine, ce qui est inouï...

— Et, si on l'avait laissé faire, il en aurait obtenu bien d'autres.

— Je n'en connais qu'un seul, dit un procureur, qui ait été plus fin que lui, c'est un président au parlement.

— Comment cela?

(1) De ce que le père de Jean Law était orfèvre, il ne suit pas qu'il ait jamais exercé un art mécanique, ou trafiqué sur la vaisselle d'or ou d'argent. Avant la banque d'Angleterre, les orfèvres avaient un très grand crédit, et ils étaient à peu près les seuls banquiers du pays. On se faisait recevoir dans la corporation pour acquérir la connaissance des métaux.

— Le contrôleur général avait acheté de ce président, pour quatre cent mille francs, une terre dont celui-ci exigeait le payement en argent monnayé. Law, en querelle avec le parlement, fut forcé de tourner son charlatanisme contre lui-même, et solda immédiatement en argent effectif, déclarant qu'il ne demandait pas mieux que de se délivrer d'un vil et lourd métal. Jusque-là il n'y avait pas grand mal; mais le contrôleur fut bien sot quand, assigné par le fils du président, il fut obligé de rendre la terre que le père n'avait pas eu le droit de vendre, et d'en recevoir *en papier* le prix restitué. Ce qu'il y a de bon, c'est que le rusé vendeur eut encore l'air de faire le généreux.

— Je gage, reprit un autre, qu'il emporte avec lui des sommes immenses.

A cette sortie, Saint-Etienne, qui jusque-là s'était contenté de remplir et de vider périodiquement son verre, poussa imperceptiblement du coude le chevalier.

— C'était bien la peine de changer de religion! Ne pouvait-il pas nous gruger sans être pour cela catholique?

— Oui, reprit le procureur, mais il ne pouvait pas être contrôleur général, car, d'après les ordonnances du feu roi, un protestant ne saurait entrer dans les hautes fonctions de l'Etat.

— Cela n'aurait jamais fait qu'une violation d'ordonnance de plus. En tout cas, je sais bien que si j'avais été de l'abbé de Tencin, je n'aurais pas voulu me charger de sa conversion.

— Bah! l'abbé de Tencin est le digne frère de sa sœur. Il convertirait volontiers le Grand-Turc sans aucune formalité, pourvu que cela lui rapportât quelque chose. Aussi voyez comme il a instruit, catéchisé et confessé son Ecossais en un tour de main!

— C'est de là, je crois, qu'on l'a ironiquement surnommé le primat du Mississipi?

— Justement.

— Quand je pense que l'on avait sacrifié les plus grands noms du royaume à un étranger, à un obscur charlatan, venu on ne sait d'où; que, pour lui, on avait exilé à Frênes le chancelier d'Aguesseau; que le duc de Noailles avait été disgracié; que le parlement tout entier a été exilé à Pontoise!

— Et que peu s'en est fallu qu'on ne l'envoyât jusqu'à Blois!...

— Savez-vous, messieurs, fit le procureur d'un air magistral, que c'est la première fois que le parlement de Paris a été envoyé en exil en corps, et que ce qu'aucun souverain n'avait jamais osé faire, le régent, qui tient son pouvoir du parlement, l'a osé?...

— Dieu soit loué! maintenant que l'Ecossais est en fuite, il faut espérer que les choses vont aller régulièrement.

— Il est plus que temps.

— Encore quelques mois du système, et il n'y aurait plus eu moyen de vivre.

— Tout est hors de prix. L'aune de drap se vend cinquante livres, de quinze qu'elle valait auparavant.

— Le café, qui n'a jamais été à plus de cinquante sous, coûte dix-huit livres.

— Les ouvriers qu'on faisait travailler pour quinze sous veulent un petit écu.

— On ne pouvait plus garder chez soi au delà de vingt-cinq louis en numéraire, sous peine de confiscation au profit des dénonciateurs, et de dix mille livres d'amende.

— C'était tout l'opposé de la monnaie de Lycurgue.

— Moi qui vous parle, j'ai vu à la place Vendôme acheter l'argent à 40 0/0 de perte.

— Si bien qu'il y a aujourd'hui des valets et des prostituées qui roulent carrosse.

— Le prince de Conti a gagné je ne sais combien de millions...

— Et le duc de la Force!

— Et les ducs de Guiche et d'Antin!

— Fallait-il avoir le diable au corps pour persuader aux Parisiens d'aller défricher la Louisiane!

— Fallait-il aussi que les Parisiens fussent benêts pour se laisser prendre à l'espoir de devenir seigneurs suzerains dans le nouveau monde!

— Messieurs, dit le procureur en levant son verre, j'ai l'honneur de vous proposer de boire à la prospérité de la France et à la chute du système.

— Monsieur, reprit Floustignac en se tournant vers Law, et pendant que tous les autres convives répondaient au toste du procureur, voulez-vous me permettre de boire à votre santé?

L'ex-contrôleur général remercia avec une effusion profonde, non pas qu'il attribuât cette singulière coïncidence à une autre cause que le hasard, mais parce que la plus futile marque de bienveillance pénètre bien avant dans le cœur de ceux sur qui tout le monde déverse l'humiliation et le mépris. Demandez aux bannis s'ils ne tomberaient pas à genoux devant un fragment de leur terre natale!

On en était là de la conversation et du dîner lorsqu'un exempt entra dans la salle suivi de quatre archers et de toutes les personnes de la maison.

— Messieurs, demanda-t-il à haute voix, lequel de vous s'appelle Jean Law?

— C'est moi, reprit le contrôleur en se levant.

— En ce cas, monsieur, je vous arrête au nom de la loi, et par les ordres de l'intendant de la province, monseigneur d'Argenson.

Ce d'Argenson était le fils aîné du lieutenant de police.

Tous les voyageurs demeuraient consternés, car, par un revirement de cœur instantané, ceux-là même qui venaient de souhaiter avec le plus de véhémence l'arrestation de Law, alors que cette arrestation était improbable, s'étaient pris pour lui, maintenant qu'elle se réalisait, d'une subite sollicitude. C'est qu'il y a plus d'hommes méchans par jactance que par nature; c'est aussi que l'instinct populaire prend toujours parti pour l'opprimé seul et sans défense, cet opprimé fût-il son ennemi, contre l'unité complexe et puissante qu'on appelle le gouvernement.

Cependant le contrôleur, dans la crainte que l'on arrêtât également sa femme si l'on venait à savoir qu'elle était dans l'auberge, se préparait sans conteste à suivre les gens du roi, lorsque la petite servante que nous avons vue au précédent chapitre rôder curieusement autour du chevalier de Floustignac se fit jour à travers la foule, et s'adressant à l'exempt :

— Monsieur, lui dit-elle, ce grand blond-là que vous arrêtez n'est pas le contrôleur général...

— Lequel est-ce donc? demanda l'officier de police.

— Pardienne! vous auriez bien dû le deviner, rien qu'à ses dentelles et à ses bijoux; le voici.

Et elle désigna le chevalier.

A cette énonciation faite avec le calme et l'ascendant de la vérité, Law et le chevalier se toisèrent mutuellement d'un regard qui, sans la gravité de la circonstance, eût à coup sûr paru des plus comiques.

— Voyons, messieurs, reprit l'exempt de sa meilleure voix de police, lequel de vous deux est Jean Law?

— C'est moi! fit le contrôleur.

— Ce n'est pas vrai! s'écria la petite servante; aussi sûr que je m'appelle Catherine et que je suis une honnête fille, c'est ce petit-là galonné d'or sur toutes les tranches...

— Et comment le savez-vous?

— Pardienne! je le sais, parce que, il y deux ans, j'étais en service à l'auberge de l'*Écu de France*, à Lille, lorsqu'il y est venu loger; parce que je me souviens très bien, aussi bien que si c'était d'hier, que tout le monde l'appelait monseigneur le contrôleur général, même que l'on faisait queue à sa porte pour lui apporter de l'argent, et qu'il donnait en échange des chiffons de papier qui n'avaient pas l'air de valoir deux sous, ce qui ne les empêchait pas de s'en aller tous contens comme des rois.

— Je jure que de ma vie je ne suis allé à Lille, dit Law.

— Et vous, monsieur, demanda l'exempt en se tournant

vers le chevalier, reconnaissez-vous l'exactitude des faits articulés par cette fille ?

— Il y a, reprit Floustignac, en qui venait de surgir une combinaison nouvelle, il y a dans tout cela un peu de vrai et beaucoup de faux. Dans tous les cas, il ne me convient pas de dire qui je suis.

— Plus souvent ! s'écria Catherine avec ce petit air de coq aiguillonné particulier aux femmes en colère. Il n'y a rien de faux dans ce que j'ai dit... j'en lève la main !

Après un instant de silence vraisemblablement employé à chercher mentalement dans les arcanes de sa science judiciaire la voie qu'il avait à suivre, l'exempt décida la question en ces termes :

— Messieurs, je vous arrête tous les deux.

III

LE BEFFROI DE VALENCIENNES.

Le contrôleur général et le chevalier montèrent dans un carrosse. L'exempt et l'un des archers se placèrent sur la banquette de devant. Deux chevau-légers galopaient aux portières.

En moins de dix minutes ils furent arrivés au beffroi, qui servait alors de maison d'arrêt, ce même vieux et rachitique beffroi qui s'est effondré il y a quelques années en grondant comme le tonnerre et en écrasant comme la foudre.

Sans doute que le concierge était prévenu de l'arrivée de nos personnages, car, dès que le carrosse se fut arrêté, et bien que l'heure fût assez avancée, les prisonniers furent introduits dans une sorte de salle basse servant à la fois de greffe, de cuisine et de chambre à coucher. C'était là que maître Ambroise écrouait, aimait, buvait et mangeait, les quatre seuls bonheurs de cette mort quotidienne qu'il appelait sa vie !

A travers les miasmes d'une lampe fumeuse qui semblait ne pendre à la voûte que pour mieux constater les ténèbres qui l'environnaient, et par les rideaux entr'ouverts de l'alcôve, se dessinaient vaguement un berceau d'enfant et les contours d'une femme endormie. Une arrestation, trente arrestations de plus ou de moins ne pouvaient rien sur leur sommeil ; ils avaient la grâce de l'état.

— Mon brave, dit l'exempt au guichetier, nous n'étions convenus que d'un contrôleur général, je vous en amène deux. Monsieur le lieutenant criminel de la sénéchaussée viendra les interroger demain.

— Maître Grappin, reprit le concierge en grattant soucieusement son bonnet de laine brune, le pire est qu'il ne me reste qu'une seule chambre au service de ces messieurs.

— Cela importe peu, puisque les deux ne font qu'un.

Law, bien que toute sa personne fût extérieurement demeurée calme et digne, était préoccupé des plus sinistres pensées. Il songeait à son fils, à sa femme, à ses palais de la veille échangés tout à coup contre un lugubre donjon, au supplice que l'instabilité populaire lui préparait peut-être pour le lendemain. Et, avouons-le, rien n'était plus naturel, après les dangers qu'il avait déjà courus, lorsque traqué d'appartement en appartement il n'avait échappé à l'émeute que grâce à un souterrain communiquant de son hôtel de Soissons à l'observatoire de la halle au blé, souterrain que Catherine de Médicis avait jadis fait construire pour se rendre plus commodément et plus mystérieusement chez son astrologue Ruggieri.

Quant au chevalier, il pirouettait sur les talons de ses bottes ; il se campait la main gauche sur la hanche et jetait la droite dans l'ouverture de sa veste ; puis il tirait sa boîte d'or, massait et reniflait son tabac d'Espagne en chantonnant des ariettes ; tout cela à la barbe du guichetier, de l'exempt et de ses acolytes ; tout cela aussi gaiement, aussi cavalièrement, avec autant d'abandon et de sérénité que s'il lui eût été parfaitement égal d'être là ou ailleurs. Nous verrons bientôt, en effet, comment le chevalier se trouvait ne pas avoir de préférences à ce sujet.

Après avoir traversé des corridors sombres et humides, après avoir remonté et redescendu tout un labyrinthe d'escaliers en vis, dont les meurtrières démantelées et moussues servaient de refuge aux chouettes et aux hibous, les deux nouveaux venus furent plutôt poussés qu'introduits dans une petite chambre dont il nous serait difficile de préciser l'ameublement, vu que peut-être il n'y en avait pas, et que, dans tous les cas, à minuit, en plein décembre, par un temps brumeux et sans lumière, on ne saurait inventorier, à moins d'être un peu de la race féline.

Toutefois, au bout de deux ou trois pas, le contrôleur général heurta une espèce d'escabeau, et sans articuler un seul mot, sans proférer une seule plainte, il se laissa choir dessus, le front dans les mains.

Le chevalier, lui, fit en deux bonds le tour de la cellule et s'arrêta devant une fenêtre étroite, grillée et taillée à angles vifs dans d'immenses pierres de taille. Le mur était si épais, que l'on n'apercevait au bout qu'un lambeau de ciel, comme lorsqu'on regarde de bas en haut par le tuyau d'une cheminée.

A la dentelure d'un pignon voisin qu'il aperçut se dessiner dans le rayon de l'espèce de tube par lequel les architectes du beffroi avaient cru devoir remplacer les croisées, le chevalier estima que sa prison donnait sur la rue et qu'elle n'était pas hissé à une élévation ridicule.

— Très bien ! disait-il tout haut en se frottant les mains et à mesure qu'il avançait dans l'exploration des lieux. Parfait ! parfait ! Voilà des gaillards qui entendaient leur affaire ! Tout cela est solidement établi. Demain ou après-demain j'écrirai à ces messieurs du présidial pour leur en témoigner ma satisfaction. — Law, un instant distrait de sa douleur par ces exclamations pour le moins étranges, commençait à craindre que les rapides événemens qui venaient de se passer n'eussent troublé la raison de son compagnon, lorsque ce dernier vint se placer en face de lui, et prenant le ton d'un serviteur qui attend les ordres de son maître : — A quelle heure monsieur le baron (1) désire-t-il partir ?

— Monsieur, reprit le contrôleur général, mon premier devoir est de vous demander pardon d'avoir été la cause, innocente il est vrai, de votre arrestation... C'est bien à moi, à moi seul que l'on en voulait, et je déplore sincèrement le fatal quiproquo provoqué, je ne sais dans quel but, par cette fille d'auberge. Cependant, croyez-moi, ne vous abandonnez pas à un désespoir trop violent ; dès demain mon identité ne saurait manquer d'être reconnue, et alors...

— Et alors vous serez écartelé, n'est-ce pas ? à moins que le régent ne vous accorde la faveur d'être décapité, ce qu'il a pourtant refusé au comte de Horn, qui était son parent... Vous m'avouerez que ce n'est pas là un avenir.

— L'essentiel, monsieur, reprit Law choqué un instant de la crudité de langage du chevalier, l'essentiel est que vous soyez libre, et, selon toute apparence, vous le serez bientôt.

— Je le serai, parbleu ! avant deux heures d'ici ; et si j'ai un conseil à vous donner, c'est de suivre la route que je prendrai...

— Quelle route ?

— La fenêtre.

— Et les barreaux ?

— Bah !

(1) Law avait été fait baron par le régent. Et d'ailleurs il avait hérité une terre, nommée *Lauriston*, du nom de sa mère, et cette terre donnait le droit de porter ce titre.

— Et les cinquante, les quatre-vingts, les cent pieds peut-être qui nous séparent du sol?

— Bagatelle!

— Diable! se dit le contrôleur général, il est plus fou que je ne l'avais pensé.

Et comme peu lui importait que son compagnon tuât le temps à se figurer qu'il s'évadait ou à toute autre chose, il retomba dans sa rêverie, sans plus s'occuper de lui ni de ses discours.

Pendant ce temps le chevalier attachait un fragment de pierre au bout d'une pelotte de ficelle dont il se trouvait muni, pour que, en le laissant glisser doucement par la fenêtre et le long du mur, il pût s'assurer, d'après le subit allégement du poids, qu'elle avait touché terre.

Cette première opération terminée, il arbora à l'extérieur et laissa flotter au vent sa longue cravate de batiste bordée de dentelles; puis il se mit en devoir de scier un barreau avec un ressort de montre qui ne le quittait jamais.

L'attention de Law ayant été de nouveau provoquée par le grincement des petites dents d'acier qui mordaient dans le fer, il crut de son devoir de suppléer par sa raison à celle du pauvre insensé dont il avait pour ainsi dire à se reprocher l'incarcération. Sans se rendre un compte bien exact de la besogne qu'il semblait accomplir avec tant de persévérance, il s'approcha donc de lui, et saisissant amicalement ses deux bras :

— Mon cher monsieur, lui dit-il, ce que vous faites là ne peut aboutir à rien qu'à nous compromettre tous les deux ; calmez-vous, je vous en prie!

— Je ne demande pas mieux, reprit le chevalier, car mon bras commence à se lasser. Mais comme il ne nous faut pas moins de trois à quatre heures de temps pour venir à bout de cette barre, et que, partant, nous n'avons pas une minute à perdre, monseigneur voudra sans doute bien me remplacer à l'œuvre?

— Vous remplacer, moi! s'écria le contrôleur général en haussant quelque peu les épaules, et avec cette expression de dédaigneuse ironie que les prétendus sages ont toujours au service des prétendus fous. Par exemple, voilà qui serait curieux!

— Je sais bien, continua le capitaine, qu'il est fort audacieux de ma part d'oser proposer à monseigneur un travail auquel il n'est certainement pas accoutumé. Mais comme il y va de son salut, et que, après tout, il faudra bien qu'il se donne la peine de se sauver lui-même, j'avais espéré que...

En ce moment, un vigoureux coup de sifflet déchira l'espace et vint se briser à la voûte du cabanon.

Le capitaine répondit aussitôt à ce signal par un autre coup de sifflet absolument semblable au premier.

— Qu'est-ce donc? demanda le contrôleur général en dressant l'oreille.

— C'est Saint-Étienne, celui-là même que votre seigneurie a pu remarquer ce soir, à table d'hôte, à côté de moi.

— Et que signifie ce coup de sifflet?

— Cela signifie que Saint-Etienne, à qui j'ai eu le temps de donner mes instructions avant de quitter l'auberge des Trois-Magots, vient d'apercevoir le signe de ralliement dont nous étions convenus.

— Quel signe?

— Ma cravate arborée en guise de drapeau... Cela signifie qu'il vient d'inspecter les alentours, de prendre toutes les dispositions convenables, et que, d'ici à une heure ou deux, il va revenir avec du renfort et une échelle de corde.

— Et une échelle de corde! répéta Law de plus en plus étonné.

— De sorte que, monseigneur, si nous parvenons à scier un barreau, ce qui est déjà à moitié fait, grâce à la miraculeuse petite scie que voilà, nous n'aurons plus qu'à hisser l'échelle au moyen de cette ficelle dont j'ai eu le bon esprit de me précautionner, et nous serons libres.

— Libres! s'écria Law, qui venait de s'assurer que la scie était bien une scie et que la barre était bien effectivement entaillée... Libres! mais ce n'est donc pas un rêve de votre cerveau malade? mais vous n'avez donc pas perdu la tête?

— Et, qui plus est, je n'ai pas envie de la perdre.

— Et moi qui vous prenais en pitié! moi qui vous reprochais de nous compromettre! Mais donnez donc! donnez donc, que je travaille aussi!

— Tant que vous voudrez, fit le chevalier en s'asseyant à son tour sur l'escabeau; pour ma part, je ne demande pas mieux.

Après le premier instant donné à l'impétuosité du travail et à l'espérance, cette ivresse du cœur dont le réveil est quelquefois si décevant, le contrôleur général reprit :

— Et les sentinelles, monsieur!... vous ne me parlez pas des sentinelles!... Vous aviez tout prévu, hors les sentinelles!...

— Allons donc! c'est la moindre des choses... Vous comprenez bien que quand on s'est donné une fois la peine de vaincre les difficultés matérielles, ce n'est pas un homme et un fusil qui peuvent faire obstacle.

— Cependant...

— Mes amis, et ils sont nombreux, se chargent des sentinelles... Quelques dizaines d'écus si elles se taisent, un coup de poignard si elles font mine de vouloir bouger... voilà la chose!

— Par saint Dunstan! monsieur, vous êtes un homme d'expédiens et d'énergie... Et quand je pense que vous faites tout cela pour moi, pour moi seul!... Vraiment, je ne sais...

— Je vous assure, monseigneur, que je le fais aussi un peu pour moi... Tenez, s'il faut tout vous dire, j'ai trouvé que l'escalier tortueux par lequel on nous a fait monter ici était ignoble, et je me suis juré, à part moi, de ne pas m'en servir pour m'en aller... Voilà mon caractère.

Quelque critique et solennelle que fût la circonstance, Law ne put s'empêcher de sourire.

— Voilà, reprit-il, une délicatesse de langage qui sied bien à la générosité de votre conduite, mais dont, avec la meilleure volonté du monde, je ne saurais être dupe... C'est surtout dans des occasions comme celle-ci, monsieur, que l'on apprécie le malheur de ne plus être riche et puissant... Que ne puis-je faire tout ce que voudrait mon cœur!

— Oh! monseigneur!

— Ma seigneurie, continua Law en secouant tristement la tête, est, à l'heure qu'il est, bien peu de chose; il a suffi d'un exempt de police et d'un guichetier pour en avoir raison... Mais, à propos, monsieur, vous êtes donc bien sûr que je suis l'ex-contrôleur général des finances, Jean Law?

— Je croyais, monseigneur, vous en avoir donné la preuve en affectant de boire à votre santé, alors que tous ces manans de la table d'hôte buvaient à votre mort.

— J'avais pensé que le hasard seul...

— Le hasard n'est pas aussi capricieux et aussi aveugle qu'on le croit : il sait presque toujours ce qu'il fait, et pourquoi il le fait... Du reste, je n'avais jamais entendu qu'une seule fois la voix de votre seigneurie, sans voir sa personne, et ce seul indice. . Il est vrai que la circonstance était assez extraordinaire pour que je me la rappelasse longtemps.

— Et peut-on savoir...?

— D'abord, monseigneur, maintenant que vous avez achevé de scier le barreau par le bas, vous allez me laisser finir la besogne. Je suis d'ailleurs un peu plus expéditif que vous, et il faut que nous soyons prêts pour le retour de Saint-Etienne, qui, j'en suis sûr, ne va pas tarder. Or, il y a de cela environ deux ans; oui, c'était en 1718... votre banque venait d'être déclarée banque royale. Vous étiez chez madame... madame .. attendez donc que je me rappelle...

— Madame de Prie?

— Non!

— Madame de Parabère?

— Non; m'y voici: chez madame de Tencin... Votre seigneurie aurait eu de la peine à deviner, elle qui a vu tant de grandes dames à ses pieds!

A ce souvenir ainsi évoqué sous les voûtes d'une prison, Law sourit amèrement; il se rappela que pendant plusieurs années il avait en effet vu à ses pieds la cour, l'Église, le peuple, et qu'il n'entrait jamais au Palais-Royal qu'entouré d'un cortége de ducs et pairs, de maréchaux de France et de prélats. Il pouvaient aujourd'hui apprécier dans toute son extension la vérité de ce mot un peu trivial dont nous laissons la responsabilité au maréchal de Villeroy, son auteur: « Quelque ministre des finances qui vienne en place, je déclare d'avance que je suis son ami et même un peu son parent. Tant qu'ils ont le portefeuille, il est bon de leur tenir la cuvette à se laver les mains, sauf à la leur verser sur la tête quand ils ne l'ont plus. »

Quant à la fabuleuse kyrielle des bonnes fortunes du contrôleur général, nous constaterons ici en passant, et avec le respect que bien que romancier nous professons pour l'inviolabilité de l'histoire, que Law n'avait jamais été homme à se laisser maîtriser par une passion. Beaucoup de jeunes et belles dames croyaient avoir possédé son cœur; mais il n'avait vu en elles que des auxiliaires; toutes étaient pour lui des zéros, et ils se chargeait de leur donner une valeur en s'associant à elles comme chiffre principal.

Le chevalier continua.

— Je disais donc que vous étiez un soir chez madame de Tencin, qui habitait alors l'hôtel de la rue Culture-Sainte-Catherine, qu'elle habite encore aujourd'hui, celui-là même où ont demeuré dans le temps mesdames de Sévigné et de Grignan. Je m'adonnais à cette époque à la poésie, de préférence au genre tragique. Les lauriers de Crébillon et de Corneille m'empêchaient de dormir; ce qui fait que je passais presque toutes mes nuits à invoquer la lune et les étoiles sur une espèce de plate-forme que j'avais fait construire au faîte de ma maison, située précisément à côté de celle de madame de Tencin. Un soir... (Ce fer est dur comme... du fer, ma petite scie a toutes les peines du monde à en venir à bout.)

— Voilà trois heures qui sonnent à la cloche du beffroi, monsieur; voulez-vous que je vous relève?

— Merci, monseigneur, mille fois merci; je gage, ne vous en déplaise, que vous seriez encore plus maladroit que moi.

— Comme vous voudrez, monsieur.

— Un soir donc, disais-je, entraîné par le feu de la composition à la recherche de je ne sais quelle rime qui me fuyait obstinément, voilà que j'enjambe les toits, que je saute les gouttières, et que tout à coup, au moment même où je tenais ma rime, je tombe par l'orifice d'une cheminée...

— Il paraît, monsieur, que vous avez toujours eu de l'antipathie pour les escaliers.

— Je n'étais plus qu'à quelques pieds du foyer, qui heureusement se mourait, lorsqu'un crampon, que je n'avais pas prévu, me retint pas la basque de mon habit. Grâce à un autre crampon qui se trouva justement à portée de mes deux pieds, ma position était devenue, sinon commode, du moins tolérable. Ainsi casé, je réfléchissais à l'inconvenance qu'il y aurait à me présenter par cette voie et sans me faire préalablement annoncer dans un appartement qui sans doute était habité, lorsque j'entendis très distinctement la conversation suivante: « Mon cœur, disait une voix de femme, c'était celle de la chanoinesse, il me semble avoir entendu du bruit. — Alexandrine, répondait le cavalier (c'est vous qui étiez le cavalier, monseigneur), Alexandrine, je ne connais que le cardinal Dubois qui ait jamais eu le droit de venir chez vous à pareille heure, et vous m'avez juré que depuis longtemps... — Et je vous le jure encore, mon ami; je n'aime, je ne veux aimer que vous, que vous seul! » Le bruit ayant cessé, grâce à mes deux crampons, reprit le capitaine, les craintes de la chanoinesse disparurent bientôt, et le colloque reprit une allure plus tendre. Madame de Tencin arrachait à votre munificence, et cela avec une habileté rare, tout ce qu'elle pouvait lui arracher: c'était la promesse de l'appuyer de votre crédit pour faire obtenir un brevet de capitaine à celui-ci, une charge de fermier général à celui-là; c'était un brillant de trente mille écus qui étincelait à votre main et qu'elle voulait voir étinceler à la sienne; c'était la signature d'un mandat à vue pour des sommes énormes; c'était tout ce qu'une femme avide et rusée, tout ce que la fille d'Eve la plus capricieuse, la plus prodigue, la plus retorse, la mieux confite en menées diaboliques, peut soutirer à un homme confiant, riche et généreux. Bref, monseigneur, vous veniez de partir; la chanoinesse allait appeler ses femmes, lorsque, ne pouvant plus résister aux désagréments de ma position, je fis un violent effort pour me dégager, et tombai comme une bombe dans l'appartement.

— Comment! s'écria le contrôleur général avec stupeur, c'est vous qui...

— Oui, monseigneur, c'était moi, moi-même... Strangulée par la peur, madame de Tencin n'eut pas la force d'appeler au secours; mais, prévoyant avec raison que j'avais pu assister incognito à toutes les phases de son entretien avec votre seigneurie, elle eut la présence d'esprit de mettre son *loup* (1). Les femmes peuvent bien être un instant dominées par la frayeur, mais lorsqu'il est question de se maintenir quand même en odeur de vertu, elles ne perdent jamais la carte. Je m'empressai alors de la rassurer, non sans avoir préalablement rejeté dans le foyer, au moyen des pincettes, les tisons que ma brusque arrivée avait fait rouler sur le tapis... Voilà ce que j'appelle savoir se conduire en société!...

— Et puis, interrompit le pauvre contrôleur général, qui ne pouvait en croire ses oreilles et commençait à être dominé par une vague terreur, vous avez contraint la chanoinesse à accepter votre bras jusqu'à la porte cochère de son hôtel, et à donner l'ordre à son suisse de vous l'ouvrir immédiatement.

— C'est cela même.

— Mais alors, monsieur, vous seriez donc le fameux, le trop fameux...

— Je sais ce que vous voulez dire... Comment! est-ce que vous aussi vous avez été la dupe de cette sotte fable qui a couru tout Paris? Ah! monseigneur!...

— Cependant, au moment de sortir, vous avez crié, par le vasistas de la loge du suisse, que vous étiez le fameux...

— Certainement que je l'ai crié. Ne fallait-il pas laisser supposer à ce valet que madame de Tencin reconduisait un amant à deux heures du matin? Cela eût été joli, n'est-ce pas?... J'ai voulu effrayer ce manant et mettre la chanoinesse à l'abri de tout soupçon; pour cela, j'ai pris le premier nom un peu significatif qui m'a passé par la tête. Mettez-vous donc en quatre pour sauvegarder la réputa-

(1) Pendant deux cents ans, et la mode s'en perpétua en province jusqu'à la révolution, les femmes tenaient le plus souvent à la main un masque de velours noir avec des yeux de verre; un bouton de jayet posé sous le trou de la bouche servait à le retenir momentanément avec les dents. L'usage permettait le *loup* (nom de ce masque) dans les églises même; il était d'un usage commun à la promenade et à la campagne. Dans le *Mariage de Figaro*, à la fin du second acte, la comtesse Almaviva, pour aller rêver sur la terrasse du château, demande à Suzanne son loup, et sort en le tenant à la main. Beaumarchais l'emploie comme usage du temps. On se servait aussi du *loup* pendant la coiffure, afin que la poudre n'entrât dans la bouche ni dans les yeux. Cette mode n'avait pas été adoptée par la bourgeoisie. Le duc de Saint-Simon dit que la maréchale Clerambault gardait son *loup* même au jeu du roi. A l'Opéra, il n'était guère permis; aux Italiens, il était au contraire de très bonne compagnie. Expliquez cela!

tion des femmes! elles vous prennent pour, comme vous le disiez tout à l'heure, pour le fameux, le trop fameux...

—Ma foi! monsieur,—reprit Law ébranlé dans sa croyance et ne sachant plus trop à quoi s'en tenir, — on vous a cru sur parole, et vous-même, à notre place, vous y eussiez été trompé tout le premier.

Le contrôleur général achevait ces mots lorsqu'un nouveau coup de sifflet avertit les prisonniers que toutes les dispositions extérieures étaient prises pour faciliter leur fuite.

Le barreau venait de céder. Le chevalier hissa, au moyen de sa ficelle, l'échelle de corde que Saint-Etienne lui tendait, et l'attacha aux barreaux restés intacts, de manière à ce qu'elle fût assurée solidement.

— Monseigneur, dit-il au contrôleur général, à vous appartient l'honneur de passer le premier.

Nous l'avons dit, la fenêtre, ou plutôt le soupirail était si long et si étroit qu'un homme quelque peu obèse n'y aurait certainement pas passé. Law et le chevalier étaient heureusement de ces natures sèches et osseuses qui se faufilent partout.

— Allons, monseigneur, voyons!

— Et les sentinelles!

— Puisque Saint-Etienne m'a donné le signal de descendre, c'est qu'il s'est rendu maître des sentinelles par la force, par la ruse, ou par l'or.

— Eh bien! advienne que pourra!

Le contrôleur général recommanda son âme à Dieu, murmura le nom de sa femme et de son fils, et sortit à reculons par le soupirail, se cramponnant des pieds et des mains, et rampant à plat ventre jusqu'à ce qu'il fût arrivé à l'orifice extérieur. Une fois là, il n'y avait plus qu'à descendre l'échelle, et c'était la moindre des choses.

En moins de cinq minutes, Law et son habile compagnon étaient dans la rue, entourés de Saint-Etienne et de six hommes armés jusqu'aux dents.

Le temps était toujours ce qu'il avait été pendant la soirée de la veille; le vent démantelait les toits; la pluie bouillonnait en torrens par les ruisseaux.

— Je suis désolé, fit le chevalier en jetant un manteau sur les épaules de l'ex-contrôleur général, je suis désolé que votre seigneurie ait été mouillée par l'imprévoyance de ces imbéciles (le chevalier désignait Saint-Etienne et les hommes armés), de ces imbéciles qui n'ont pas songé à nous hisser un parapluie en même temps que l'échelle... C'est impardonnable! Du reste, monseigneur, à défaut de parapluie, voici un manteau que je vous prie d'accepter. Vous allez monter sur ce cheval frais, et trois de mes hommes vont vous escorter jusqu'à la frontière du Hainaut, où je vous garantis que vous arriverez sans encombre. Les portes de la ville vont s'ouvrir, vous n'avez pas un instant à perdre. Ah! j'oubliais... Ceci est un passe-port en règle avec lequel vous traverserez tous les Pays-Bas sans être inquiété. Il y a dans cette bourse une cinquantaine de louis pour parer aux premières dépenses de votre fuite. *Vous me les rendrez plus tard.*

— Monsieur, reprit Law, dont la voix tremblait d'émotion, c'est vainement que je voudrais vous exprimer en ce moment tout ce que je ressens de gratitude et d'admiration pour la générosité de votre conduite; j'accepterai vos services jusqu'au bout, sauf cette bourse dont je n'ai que faire. J'ai des valeurs à l'étranger, et il me reste sur moi plus qu'il ne faut pour le voyage. Mais n'emporterai-je pas, pour le vénérer dans ma pensée, le nom de mon libérateur?

— Monseigneur, je suis un homme de peu de valeur.

— Ne le croyez pas, interrompit Saint-Etienne; rien que sa tête vaut deux mille livres; c'est le cours actuel, et il est probable que cela augmentera encore. — Le premier mouvement du chevalier fut d'arracher un pistolet de la ceinture de son téméraire lieutenant, de l'armer et de lui en appuyer le canon sur la poitrine. — Je l'ai mérité, fit Saint-Etienne sans reculer d'un pas.

Tout cela avait été fait en moins de temps qu'il n'en a fallu pour l'écrire.

— Oui, monseigneur, je suis un homme de peu de valeur, continua le chevalier sans que ses traits eussent subi la moindre altération et en jetant le pistolet insoucieusement à terre, comme s'il eût dédaigné de se venger. Peu importe mon nom, auquel je craindrais que votre reconnaissance exagérée ne donnât trop de retentissement. Enrichi par votre système, j'ai acheté tout récemment une propriété aux portes de cette ville; arrivé depuis hier seulement, je n'y suis encore connu de personne. Cependant, je n'aurais eu qu'à me faire connaître pour ne pas être arrêté. Mais je vous devais mon bien-être, et, quand je me suis vu fortuitement dénoncé par cette jeune fille, j'ai pensé que moi, mon intendant et mes domestiques nous pourrions peut-être, à nous tous, parvenir à vous sauver. Le ciel m'a exaucé, et je l'en remercie.

Cette explication, quoique imaginaire, était si naturelle qu'il ne pouvait venir à la pensée de Law de la révoquer en doute. Du reste, l'essentiel était qu'il fût libre, et, au point où il en était, le reste devait lui importer peu.

— Ainsi, reprit-il, vous ne courez aucun risque, en restant ici, d'être puni de votre dévouement?

— Pas le moindre.

— Et si je vous confiais quelques lignes pour ma pauvre femme restée souffrante et dévorée d'anxiété à l'auberge des Trois-Magots, vous pourriez les lui faire parvenir?

— Je les lui remettrais moi-même.

Le crépuscule commençait à poindre. Law griffonna à la hâte quelques mots sur un feuillet de ses tablettes, et les remit au chevalier, dont, en signe d'émotion et d'adieu, il posa la main sur les pulsations de son cœur.

Puis il monta à cheval et partit au grand trot, suivi de ses trois hommes d'armes, dans la direction de la porte de Quiévrain.

En ce moment une petite porte bâtarde, incrustée de clous et située dans un angle obscur de la grande place, en face le beffroi, grinça lentement sur ses gonds; puis deux baisers, doux comme le miel, mélodieux comme la voix des anges vibrèrent dans le silence du matin, et une femme soigneusement emmitouflée se coula comme une ombre le long des maisons.

— Qu'est cela? demanda Saint-Etienne, habitué par état à tressaillir au moindre bruit.

— C'est de l'amour, reprit Floustignac, et cela ne nous regarde pas. A propos, ajouta-t-il rudement, comment s'est-on débarrassé des sentinelles?

— La seule que nous eussions à redouter, chevalier, celle qui se promenait au bas de la tour, a été surprise, appréhendée lestement, bâillonnée, ficelée comme un simple ballot. Ce n'a pas été plus difficile que cela.

— C'est bon. Allez m'attendre aux Trois-Magots.

Et le chevalier se dirigea vers l'hôtel de l'intendant de la province.

IV

BIANCA.

L'intendant de la province était, nous l'avons dit, le fils aîné de Le Voyer d'Argenson, qui de lieutenant de police était arrivé à avoir les sceaux et les finances.

Ce Le Voyer d'Argenson a sinon inventé du moins singulièrement perfectionné la police. Voici ce que Saint-Simon dit de lui :

« D'un esprit souple et fin, d'Argenson était de nature » à s'accommoder à tout pour sa fortune; aussi avait-il » toujours également ménagé le roi, les ministres, les jé-

» suites, le public. La police était devenue entre ses mains » une véritable inquisition universelle, si bien que, dans » cette innombrable multitude de Paris, il n'y avait nul » habitant dont il ne connût, jour par jour, la conduite et » les habitudes, sachant alléger ou appesantir sa main de » justice avec un discernement exquis, et penchant tou- » jours aux partis les plus doux, tout en ayant l'art de » faire trembler devant lui les plus innocens. Courageux, » audacieux même dans les émeutes, il s'était fait par là » maître du peuple. Ses mœurs tenaient beaucoup de » celles qui avaient sans cesse à comparaître devant lui ; » aussi ne reconnaissait-il d'autre divinité que la *For- » tune.*

» Quand il était en liberté avec des amis obscurs et d'as- » sez bas étage, auxquels il se fiait plus qu'à des gens » plus élevés, il se livrait à la joie avec charme et aban- » don. Il avait peu de lettres, à quoi il suppléait par l'es- » prit et sa grande habitude du monde ; travaillant sans » règle aucune à toute heure du jour et de la nuit, ne » tenant point de table ni d'audience, il embarrassait fort » tout ceux qui avaient affaire à lui ; une, deux, trois » heures du matin étaient le plus souvent celles qu'il dé- » signait à ses commis. Il avait pris la coutume, qu'il » garda toujours, de dîner dans son carrosse, en allant de » chez lui près les Grands-Jésuites, aux Tuileries ou au » Palais-Royal.

» Il fut pendant fort longtemps l'ami intime de madame » de Veni, prieure perpétuelle de la Madeleine de Trais- » nel, au faubourg Saint-Germain. Il avait un apparte- » ment dans ce couvent, où il courait dès qu'il avait un » moment à lui. Il lui arrivait souvent d'y oublier les » sceaux et d'être obligé d'aller les y chercher lui-même, » ce qui était pour le moins bizarre. »

Le Voyer d'Argenson avait épousé une sœur de Caumartin, intendant des finances, et fort influent, ce qui n'avait pas peu contribué à pousser sa fortune.

Deux fils étaient nés de ce mariage. L'un, le plus jeune, plein d'esprit et d'ambition, fut conseiller d'Etat, se maria à la fille fort riche du président Larcher, et parvint dans la suite à la plus brillante position.

L'autre, nul, balourd, infatué de lui-même, et que sa femme, petite personne à l'œil brun et leste, aux manières chattemites, à la volonté de granit, menait par le bout du nez, fut chancelier de l'ordre de Saint-Louis et intendant général du Hainaut français.

C'est ce dernier que nous allons introduire en scène.

L'hôtel de l'intendant provincial, situé à l'extrémité de la rue d'Anzin, et pour ainsi dire adossé aux fortifications, était un de ces vieux édifices fondés il y a sept ou huit cents ans par le régime féodal, et dont quelques formidables débris surgissent encore çà et là, comme pour insulter par leurs proportions homériques aux maisons étriquées, malingres, naines, aux châteaux de cartes de notre architecture contemporaine.

En 1051, Baudouin de Mons en avait fait une forteresse.

En 1482, lorsque la mort de Marie de Bourgogne eut fait passer Valenciennes en la possession de Philippe Ier, le père de Charles-Quint, les Espagnols l'avaient érigé en couvent.

En 1678, lorsque la ville avait été réunie à la France par le traité de Nimègue, on en avait fait l'Intendance.

Aux brigands héroïques bardés de fer avaient succédé les moines fainéans, et à ceux-ci le menu fretin des bureaux. Toujours de moins en moins.

A voir ces murs gigantesques ébréchés par le temps, éventrés par les assauts, disjoints par l'envahissement de la végétation, tombant pierre à pierre dans les fossés, on comprenait que tout cela avait été fait pour les géans d'un monde qui n'était plus ; et lorsque, après avoir erré par les salles d'armes désertes et délabrées où l'humidité avait verdi les pierres, où l'abandon avait tamisé sa poussière, où l'araignée travailleuse avait suspendu ses toiles aux nervures brisées ; lorsque, après avoir parcouru les caveaux aux voûtes surbaissées, les escaliers en colimaçon, les couloirs circulant dans l'épaisseur des murs, les oubliettes pavées d'ossemens ; quand, après avoir vu ces faisceaux de tours escarpées avec leurs guérites en poivrière, accrochées aux créneaux comme des nids d'hirondelle ; lorsque enfin, après avoir restitué à tout cela, par le travail de la pensée, sa physionomie primitive ; avoir replacé les vitraux dans leurs mailles de plomb ; avoir posé çà et là, dans l'embrasure des fenêtres, quelques chaires en bois sculpté ; avoir jeté un chêne ou deux dans la gueule béante des cheminées ; avoir remis à leur place les pierres écroulées et rattaché les ponts-levis à leurs chaînes ; alors ce devait être une bien étrange désillusion que de se venir heurter à la loge d'un suisse ou à la porte matelassée d'un sanctuaire administratif.

En tournant l'angle qui conduisait à l'entrée principale de l'hôtel, le chevalier revit à quelques pas devant lui, trottinant le long des remparts, sans nul souci de l'eau et de la boue, la jeune femme aux baisers aériens dont Saint-Etienne s'était si fort ému un quart d'heure auparavant.

Il voulait hâter le pas pour arriver à déchiffrer ses traits, sinon de face, au moins de profil ; mais la dame, abaissant dextrement le capuchon d'une de ces mantes dont la domination espagnole avait importé la mode dans le Nord, se jeta dans une ruelle qui longeait le mur des jardins de l'hôtel, et disparut par une petite porte qu'elle ouvrit et referma en un clin d'œil. A moins d'être voleur ou serrurier, il fallait, pour être aussi habile, une grande pratique de la chose.

Le chevalier se gratta l'oreille, regarda, à défaut de mieux, l'empreinte que les petits pieds de l'inconnue avaient laissée sur le sable humide ; puis, après avoir rôdé un instant autour de l'hôtel en paraissant réfléchir profondément, il fit retentir le marteau de la porte cochère.

Il faisait à peine jour ; un silence morne et profond régnait encore par les rues et dans les maisons ; renvoyé d'écho en écho, ce coup de marteau, qui pendant les rumeurs de la vie éveillée aurait à peine été remarqué, gronda dans l'espace comme un coup de canon.

Pour ainsi dire au même instant une fenêtre du premier étage s'ouvrit à petit bruit, et le chevalier put voir apparaître et disparaître aussitôt le capuchon que vous savez.

Prompt comme l'éclair à faire tourner tous les hasards à son profit et à calculer la portée des circonstances en apparence les plus futiles, le chevalier sentit renaître toute son audace et frappa avec plus de fracas encore que la première fois.

Au bout de quelques minutes, le suisse, qui était Français, vint ouvrir le guichet, tout en bâillant à se détraquer la mâchoire, et demanda maussadement ce qu'on voulait.

— Je veux parler à monseigneur l'intendant de la province.

— Monseigneur n'est pas levé, reprit le suisse, et, le fût-il, d'où venez-vous donc pour vous figurer qu'on lui parle ainsi tout de suite, sans avoir demandé une audience par écrit et sans l'avoir obtenue ?

— Jarouffle ! riposta le chevalier, grâce à ce que je suis d'assez bonne humeur, je veux bien te répéter pour la seconde fois que je prétends voir l'intendant, et cela tout de suite... mais, à la troisième...

Si le chevalier avait été modestement vêtu, timide et poli, nul doute que le suisse lui aurait sans plus de façon fermé le guichet au nez.

Comme il était au contraire princièrement habillé, comme il avait osé dire l'intendant tout court, et que d'ailleurs on pouvait le prendre, rien qu'à sa morgue et à son insolence, pour un personnage important, les battans de la porte s'écartèrent à l'instant.

C'est toujours ainsi : la plupart des hommes, notamment ceux des classes infimes, ont besoin d'être convaincus, non par la douceur et la raison, mais par la rudesse du geste et l'ostentation de la parole.

Introduit dans une vaste salle d'audience, le chevalier se promenait de long en large, en attendant la venue de l'intendant, qu'un valet de chambre était allé réveiller, lorsque, en se retournant, il vit tout à coup devant lui une adorable jeune femme.

La mante qu'elle portait négligemment jetée sur le bras gauche n'aurait pas manqué de la désigner au chevalier pour être celle qu'il avait si infructueusement suivie sur les remparts, s'il n'en eût été déjà instinctivement, je dirais presque magnétiquement convaincu, rien qu'au frémissement de l'air et au frôlement de sa robe.

Cette femme avait dû s'introduire par quelque porte mystérieuse ou quelque panneau fantastique, car nul bruit n'avait décelé sa venue.

Quelque chose était peut-être plus extraordinaire encore que l'apparition de l'inconnue : c'était la manière somptueuse et pour ainsi dire théâtrale dont elle était attifée dès sept heures du matin.

Sa robe, fort échancrée, était d'une étoffe couleur pêche, brodée en argent, sur un corps de jupe *souris infortunée* (1); les engageantes, les dentelles des manches étaient attachées par des topazes, les plus pures qui se pussent voir, et on pouvait en cela s'en rapporter au chevalier, qui était connaisseur. Une guirlande de fleurs de pêcher, dont le pistil était aussi figuré par une topaze, couronnait agréablement sa tête. Ses bas étaient de soie pêche à coins d'argent. Chaque boucle de ses petits souliers était une topaze solitaire.

Ces nuances, qui n'auraient pas manqué d'affadir une blonde, se mariaient admirablement à la carnation brune et aux cheveux de jais de l'inconnue, qui, par une réminiscence espagnole, ne portait pas de poudre.

La riche cambrure de sa taille, la voluptueuse nonchalance de ses mouvemens, son grand œil brun allongé en amande, chatoyant comme l'iris et dardant des regards de feu; les franges de cils soyeux qui projetaient sous ses paupières une pénombre veloutée; les gracieuses perles d'un émail chaud et opaque qui se dentelaient entre le liseré de ses lèvres rouges, lisses, humides, luisantes comme du corail mouillé, tout en elle résumait complétement, parfaitement, ce que la mode tyrannique et moutonnière des phrases toutes faites nous force à appeler le type andalous, comme si le même faisceau de séductions ne se rencontrait pas à Grenade, à Murcie, à Burgos, à Marseille, à Lisbonne et ailleurs, aussi bien qu'en Andalousie.

Cette femme était adorable ainsi.

Maintenant comment se faisait-il que, au lieu d'arriver de quelque bal brillant, dans son carrosse et escortée de beaux seigneurs et de laquais galonnés, elle fût venue ainsi parée, au petit jour, seule et par un temps de pluie, d'une pauvre maison au seuil de laquelle elle avait été furtivement reconduite par un grand jeune homme pâle de figure et sombre d'habits?

L'amour peut-être ?

L'amour peut-être, soit; mais les rendez-vous galans n'ont pas ordinairement lieu en équipage aussi magnifique : une robe bien simple, un voile bien épais, des souliers discrets, des nuances modestes, tel est le lest habituel des belles perfides qui dirigent leur esquif vers le fleuve du Tendre, comme disait mademoiselle de Scudéry. D'où venait donc ce faste de l'inconnue ?

Eh bien ! c'est qu'il est des femmes à la tête exaltée, fantasque, fébricitante, qui lorsqu'elles sont envahies par une passion, se trouvent avoir tout à coup de ces délicatesses de tact, de ces inspirations charmantes que les natures prosaïques ne sauraient comprendre. Ces femmes cherchent et trouvent chaque jour dans les richesses de leur cœur de nouveaux trésors à prodiguer. Tout ce que les vulgaires filles d'Eve donnent au monde, la splendeur de leurs écrins, le luxe de leurs dentelles, le parfum de leurs cheveux, leurs plus frais sourires, leurs habits de velours et de soie, leurs mots les plus doux, leurs poses les plus enivrantes, elles le donnent à celui qu'elles aiment, parce qu'il est pour elles le monde, plus que le monde. Tout le reste importe peu. S'il y a un péril à braver, un coup de stylet à craindre, un jaloux à affronter, une fortune à perdre, une position dans le monde à compromettre, elles n'en sont que plus fières et plus heureuses. Ces femmes deviennent alors quelquefois d'une vaillance si téméraire, elles dédaignent si complétement toute mesure préservatrice de leur secret, que le séducteur, qui n'avait visé qu'à une liaison prudente et anonyme, n'a plus le courage de les suivre et les laisse en chemin ; puis elles deviennent ce qu'il plaît à Dieu.

Bianca était un peu de ces femmes-là. Elle était venue en France à la suite de Cellamare, et fut l'une des trois femmes qu'épousa d'Argenson l'aîné.

C'est elle qui en ce moment se trouvait en présence de Dominique.

A la vue de Bianca, le chevalier, qui selon les circonstances savait prendre tous les tons et affecter toutes les allures, jeta son feutre sous le bras gauche, ramena ses pieds à ce que les maîtres à danser appellent la deuxième position, et, laissant mollement osciller son bras droit le long du corps, à peu près comme un cordon de sonnette récemment agité, il fit un salut des plus courtois.

Madame d'Argenson ne rétribua cette politesse que par un signe imperceptible et sec, qui n'eût pas manqué d'indisposer le chevalier si, par ses deux mains pressées sur son cœur comme pour en comprimer l'émotion, elle n'eût aussitôt témoigné de l'impuissance où elle était de faire mieux.

— Bon ! pensa le chevalier, la petite est à ma discrétion, elle dira tout ce que je voudrai ; pour peu que j'en manifestasse le désir, cette femme ne ferait maintenant aucune difficulté de me reconnaître pour le Grand-Turc, ou pour le schah de Perse.

— Madame, ajouta-t-il tout haut, vous paraissez émue; daignez me permettre...

Et, lui offrant galamment la main, il la conduisit vers un sopha, où il prit place à côté d'elle.

V

LA FEMME.

Le chevalier, qui avait toute sorte de motifs pour laisser l'initiative de la parole à son interlocutrice, se mit à donner de légères croquignolles sur ses manchettes, comme pour les épousseter ; puis, levant les yeux sur une toile représentant saint Charles Borromée donnant la communion aux pestiférés de Milan, d'après Mignard :

— Parbleu ! s'écria-t-il, si ce tableau est l'original, et j'ai tout lieu de le croire, il faut que j'offre à d'Argenson de le couvrir d'or.

Pendant que le rusé chevalier s'extasiait complaisamment sur cette copie, qu'il prenait ou qu'il faisait semblant de prendre pour un original, Bianca se livrait à ces accès de petite toux sèche qui servent assez bien de muets préliminaires aux conversations dont l'ouverture est embarrassante ou difficile. Nous comparerions volontiers cette manœuvre à celle des musiciens qui, au moment de jouer un morceau d'une orchestration laborieuse, perdent une demi-heure à chercher le *la*.

(1) On donnait, à cette époque, aux étoffes des noms bizarres : Hanneton coquet, — limaçon effronté, — cuisse de nymphe émue, — mouche en furie, — conscience de procureur, — citrouille indifférente, — puce en couches, — mordoré, — queue d'éléphant rôtie, — crapauds vertueux, — grenouilles infidèles, — rat effrayé, — beurre frais doublé de choux, — Indigestion de cordelier, etc., etc.

Cependant Bianca fit un effort sur elle-même.

— Monsieur, dit-elle, ce n'est pas moi que vous attendiez, n'est-ce pas ?

— Aussi, madame, reprit le chevalier en clignant de l'œil d'un air finaud, je bénis le hasard...

— Et si ce n'était pas le hasard ? interrompit Bianca, en enveloppant pour ainsi dire le chevalier de la lueur d'un charmant regard qu'elle retira presque aussitôt sous ses longues paupières, comme ces petites chattes qui, après avoir gracieusement posé leurs pattes de devant sur un joujou, se cabrent en arrière par toutes sortes de courbettes et de soubresauts d'une élégante coquetterie.

— Si ce n'était pas le hasard, ce serait votre volonté, et alors c'est vous que je bénirais, fit le chevalier. Et, s'emparant de la main de Bianca, il baisa cette main blanche, fine et potelée, avec la familiarité chevaleresque et galante en même temps que respectueuse qui distinguait les grands seigneurs de ce temps-là.

— N'est-ce pas le baiser de Judas ? demanda madame d'Argenson en souriant un peu pour tempérer l'âpreté de ses paroles.

— Le baiser de Judas ! s'écria Dominique. Ah ! madame.

Dominique arrêta sur elle un regard noble et calme, et posa la main sur son cœur avec une dignité parfaite. Cela était plus persuasif qu'un serment.

— Cependant, continua la jeune femme, vous m'avez rencontrée et suivie ce matin sur les remparts.

— Mon Dieu ! oui, sur les remparts, sur d'ignobles remparts, boueux et déserts, et bien indignes, allez, madame, de l'honneur que vous leur faisiez !... Figurez-vous que, rien qu'à votre démarche et aux draperies de l'épaisse mante qui vous enveloppait, je m'étais fait de votre personne une idée ridicule, et dont j'ai honte à cette heure... Je vous croyais tout simplement belle comme le jour, et voilà que...

Bianca, qui commençait à se sentir plus à l'aise, interrompit son interlocuteur.

— Vous m'avez donc, reprit-elle, suivie sur les remparts, et, après vous être assuré que j'étais rentrée dans cet hôtel par une petite porte du jardin, vous êtes venu droit à la porte cochère et avez demandé l'intendant d'Argenson. N'est-ce pas ainsi ?

— Parfaitement.

— Mais pour se présenter chez quelqu'un à cette heure insolite et dans des conditions si bizarres, il faut à coup sûr y être poussé par un motif bien grave et bien impérieux

— On ne saurait plus grave et plus impérieux, madame.

— Quelque chose, continua Bianca, chez qui l'exaltation fébrile des natures nerveuses commençait à se mettre de la partie, quelque chose comme l'infidélité présumée de l'épouse à dénoncer à la jalousie du mari. Ce métier est bien vil !

— Comment, madame ! fit le chevalier en se levant avec explosion, vous avez cru, vous avez pu penser... Palsambleu ! si c'est là le rôle que j'ai jamais joué auprès des maris...

— Comme si les apparences ne pouvaient être trompeuses ! poursuivit madame d'Argenson en se parlant à elle-même avec véhémence, tenant ses yeux au plafond et joignant les mains avec des airs de martyre.

— Certainement, dit le chevalier.

— Comme si le noble désir d'aller soulager des pauvres honteux ne suffisait pas pour déterminer une femme à s'échapper de chez elle le matin, à pied, et sans suite !

— Certainement.

— Comme si, subitement indisposée, je n'avais pu éprouver le besoin de respirer le grand air, sans vouloir pour cela réveiller une de mes femmes !

— Certainement, répétait toujours le chevalier, qui avait toutes les peines du monde à s'empêcher de rire, en songeant à la bonhomie de cette chère intendante, qui parlait de ses pauvres et de l'air du matin sans se rappeler le moins du monde qu'elle était parée de ses plus somptueux atours.

— Comme si mille raisons plausibles et honnêtes ne pouvaient expliquer naturellement ma sortie !

— Certainement, madame, certainement !

— Mon Dieu ! que les pauvres femmes sont à plaindre !

Ici Bianca étancha deux perles de cristal qui tremblaient à la pointe de ses cils.

Le chevalier se rapprocha d'elle, et prenant affectueusement, presque paternellement ses mains dans les siennes.

— Voyons, mon enfant, lui dit-il, du calme, de la raison. Et quand bien même, jeune et belle comme vous l'êtes, si bien faite pour inspirer et ressentir la passion la plus absolue, si despotiquement séduisante que nul ne vous doit regarder une seule fois sans que son âme, sa vie, ses pensées, sans que tout son être aille à vous pour toujours ; quand bien même vous auriez rencontré par le monde quelqu'un de ces beaux jeunes hommes dont le front large et pur, dont le regard de velours et de flammes, dont le port noble et gracieux, dont la voix insinuante, comme celle du serpent de la Bible, imposent tout d'abord l'esclavage au cœur des faibles femmes... si vous l'aviez aimé...?

— Monsieur ! fit Bianca avec un geste de superbe indignation.

— Si ce beau jeune homme habitait une humble petite maison à l'angle de la grande place, en face le beffroi ?...

Bianca devint pâle.

— Si ce matin même, à la porte de son réduit, il avait déposé sur votre main un frémissant baiser d'adieu, où serait le grand mal, et pourquoi donc irais-je ennuyer d'Argenson de ces niaiseries-là ?... J'ai, ma foi ! bien autre chose à faire.

Bianca retomba plus ou moins évanouie sur le sofa.

Le chevalier s'empressa de lui faire respirer son flacon de sels et de lui donner de petites tapes dans la paume des mains, ce qui, s'il faut s'en rapporter au codex dramatique, est un remède souverain contre les syncopes.

Au bout de deux à trois minutes, madame d'Argenson se hasarda à ouvrir un de ses beaux yeux, puis l'autre, et, d'une voix entrecoupée par ses sanglots, elle dit au chevalier :

— Perdez-moi, monsieur, vous le pouvez !

— Madame, reprit le chevalier, mon nom est Law ; il y a quelques jours à peine j'étais contrôleur général des finances ; j'ai pu être malheureux, imprudent même, mais je n'ai jamais trahi personne.

— Vous êtes le contrôleur général des finances ! s'écria Bianca en attachant sur le chevalier un regard surpris. Ah ! maintenant je ne crains plus rien... Vous ne voudriez pas l'accuser, *lui !*... Vous ne voudriez pas *l*'exposer à la colère de l'intendant !... N'est-ce pas qu'*il* est noble et beau ? N'est-ce pas, monseigneur, que vous ne m'en voulez pas de *l*'aimer presque autant que vous *l*'aimez ?

— Presque autant que je l'aime ? demanda le chevalier stupéfait.

— Mille fois plus que vous ne l'aimez ! — reprit Bianca dont les terreurs avaient subitement fait place à la plus folle joie. — Fi, monsieur ! que c'est vilain de m'avoir fait une aussi grosse peur !... Savez-vous bien que si j'en devenais malade, *il* ne vous le pardonnerait jamais !... Ce serait bien fait !

— De qui diable veut-elle parler ? pensa Floustignac.

— Je comprends à présent comment vous étiez si bien informé... je m'explique tout...

— Et moi, se dit le chevalier, je commence à m'y perdre.

— Mais à propos, monseigneur, il me semble que j'avais entendu dire... que vous deviez être arrêté ?

— Mon Dieu ! oui, madame, et je venais demander à l'intendant général du Hainaut de me laisser libre sur parole jusqu'à l'arrivée des ordres de la cour.

— Il vous l'accordera, monseigneur, il vous l'accordera ! D'abord, je le veux !

— Relégué dans sa province, monsieur d'Argenson ne m'a jamais vu, que je sache ; ma fuite précipitée de Paris ne m'a pas laissé le temps de me munir des papiers qui pourraient constater mon identité, et je crains...

— Vous craignez que mon mari n'ait des doutes sur la sincérité de vos allégations ? Mais puisque vous êtes libre et que vous venez vous livrer vous-même.

— C'est juste.

— D'ailleurs, je vous reconnais, moi, monseigneur, et cela suffit !...

— Où donc vous ai-je assez étourdiment rencontrée, madame, pour que le souvenir ne m'en soit pas resté ?...

— A Paris... dans le monde... nulle part... Que vous importe, monseigneur, pourvu que je vous reconnaisse ?... D'ailleurs, ajouta-t-elle avec émotion, je sentais mon cœur instinctivement attiré vers vous avant même que vous vous fussiez fait connaître... Cette voix-là ne trompe jamais.

— Jamais ! fit le chevalier dont une expression singulièrement sarcastique vint traverser la physionomie.

Une porte s'ouvrit et des pas se firent entendre dans l'antichambre.

— Monseigneur, dit Bianca, on vient sans doute vous avertir que monsieur d'Argenson est levé, et qu'il vous attend dans son cabinet. Je vais changer de costume, et dans dix minutes je vous rejoindrai chez mon mari. Rappelez-vous que nous nous sommes vus à Paris, il y a quinze jours...

Elle donna sa main à baiser au chevalier et disparut.

VI

LE MARI.

L'intendant d'Argenson était un homme de trente-huit à quarante ans, laid, sot, gourmé, se donnant des airs de méditation profonde, à la faveur des sept ou huit heures qu'il passait par jour dans son cabinet à sommeiller, le front appuyé sur les paperasses de l'intendance, ou à regarder niaisement le ciel par ses fenêtres.

En public, il clouait indistinctement ses yeux sur la première chose venue, et ne les en détournait qu'avec un petit mouvement convulsif, et après avoir été interpellé plusieurs fois, ce qui faisait dire aux uns qu'il était constamment absorbé par les soins de son administration, et aux autres qu'il s'occupait de quelque grand ouvrage politique ou scientifique.

Il ne répondait aux questions qu'on lui adressait que par des monosyllabes, et le plus souvent par un signe de tête, quoi aidant il ne disait que peu de sottises.

Du reste, on l'aimait généralement, sans trop savoir pourquoi, peut-être en raison de son action négative sur les affaires, ensuite de laquelle il n'avait jamais servi ni froissé les intérêts de personne ; peut-être parce que, ne parlant que fort peu, il laissait ainsi le champ libre au peuple nombreux des bavards; peut-être pour des causes plus futiles encore, car qui pourrait sonder l'abîme des considérations multiples desquelles, selon les temps, les intérêts et les choses découlent l'estime ou le blâme, l'affection ou la haine ?

Louis XIII, en accordant le brevet de duc à Saint-Simon, le père du faiseur de mémoires, disait de lui : « J'aime ce gentilhomme parce qu'il me donne toujours » des nouvelles certaines de la chasse, qu'il ne tourmente » pas ses chevaux, *et qu'en prenant un cor dont il vient* » *de jouer, on trouve qu'il n'a pas trop bavé dedans.* »

Le dernier motif était au moins bizarre.

Et puis l'intendant du Hainaut ressemblait un peu au caillou du poëte persan, qui n'était pas la fleur, mais qui avait vécu près d'elle : la réputation légitime de son père rayonnait sur lui.

Un autre travers de l'intendant, lequel n'avait pas peu contribué à le maintenir en ignorance de toute chose, était de vouloir paraître tout savoir; ainsi, lorsqu'on se mettait en devoir de lui annoncer ou de lui apprendre quoi que ce fût, il répondait aussitôt d'un ton capable, et sans permettre que l'on achevât : « *Je sais! je sais!* »

Lorsque le chevalier fut introduit près de lui, d'Argenson, enfoui sous les plis d'une robe de chambre de velours noir à manches larges et pendantes, était magistralement assis dans un grand fauteuil de drap vert bordé de clous dorés et de crépines de soie; ses pieds ruminaient dans une chancelière fourrée d'hermine. Les proportions d'un bureau ordinaire ne pouvant suffire à la multiplicité de ses travaux, devant lui était une vaste table d'ébène surchargée de dossiers, de parchemins, d'in-folio, de pandectes, et de tout ce fatras législatif et judiciaire qui faisait que, dans n'importe quelle controverse, on finissait toujours, en cherchant bien, par trouver un texte *pour* et un texte *contre*.

Une lampe dont le jet inutile se perdait dans les premières lueurs du matin était là tout exprès pour faire présumer que l'intendant avait passé la nuit à travailler. La bibliothèque n'aurait certainement pas été plus en désordre si elle avait été mise à sac par une armée de savans ; il y avait des livres à terre, sur tous les fauteuils, sur chaque meuble, partout. A chaque pas que l'on hasardait dans ce laboratoire administratif, on risquait de mettre le pied sur quelque distillation scientifique.

Du reste, le cabinet de l'intendant provincial était sobrement orné : d'épaisses portières à embrasses de soie en forme d'épitoges (1) ; quelques portraits de Jacques Vanloo, le père du célèbre Carle ; des instrumens de physique et de chimie, car alors, comme presque toujours, il était de mise d'affecter les goûts du chef de l'Etat (le régent Philippe); un piano, instrument tout récemment inventé (1718) par le Florentin Cristofori, et aux mélodies duquel Bianca venait quelquefois, le soir, bercer le sommeil de son époux. Voilà tout.

Dès qu'il entendit venir la personne à laquelle il allait donner audience, d'Argenson se mit à feuilleter quelques papiers qui se trouvaient devant lui, et, sans même regarder le chevalier, il lui dit :

— Le laquais chargé d'annoncer assure que vous refusez de décliner votre nom et votre qualité ; il peut se faire que de graves considérations légitiment votre silence à l'égard de mes gens ; mais il ne saurait en être ainsi vis-à-vis de moi. D'où venez-vous ? qui êtes-vous ? que me voulez-vous ?

— Monsieur, reprit le chevalier, j'ai bien l'honneur de vous saluer. — A ces mots, qui dans la circonstance avaient plutôt l'air d'une épigramme que d'une politesse, l'intendant campa sa plume derrière l'oreille, et se retourna avec toute la vivacité compatible avec sa dignité de magistrat. Remarquant alors, à la manière élégante et facile dont se présentait Floustignac, qu'il avait affaire à un homme bien situé, il se souleva légèrement en appuyant les mains sur les bras de son fauteuil. — Monsieur, continua Floustignac, je suis gentilhomme, et j'arrive de la cour. — D'Argenson se souleva un peu davantage. — Son Altesse Royale monseigneur le régent a bien voulu me proposer, il y a huit jours, comme pis-

(1) Les intendans généraux siégeaient au *présidial*. Le présidial était une juridiction établie dans les bailliages et sénéchaussées par un édit du mois de janvier 1551, pour juger en premier ressort toutes les affaires criminelles, et en dernier ressort toutes les matières civiles jusqu'à concurrence d'un principal de 250 livres.

aller, d'être ministre de France en Bavière, et si j'ai cru devoir refuser..... — Ici d'Argenson se leva tout à fait, et avança lui-même un siége. — Et si j'ai cru devoir refuser, répéta Floustignac en se mettant très à l'aise dans son fauteuil, ce n'est pas une raison, ce me semble, pour que je sois aussi indignement traité à mon passage en cette ville.

— Indignement traité !... s'écria d'Argenson. Que votre seigneurie veuille bien me dire quel est l'insolent... et aussitôt...

Prenant alors un ton interrogatif, comme s'il eût été le juge et d'Argenson l'accusé :

— Hier soir, reprit le chevalier, vous avez fait arrêter, à l'hôtel des Trois-Magots, Son Excellence le contrôleur général des finances baron Law ?

— Et au lieu d'un, d'après ce qu'est venu me rapporter l'exempt chargé de l'arrestation, il s'en est trouvé deux. Si bien qu'il va falloir que je débrouille cette affaire ce matin même. Mais que peut avoir de commun...

— C'est moi qui suis, où du moins qui étais le contrôleur général, dit le capitaine en arborant ses plus grands airs.

— Vous, monsieur ! s'écria d'Argenson en se levant d'un seul bond et en ôtant instinctivement sa toque de velours.

— Moi-même.

Si l'on veut bien se rappeler que Law avait exercé pendant plusieurs années une véritable royauté financière ; que tout les ressorts du gouvernement avaient pour ainsi dire été mus par sa seule impulsion ; que son nom n'avait jamais retenti dans les provinces que comme un tocsin de grandeur et de puissance ; que le régent lui avait sacrifié le parlement et les plus considérables du royaume, on comprendra comment d'Argenson se faisait tout à coup si humble envers celui dont la veille il n'avait pas craint d'ordonner l'arrestation.

D'abord toutes les grandes illustrations ont le privilége d'imposer à l'homme vulgaire ; ensuite beaucoup de fonctionnaires, et je le dis seulement de cette époque-là, pouvaient bien avoir, à huis clos, abrité derrière les parois de leur cabinet, le courage négatif d'ordonner une mesure de vigueur à l'égard d'un personnage éminent, à peu près comme ces enfans qui ferment les yeux en lâchant la détente d'une arme à feu ; mais, s'ils avaient à subir la présence, le regard, la fascination morale de ce personnage, ils n'en étaient plus que les très humbles sreviteurs.

Sachant que Law fuyait, d'Argenson avait fait mettre la main dessus, parce qu'il était selon ses principes que tout homme qui fuit mérite d'être arrêté, et parce qu'il comptait par cet excès de zèle faire sa cour au régent. Mais maintenant qu'il paraissait que l'ex-contrôleur général et le régent n'avaient pas cessé d'être au mieux, grande était la perplexité de l'intendant.

Ajoutons que les coches et les carrosses du temps n'ayant pas d'analogie avec les chemins de fer, les communications étaient fort longues et fort difficiles ; qu'il n'y avait que fort peu de journaux (1) ; que les biographies ne s'étaient pas encore avisées d'apprendre que tel poëte avait le nez comme ceci et que tel financier avait la bouche comme cela ; que les procédés lithographiques n'étant pas inventés (2), le portrait des notabilités ne courait pas alors comme aujourd'hui la ville et la province ; de telle sorte qu'un honnête fonctionnaire, exerçant à cinquante lieues de Paris, pouvait parfaitement n'avoir aucune idée des traits d'un contrôleur général, ce fonctionnaire fût-il d'Argenson et ce contrôleur général s'appelât-il Jean Law.

Disons encore qu'au siècle dernier, bien différent en cela de celui-ci, le costume était une enseigne à laquelle il était bien rare que l'on se trompât.

Or, le chevalier était fort richement habillé, et, de plus, ses mains, son air, ses discours, avaient toute la distinction possible.

— Mais alors, demanda d'Argenson en se tenant toujours debout en face de Floustignac qui se dandinait nonchalamment dans son fauteuil, mais alors votre seigneurie n'a donc pas été arrêtée hier soir ?

— Parfaitement arrêtée, reprit Floustignac.

— *Je sais, je sais*, fit l'intendant en clouant à l'aventure son regard sur une feuille de papier qui se trouvait à sa portée, comme s'il allait y découvrir le mot de cette énigme.

— *Mon cher* d'Argenson, vous ne savez rien du tout. Du reste je vous dois cette justice qu'il est impossible que vous sachiez rien. J'ai été conduit au beffroi.

— *Je sais*... marmotta l'intendant.

— J'ai été conduit au beffroi avec un diable d'homme qui ne fait aucune différence entre une porte ouverte au rez-de-chaussée ou une meurtrière bardée de fer à soixante pieds au-dessus du sol. Je crois même qu'il trouve cette dernière voie plus commode. Le fait est qu'il m'a offert les honneurs du pas et que j'ai accepté.—Floustignac se mit alors à raconter son évasion telle que nous l'avons vue s'effectuer, en ayant toutefois soin de se substituer au véritable contrôleur des finances et de mettre sur le dos de ce dernier tout ce qui était de son propre fait. — Vous concevez, ajouta-t-il après avoir terminé, que, bien que j'aie été charmé de sortir de ce cabanon, où j'étais en vérité fort mal, je ne pouvais avoir l'intention de m'évader... De pareilles faiblesses sont au-dessous de moi. Gentilhomme, je viens bénévolement me livrer à un gentilhomme. Et maintenant c'est à mon tour de vous demander : Que voulez-vous de moi ?

D'Argenson n'en revenait pas. L'assurance, la dignité, le calme du chevalier, le nom célèbre qu'il lui supposait, tout concourait à embrouiller ses idées, déjà si enchevêtrées. Il avait fixé tour à tour le plafond, la bibliothèque, les fenêtres, si bien qu'il ne lui restait plus rien de neuf à fixer, et qu'il allait être obligé de recommencer, lorsque tout à coup il lui vint un expédient qu'il trouva magnifique.

— Monseigneur, dit-il en faisant mine de se diriger vers une autre pièce de l'appartement, je suis humilié de vous recevoir sous ce costume... Souffrez...

— Par saint Dunstan ! fit Floustignac en le retenant par le bras, est-ce que vous plaisantez ?... Il ne s'agit pas ici d'étiquette, il s'agit de savoir ce que vous voulez faire de votre prisonnier.

— Votre seigneurie veut m'accabler...

— Je pourrais bien vous dire, poursuivit le chevalier en s'étalant cette fois dans le fauteuil même de l'intendant, que je n'ai pas cessé d'être au mieux avez le régent, et que j'étais largement muni de passe-ports et de sauf-conduits. Je n'ai pas eu, à la vérité, le loisir de les emporter, parce que la populace avait envahi mon hôtel de Soissons... Je pourrais dire encore qu'il a été convenu entre Son Altesse Royale et moi que je m'éloignerais pendant quelques jours pour laisser aux esprits le temps de se calmer, et que je reviendrais bientôt pour écraser mes ennemis sous mon crédit et ma fortune, plus puissans que jamais !... Mais il ne convient pas à mon caractère de chercher à vous persuader...

Ils en étaient là de cette comédie, lorsque Bianca entra étourdiment dans le cabinet, chantant, sautant, folle comme une colombe à qui on vient de donner la volée.

Cette fois, une simple tunique de mousseline blanche flottait autour de sa taille comme un réseau de nuages.

— Je ne sais pas, dit-elle en jetant un coup d'œil rapide autour de l'appartement, je ne sais pas ce que j'ai

(1) Le premier journal établi en France date de Louis XIII. Il fut établi en 1631 par le médecin Renaudot, sous le titre de *Gazette de France*. En 1663 parut le *Journal des savans*, établi par le conseiller Sallo, et qui fut aux lettres ce que le premier était à la politique. Les autres journaux existant avant 89 furent le *Mercure de France*, le *Journal de Trévoux*, les *Nouvelles de la république des lettres*, et le *Mercure galant*.

(2) L'art de la lithographie a été découvert par Aloys Senefelder, Allemand, en 1793. Son importation en France ne date que de 1814.

fait de mon métier à parfiler (1). — Puis, prenant tout à coup un air grave et étonné, elle s'arrêta devant le chevalier, et lui fit une de ces profondes révérences qui sont à elles seules tout le menuet d'Exaudet. — Monseigneur le contrôleur général des finances ici !... s'écria-t-elle. Voilà qui est aussi ravissant que miraculeux !

— Madame, dit Floustignac en ripostant par un humble salut, je me plaignais tout à l'heure du sort, et en vérité je ne suis qu'un ingrat, puisqu'il me procure l'inespéré bonheur...

— Vous connaissez donc monseigneur, [illegible] ? demanda d'Argenson, charmé de trouver ce prétexte de conversation.

— Lors du voyage que je viens de faire à Paris, reprit la jeune femme, j'ai eu l'honneur de danser avec sa seigneurie à...

— ... A un bal que la duchesse de Berri donnait au Luxembourg, acheva Floustignac.

— Je sais, je sais, fit le mari.

— Justement. Et à quelle circonstance propice devons nous... ?

— Mon Dieu ! madame, demandez à monsieur l'intendant; il pourra vous dire qu'il m'a fait passer la nuit dernière dans une des cellules du beffroi, et que je suis son prisonnier.

— Il n'aura sans doute vu que ce moyen de vous posséder quelque temps, dit en riant Bianca.

— Dites-moi, madame, reprit le chevalier en la conduisant en face d'une glace de Venise, dites-moi s'il n'y avait pas un moyen plus infaillible et plus doux de me retenir?

— Monseigneur, balbutia d'Argenson, vous êtes implacable... vous ne voulez pas comprendre... je croyais... on m'avait assuré...

— Ce que vous dites là est très juste, fit le chevalier.

— Nous sommes quelquefois placés entre les injonctions du devoir et les propensions de notre cœur. Et puis il arrive si souvent à notre religion, *comme dans l'espèce*, d'être fourvoyée par de fausses données... mais, dès ce moment, votre seigneurie est libre comme l'air, et...

— ***Mon très cher***, dit princièrement Floustignac, je n'exige pas tant..... Vous m'avez fait arrêter; vous avez sans doute envoyé demander des ordres à Paris, rien de mieux... c'est que vous avez eu vos raisons pour cela..... Quant à moi, je suis curieux de savoir comment le régent prendra la chose, et je prétends rester jusqu'au retour de votre courrier.

— Votre seigneurie veut donc me perdre? s'écria le pauvre d'Argenson, qui se voyait déjà disgracié.

— Du tout, mon cher, du tout..... Si Son Altesse Royale se fâche par trop, je vous promets de la calmer.... Quant à présent, tout ce que je réclame de vous, c'est de me laisser libre sur parole.

— Mais, monseigneur, je vous répète que vous êtes parfaitement le maître d'aller partout où bon vous semblera...

— Je vous engage donc ma foi, continua l'impitoyable chevalier, que je ne sortirai pas de la ville; d'ailleurs madame Law est demeurée malade à l'auberge des Trois-Magots, et je veux...

— J'aurai l'honneur d'aller lui rendre mes devoirs, s'empressa de dire Bianca.

— Je ne vous cache pas, madame, qu'elle est très souffrante, et qu'elle a besoin du plus grand repos.... Plus tard...

— Si monseigneur voulait accepter, pour madame Law et pour lui, un appartement à l'Intendance? Cela serait plus convenable, dit d'Argenson qui se serait volontiers mis à la porte de son hôtel pour y loger son prisonnier de la veille.

(1) A cette époque, nous ne dirons pas la mode, mais la rage était de parfiler. Ce passe-temps consistait à séparer, dans une étoffe ou dans un galon, l'or et l'argent de la soie qu'ils recouvrent.

— Voilà une idée charmante ! reprit Bianca.

— Est-ce pour me surveiller de plus près? demanda Floustignac en riant.

— Ah ! monseigneur, vous êtes méchant, minauda la jeune femme; et moi je suis bien étourdie, car vous arrivez de Paris, de la cour, et je ne vous ai pas encore adressé mille questions sur ce qu'on y dit, sur ce qu'on y fait, sur les modes qu'on y porte depuis huit jours que j'en suis revenue.

— Pour les modes, madame, repartit le chevalier en souriant, les soins de mon ministère ne me permettaient pas de m'en occuper beaucoup. Tout ce que je puis dire, c'est qu'aucune des dames de la cour de France n'a encore trouvé le secret d'être aussi parfaite que vous.

— Flatteur !... fit Bianca.

— Quant aux nouvelles, il y en a beaucoup et de toutes sortes : madame de Maintenon vient de mourir à Saint-Cyr, après y avoir été visitée par le czar Pierre Ier, qui s'est contenté de la regarder curieusement sans lui adresser la parole; mademoiselle de Valois épouse le duc de Modène, au grand désespoir de Richelieu son amant, et à la grande satisfaction de mademoiselle de Charolais sa rivale; ***la Souris*** s'amuse toujours à décocher des boulettes de mie de pain sur le nez de Dubois, qui s'en fâche tout rouge, comme un cardinal qu'il est; Chirac, le médecin de la cour...

— Qu'est-ce que *la Souris?* interrompit madame d'Argenson.

— Monseigneur, dit gravement l'intendant, vous êtes mille fois bon de vous prêter ainsi aux folies de ma femme..... Figurez-vous que je ne l'ai jamais vue si curieuse ni si matinale.

La jeune femme ne put s'empêcher de baisser les yeux en rougissant, après avoir jeté un regard furtif et suppliant sur le chevalier.

— Voyons, mon cher, fit Floustignac en tirant sa belle montre anglaise enrichie de brillans, il se fait tard, je vous laisse à vos *importans* travaux. Vous pouvez compter sur ma parole.

— Monseigneur, dit l'intendant d'un ton désespéré, si vous ne daignez pas nous faire l'honneur de venir dîner à l'Intendance, je croirai que vous ne me pardonnez pas ma bévue d'hier soir, et j'en mourrai de chagrin.

— Nous ne voulons pas la mort du pécheur, reprit Floustignac, et si l'état dans lequel je vais trouver madame Law le permet...

— Vive monseigneur ! s'écria sottement d'Argenson.

— Faites en sorte de venir, dit furtivement Bianca; je vous prépare une surprise...

— Une surprise ?

— Je veux vous faire dîner avec *lui*.

— Qui lui ? demanda Floustignac.

— Chut! avec *lui*..... ne devinez-vous pas? Il sera si heureux de vous revoir !

— Bon ! se dit le chevalier, en prenant congé de l'intendant et de sa femme, voilà un mystérieux ami dont je me serais bien passé !... Ça se complique !

VII

L'AMANT.

Quinze jours environ avant l'époque à laquelle commence cette histoire, dès l'aube, un très jeune homme était sorti de Paris à cheval, suivi d'un seul domestique.

Tous deux avaient pris au grand trot la direction de Senlis.

Le jeune homme était vêtu d'une lévite de drap marron à galons et à brandebourgs d'or, de culottes de daim et de grandes bottes qui lui montaient jusqu'au-dessus des genoux. Ses cheveux, poudrés *à la diable*, vu le vent, s'échappaient par larges touffes d'un tricorne fort simple, entouré seulement d'une ganse de soie fixée par une petite boucle d'or ovale. Il était de haute taille, mince, bien fait; et l'air vif du matin, ainsi que la célérité de la course, prêtaient à son regard une animation et à ses joues des reflets rosés qui lui allaient à ravir.

Celui qui l'accompagnait avait moins l'air d'un valet subalterne que d'un serviteur de confiance; à en juger par les rides qui sillonnaient son honnête physionomie, par son dos voûté, par la manière raide et carrée dont il était incrusté plutôt qu'assis sur sa large selle de velours cramoisi, il pouvait avoir soixante ans.

A cette judicieuse époque, la sollicitude des familles ne croyait jamais trop se prémunir contre l'inexpérience de leurs rejetons; on mettait la prudence, le raisonnement, la sagesse, en balance de l'irréflexion, de la fougue et de la témérité. A côté du jeune homme il y avait presque toujours un vieillard; à côté de Télémaque il y avait Mentor.

Comment se fait-il qu'aujourd'hui on tienne à honneur de faire suivre son fils par un nain de dix à douze ans, si bien qu'en cas de danger on se demande quel serait le plus enfant et le plus inhabile? C'est là ce que nous ne saurions expliquer.

Et remarquons en passant qu'alors les périls de toutes sortes n'étaient pas imminens comme en ce siècle, où de frêles voitures, aussi peu stables que le vent dont elles ont la rapidité, ont remplacé les placides carrosses, et où il est de ton de monter des pouliches indomptées, au lieu de ces magnifiques chevaux venus de la Frise, du Méklembourg ou de la Normandie, dont l'allure vigoureuse et fière n'impliquait pas à chaque heure une chute plus ou moins mortelle.

Parvenus à une certaine distance de Paris, les deux cavaliers mirent leurs montures au pas; le jeune homme fit un temps d'arrêt pour attendre que le vieillard, qui le suivait respectueusement à distance, fût à son niveau, et, après avoir exhalé un lamentable soupir en manière d'exorde, il lui dit:

— Sais-tu bien, mon pauvre Olivier, que j'avais un rendez-vous pour midi au jeu de courtepaume de la rue de Vaugirard, avec Brancas, Chastelux et le chevalier de Noailles?

—C'est là un petit malheur, monsieur le chevalier; tandis que, si vous restiez à Paris, il pourrait en arriver un bien grand.

— Et lequel?

— Celui de vous voir englobé dans une émeute, monsieur le chevalier, et d'y payer peut-être de votre vie le dangereux honneur d'être le fils de monseigneur le contrôleur général des finances.

— Bah! Est-ce que ces manans savent faire autre chose que crier sous nos fenêtres, sauf à se débander et à fuir lorsqu'il nous prend envie de faire siffler nos houssines?

Olivier se contenta de secouer lentement la tête comme pour protester contre ces paroles, que le respect l'empêchait cependant de réfuter de vive voix.

— Je sais bien, continua le jeune Richard Law, que cette fois la sédition se dresse plus menaçante que jamais, que le parlement est rappelé, et que déjà il a nommé les présidens Aligre et Portail, et les abbés Pucelle et Menguy, pour aller faire des remontrances au régent. Je sais qu'il pleut de toutes parts des mémoires odieux et mensongers contre l'administration de mon père; mais tant que Son Altesse Royale tiendra pour lui...

— On disait, hasarda timidement le vieux Olivier, on disait... vous savez, monsieur le chevalier, qu'il y a de méchantes gens qui cherchent à tout envenimer, à tout flétrir, et auxquelles les plus basses calomnies ne coûtent rien; quant à moi, il est superflu de dire que je n'y ai pas cru...

— Enfin que disait-on? demanda le chevalier impatienté.

— On disait que le duc de la Force ayant dernièrement amené monsieur le contrôleur général au Palais-Royal, monseigneur le régent avait refusé de le recevoir.

—Oui, mais on aurait dû ajouter que Son Altesse Royale, dont la faiblesse de caractère est assez connue, après avoir fait aux mécontens cette concession de ne pas admettre mon père par l'entrée officielle, s'était empressé de le faire introduire par les petits appartemens. Si bien que depuis huit jours ils travaillent tous les matins ensemble, et que, pas plus tard que samedi dernier, le régent l'a mené dans sa petite loge à l'Opéra.

— Dieu soit loué, monsieur le chevalier! Alors il y a moins de danger que je ne l'avait craint.

— Et s'il y avait du danger, reprit le jeune Richard en arrêtant court son cheval, ce serait donc une raison pour me confiner, comme une faible et inutile femme, dans je ne sais quel maussade manoir à vingt lieues de Paris? En vérité, je ne sais comment je me suis laissé persuader de partir; aussi je retourne... Qui m'aime me suive!

Et, joignant l'action à la parole, le bouillant jeune homme fit une demi-volte et partit à fond de train avant qu'Olivier eût eu le temps de lui opposer la moindre objection.

Faire à son tour volte-face, voler comme un éclair à la poursuite de son maître, le dépasser, placer son cheval en travers du sien, tout cela fut l'affaire d'un instant pour le digne écuyer, qui ne le cédait en rien à La Guérinière, le Franconi de ce temps-là.

Il allait entamer de respectueuses admonestations, lorsque, une chaise de poste (1) venant à les croiser en ce moment, une jeune femme mit la tête à la portière, et se rejeta aussitôt en arrière en poussant un élégant petit cri de frayeur.

Nous disons *élégant*, parce que, de même que l'on reconnaît les races à certains plans de la physionomie plus finement sculptés, à la pureté des lignes, à l'ossature plus gracieuse et plus déliée des mains et des pieds, de même l'on peut préjuger de l'âge, de la condition, nous dirions presque de la beauté d'une femme, rien qu'au rhythme sur lequel fait explosion sa joie ou sa douleur, sa terreur ou son espoir.

Le postillon mit ses chevaux au galop comme pour échapper à un péril plus imminent que celui d'exténuer ses bêtes.

A quelques mots qui lui sont échappés, à la mobilité à la soudaineté de ses impressions, le lecteur a pressenti, que Richard Law était un de ces jeunes fous de la cour du régent qui faisaient état de rosser les hôteliers, de barrer le chemin aux passans, de maltraiter les laquais, de lutiner les bourgeoises, lesquelles s'en tenaient pour fort honorées, et de tromper les petites duchesses, qui le leur rendaient bien. Cette génération, qui grandissait avec le jeune Louis XV, menaçait de continuer les Nocé, les Lafare, les Fargy, les Simiane, ces *roués* en titre du Palais-Royal, sur les traces desquels ils marchaient déjà fort bien.

D'ailleurs, la cour du feu roi avait été si sévère, pendant les dernières années surtout; madame de Maintenon (que d'Aubigné, son frère, appelait madame de *Maintenant*) avait mis tant de réserve et de cérémonial dans les plaisirs, que les excès de toutes sortes étaient, sinon excusables, du moins compréhensibles.

Les extrêmes se touchent en civilisation comme en physique: après l'austérité des camps, les mollesses de Capoue; après la Rome des consuls, la Rome des Césars; après le rude et énergique cardinal de Richelieu, le cauteleux Mazarin; après la belle mademoiselle de Lavallière, l'humble sœur Louise de la Miséricorde; après Louis XIII, qui, à un dîner de l'hôtel de ville, crachait une gorgée de

(1) L'établissement des chaises de poste date du ministère de Colbert, en 1664.

vin sur la poitrine trop décolletée d'une femme assise en face de lui, le jeune Louis XIV, qui changeait en harem le quartier des filles d'honneur ; ainsi de toutes choses.

Richard avait à peine entrevu les traits de la voyageuse; à coup sûr, il n'aurait pu dire si elle était brune ou blonde, si ses yeux étaient d'azur ou de jais, si elle était grande ou petite, si sa taille était forte ou svelte, et déjà une préoccupation d'intrigue à nouer, de vertu à réduire, était entrée dans sa tête. Au diable l'émeute et tout le reste! Aussi fit-il de nouveau pirouetter son cheval et reprit-il la route de Senlis sans la moindre opposition.

— Je savais bien, monsieur le chevalier, reprit orgueilleusement le vieux serviteur, car il attribuait à sa seule influence la docilité de son jeune maître; je savais bien que vous finiriez par vous rendre à mes raisons... Qu'est-ce qu'une partie de courte paume en comparaison de la liberté et peut-être de la vie!

— Tête-bleue! reprit Richard emporté par une idée fixe, il s'agit bien de courte paume! Mais je voudrais savoir pourquoi cette dame qui vient de passer en chaise de poste a poussé un cri de frayeur à notre aspect, et pourquoi le postillon a fouetté ses chevaux comme s'il avait le diable à ses trousses.

— A la manière dont nous étions campés sur le chemin, je suppose que l'on nous aura pris pour des brigands.

— Pardieu! ce serait plaisant.

— Les grandes routes sont fort dangereuses, et si cette dame a entendu parler de l'attentat dont la femme d'un receveur général a été dernièrement victime dans la forêt de Villers-Cotterets...

— Un attentat?

— Sachant que cette dame se rendait à Reims pour assister au mariage d'une de ses sœurs, et que, voulant y figurer avec somptuosité, elle avait avec elle ses pierreries et ses bijoux, il paraît que ce démon de Floustignac, ce chevalier de race douteuse, perdu de dettes et de renom, qui depuis quelque temps rançonne toute la France d'une façon où le comique le dispute à l'odieux, il paraît, disais-je, que ce démon de Floustignac, d'autres disent Cartouche lui-même, s'est embusqué dans la forêt avec trois de ses hommes, loin des cabanes des bûcherons et des sabotiers. Madame la receveuse, joyeuse comme toute jeune femme qui court à une fête, avait avec elle deux suivantes; deux laquais étaient assis sur un siége à dos, et un valet de chambre courait en avant. Lorsque la berline fut à la portée des voleurs, ils s'élancèrent au-devant des chevaux, appuyèrent leurs carabines sur la poitrine des postillons, les lièrent deux à deux avec les laquais, et dévalisèrent tout le monde. Vous voyez, monsieur le chevalier, qu'on pourrait s'effrayer à moins!

— Et je laisserais cette dame supposer que je puis être un brigand! s'écria le jeune Law en piquant des deux. Je vais lui faire mes excuses...

— Monsieur le chevalier, je vous en prie! monsieur le chevalier!...

Mais bah! le chevalier était déjà bien loin, et force fut au pauvre Olivier de s'élancer une seconde fois après lui.

Lorsqu'il l'eut rejoint, Richard était déjà parvenu à la hauteur de la chaise de poste, et, le chapeau à la main, faisait galamment caracoler son cheval à la portière.

— Madame, disait-il à la belle voyageuse éplorée, au risque de vous effrayer une seconde fois, il faut absolument que je vous affirme que je ne suis pas un voleur.— A cette entrée en matière, qui était un peu dans le goût des Fra Diavolo et des Zampa, et que le lieu et la circonstance pouvaient très bien faire passer pour équivoque, la dame se rejeta plus que jamais dans le fond de son carrosse, et pâle, muette, effarée, elle ne put répondre que par un signe de tête qui pouvait à la rigueur passer pour un salut. — Pas le moins du monde un voleur! — continua le jeune fou. Puis, de ce ton mignard et précieux que la verve de Molière avait déjà sapé mais non pas détruit, il ajouta :—J'avoue, madame, qu'à vous voir on se prend à souhaiter ardemment de s'emparer de votre cœur, mais à titre d'échange et non point par fraude.

— Monsieur, balbutia l'inconnue à qui la voix douce et pénétrante, le regard franc et l'extérieur distingué de Richard commençaient à rendre quelque confiance, monsieur, je ne sais... je ne comprends pas...

— Mon Dieu! madame, cela est tout simple. Vous avez vu ce brave et digne serviteur...

A cet éloge, Olivier manœuvra sa monture de manière à se présenter de face vers la portière de la berline, et, selon les règles de la vieille équitation, il fit décrire à son chapeau un demi-cercle et le maintint quelques secondes contre son genou droit, ce qui, à cheval, est la plus humble formule du respect.

— Vous avez vu ce digne serviteur me poursuivre à toute outrance parce que, au lieu d'aller vers Senlis, ce qui est le vœu de ma famille, je voulais retourner à Paris... Vous l'avez vu me barrer la route avec une certaine énergie, que je mets sur le compte de son dévouement, parce qu'il me serait assez difficile de l'attribuer à son respect seulement.

— Monsieur le chevalier, dit piteusement le pauvre Olivier, j'avoue que mon zèle m'a emporté trop loin, et je vous supplie de me pardonner...

— De tout cela, madame, poursuivit Richard, vous avez naturellement conclu que j'étais ou que nous étions des brigands.

— Monsieur, j'avoue...

— Avec cela, madame, que les routes sont infestées de voleurs, et qu'il est très imprudent de s'aventurer seule avec une femme de chambre. Olivier, racontez à madame ce qui est arrivé l'autre jour dans la forêt de Villers-Cotterets.

A mesure qu'Olivier racontait, la dame passait tour à tour de la confiance à la peur, et après s'être mentalement convaincue qu'elle avait affaire à d'honnêtes gens, elle se convainquait bientôt, par un revirement subit, que ce vieillard et ce jeune homme ne pouvaient être que des malfaiteurs qui jouaient avec leur proie.

— Quelle horreur! s'écria-t-elle lorsque l'histoire fut achevée.

— N'est-ce pas, madame, reprit le chevalier en s'exaltant peu à peu, n'est-ce pas que si cette infortunée receveuse générale avait été escortée d'un cœur vivement épris, d'un bras jeune et courageux, d'un dévouement absolu, n'est-ce pas que ce dévouement, que ce cœur, que ce bras l'eussent protégée, eussent-ils été seuls à la défendre contre vingt assaillans? — Il y avait tant de conviction chaleureuse dans la manière dont venait de s'exprimer Richard, ses yeux étaient si éloquens, son geste si expressif, qu'après avoir furtivement allongé vers lui son regard, comme pour s'assurer que l'homme justifiait par son extérieur la noblesse de ses paroles, elle fut presque aussitôt obligée de le détourner en rougissant. — Tenez, madame, continua le jeune Law de plus en plus animé, je ne vous suis rien ; le hasard m'a mis sur votre route comme un grain de sable, comme une borne, comme une branche d'arbre, toutes choses à côté desquelles vous avez le droit de passer sans daigner seulement les voir. Le seul privilége que j'aie eu a été de vous faire peur, et ce privilége n'est pas de ceux dont on se puisse prévaloir. Moi-même je ne vous connais que depuis un instant, et je n'ose pas vous dire qu'il me semble que ce seul instant résume toute ma vie. Eh bien! madame, que l'on vienne, que l'on vous attaque, qu'ils soient tous les Floustignac ou tous les Cartouche du monde, et nous verrons un peu!...

Cette sortie était si étrange, si naïve, que l'inconnue, qui avait eu le temps de se remettre un peu, se prit à rire comme une folle.

— Assurément, monsieur, répliqua-t-elle, voilà un souhait dont je dois vous savoir gré... Il est impossible de manifester des sentimens de sollicitude plus galans, et surtout mieux choisis.

— Madame, fit Richard avec amertume, si, au détour de quelque route isolée, l'événement se chargeait de légitimer mes craintes, et que j'eusse à convertir en faits énergiques mes oiseuses paroles, je vous paraîtrais sans doute moins ridicule.

— Ridicule! Ah! monsieur, je n'ai ni dit ni pensé cela.

— Tout au moins indiscret?

— Peut-être.

— Etourdi?

— A coup sûr.

— C'est bien cela!—reprit Richard dont le dépit résistait à l'indulgent sourire qui avait en quelque sorte corrigé l'amertume des dernières paroles de l'inconnue, — c'est bien cela! Parce que nous ne faisons qu'entrer dans la vie; parce que nous n'en connaissons que les routes droites et pures; parce que la vérité coule de nos lèvres sans être interceptée au passage par le calcul ou le mensonge; parce que nous sommes francs et loyaux, on nous appelle étourdis!... Et lorsque nous accusons les ardeurs qui bouillonnent en nous, les sentimens généreux qui nous dominent, les instincts de courage qui nous font lever la tête et brandir le bras, on nous menacerait volontiers de l'index, en nous appelant petits fripons, comme les enfans qui ne sont pas sages!... En vérité, madame, j'aurais dû me dire que vous étiez comme tout le monde, et je vous demande mille pardons de vous avoir importunée.

L'inconnue allait répondre et se disculper sans doute de toute arrière-pensée blessante, lorsque Richard, après un salut digne et respectueux, arrêta tout à coup son cheval et modifia son allure de manière à cheminer à une cinquantaine de pas du carrosse.

De temps à autre, soit curiosité, soit terreur, soit coquetterie, la jolie voyageuse mettait sa séduisante petite tête à la portière pour savoir ce que devenait le fantasque et beau cavalier qui, après l'avoir abordée d'une si étrange façon, venait de prendre congé d'elle plus étrangement encore.

Le chevalier, de son côté, était de la plus méchante humeur du monde.

— Vrai Dieu! se disait-il en saccadant son cheval qui n'en pouvait mais, et en administrant une série de coups de fouet à ses bottes innocentes: vrai Dieu! je me suis conduit comme un sot, comme un bélître! j'aurais dû l'emmieller de paroles douces et confites, et voilà qu'après lui avoir débité je ne sais quelle diatribe qui n'a pas le sens commun, quelque chose dans le goût des sermons que Massillon vient de composer pour le petit roi, je la quitte comme un manant. Tout à l'heure, elle me prenait pour un voleur, maintenant elle va me prendre pour un brutal. Si Chastelux et Brancas savaient cela!

Si apprenti *roué* qu'il fût, Richard était trop jeune pour comprendre que ce qu'il déplorait comme une maladresse était au contraire un coup de maître. Il faut avoir blanchi dans cette étude pour savoir de quels inextricables contrastes, de combien de reviremens capricieux, de quelles impulsions subites et qui nous paraissent impossibles se complique le cœur des femmes.

Celles-ci aiment un jeune homme doux, timide, blond, lymphatique, comme dit la science, un élégiaque et vaporeux jeune homme, un Allemand, je suppose, qui tremble à propos de tout comme une fleur sur sa tige, qui tremble lorsqu'on le regarde, qui tremble quand on lui parle, qui tremble quand on le touche, qui, je le gage, tremblerait encore si, par impossible, l'ange adorée venait à lui dire en se cachant le front: « Je vous aime! » Ces femmes-là se figurent que ces perpétuels tremblemens ne sont autre chose que de l'extase, que de l'admiration, que de l'émotion quintessenciée, et leur petite modestie s'arrange parfaitement d'un culte qui semble les mettre au niveau des déesses de feu la mythologie. A ce compte les quakers, ces trembleurs par excellence, feraient des amans accomplis.

Celles-là préfèrent les aveux brûlans, les yeux qui scintillent, les cœurs qui bouillonnent; il leur faut un homme fort dans sa volonté, despote dans sa jalousie, énergique dans ses impulsions, grand dans ses vices comme dans ses vertus, un maître enfin sous l'empire duquel elles puissent *obéir et se dévouer*, ces deux besoins de leurs cœurs.

Ces dernières sont bien mieux femmes que les premières.

Il est aussi des femmes qui trouvent une sorte de volupté lugubre dans la souffrance. Celles-là renferment hermétiquement leur amour en elles-mêmes; elle en causent avec leur cœur dans les petits sentiers de leur jardin, dans la pénombre de leur boudoir, mais elles mourraient plutôt que de laisser soupçonner leur *indigne faiblesse*, ainsi que cela s'appelle dans la tragédie classique. Cette variété de l'espèce, que nous nommerions volontiers la *femme-saule*, se complaît aux attitudes penchées, aux cheveux éplorés, aux vêtemens noirs, aux regards endoloris. Un des grands charmes qu'elles trouvent à cette situation négative est de se pouvoir dire *malheureuses*. Il suffit le plus souvent d'un portrait pour faire tous les frais de ces passions contemplatives.

Il en est encore, car on en trouve de toutes sortes, à qui il faut autant d'adorateurs qu'il y a d'hommes admis dans leur monde. Une passion par tête, rien de plus, rien de moins. Gare à celui qui aurait le mauvais goût de ne pas se montrer spontanément épris de leurs charmes! Son esprit, à supposer qu'il en eût, ne serait bientôt plus que du jargon, sa science se convertirait en pédantisme, son élégance en fatuité; ainsi du reste. Et ce qu'il y a de pire, c'est que la réputation lui en resterait; car s'il nous arrive çà et là, les jours de mauvaise humeur, de faire ou de défaire des Etats, les femmes ont en revanche le privilége, dont elles usent fort bien, je veux dire fort mal, de briser les plus justes renommées, comme aussi de faire resplendir les étoiles les plus ternes. Passe encore si elles aimaient! Combiner des toilettes étourdissante, étudier des regards fascinateurs, des poses assassines; lancer un demi-aveu pour le reprendre aussitôt, comme ces jets de lumière qui scintillent quelquefois de bien loin aux yeux du voyageur égaré, puis s'éteignent tout à coup et le replongent dans une obscurité plus grande; fomenter l'amour, le caresser, passer ses doigts dans ses boucles blondes, jouer avec les flèches de son carquois, en appuyer la pointe sur la place vide de leur cœur, vous appeler quand vous partez, vous renvoyer quand vous venez; vous enlacer de séductions, de tendresses, de chateries sans nom, pour vous griffer ensuite à plaisir; voilà quelle est la vie de ces femmes. Aujourd'hui cette victime, demain cette autre, jusqu'à ce que la justice du ciel leur envoie quelque rustre sans délicatesse et sans âme, dont elles s'éprennent avec d'autant plus de violence qu'elles aiment pour la première fois, et qui les font mourir lentement, blessure à blessure, comme elles ont tué.

Enfin certaines femmes n'aiment que le fantasque, l'imprévu, le mystérieux. Ne leur parlez pas d'un homme dont la position soit avouée et régulière, dont toutes les démarches soient à jour... Cet homme-là est un homme perdu d'avance! Peu s'en faut qu'il ne soit suspect.

Par exemple, si vous arrivez on ne sait d'où; si vous vous appelez Arthur ou Oswald tout court; si les allures de votre vie sont assez ténébreuses pour vous prêter des reflets de prince voyageant incognito; si avec cela vous apparaissez pour la première fois *au cœur* d'une femme dans une grave circonstance, pendant une tempête, je suppose, ou sur un pic escarpé, ou pendant que Grisi chante à vous fendre l'âme son rôle de la *Norma*, vous n'aurez plus alors qu'à tendre les bras à son amour, car son amour aura fait tout le chemin.

Cependant, ce qui fait que ces pauvres filles d'Eve n'en restent pas moin adorables malgré tout, et que le ridicule les effleure parfois sans les meurtrir jamais, c'est que leur dévouement grandit toujours en raison de l'infortuné qui en est l'objet.

VIII

LES FOLIES AMOUREUSES.

L'inconnue qui courait,—vu l'époque, il serait plus juste de dire qui *marchait* la poste sur la route de Senlis, — appartenait peut-être à la dernière des catégories de femmes que nous venons d'énumérer : — celles qui aiment l'extraordinaire et le fantasque ; — car, ainsi que nous l'avons dit, son frais visage continuait à apparaître de temps à autre à la portière du carrosse, comme une blanche tourterelle au guichet de son colombier.

Le jeune Law continuait, de son côté, à pester contre lui-même, à molester son cheval qui n'en pouvait mais, et à gourmander le pauvre Olivier, dont le cœur sexagénaire ne savait plus comprendre ces bouderies sans nom, ces colères sans mobile, ces emportemens insensés, ces désespoirs gratuits qui, s'il ne sont pas toujours de l'amour, sont au moins quelque chose d'approchant.

A la dernière poste, Richard apprit que son inconnue voyageait à petites journées, et devait coucher à Senlis ; et comme le laquais, trouvant sans doute qu'il en avait dit assez pour son argent, refusait de lui en apprendre davantage, le chevalier doubla la dose, moyennant quoi il sut à quelle auberge elle devait descendre.

Pour quelques écus de plus, il en aurait su plus qu'il ne voulait.

Nanti de ces renseignemens, Richard piqua des deux, dépassa le carrosse de l'air le plus indifférent du monde, entra dans Senlis ventre à terre, comme s'il allait prendre la ville à sac, et fut s'installer à l'hôtellerie désignée.

— Combien d'appartemens disponibles ?

— Trois, monseigneur.

— Je les retiens.

— Monsieur le chevalier se trompe sans doute, objecta le vieil écuyer. Trois appartemens pour lui seul !

— Monsieur le chevalier fait ce qu'il veut faire, reprit sévèrement Richard, sans que monsieur Olivier ait le droit de s'en mêler.

Le digne serviteur inclina la tête avec humilité, et deux larmes glissèrent de ses yeux sur ses vieilles moustaches grises.

L'amour contrarié rend égoïste et cruel, de même que l'amour heureux rend bon et compatissant.

Quand la chaise de poste arriva, Richard était accoudé de manière à pouvoir tout voir et tout entendre sur un de ces balcons de pierre laborieusement sculptés par quelque Jean Goujon méconnu, et dont on ne retrouve plus aujourd'hui que des fragmens mutilés.

— Si madame était seulement arrivée une demi-heure plus tôt ! disait l'hôtelier, qui, pour plus d'obséquiosité, aurait voulu tenir à la main tous les bonnets de cotons de sa garde-robe.

— Comment ! pas un appartement ? pas même une simple chambre ? Ah ! mes nerfs ! mes pauvres nerfs !

— Un jeune seigneur vient de louer l'hôtel depuis la cave jusqu'au grenier, et, avec la meilleure volonté du monde, je ne pourrais...

— Mais alors on ôte son enseigne, monsieur ! clamait la femme de chambre de l'inconnue. C'est un affreux traquenard que vous tendez là aux voyageurs ! Et d'ailleurs il est impossible que madame aille plus loin... ce serait la tuer... Elle est malade, très malade... Madame ne peut résister aux émotions fortes, e nous avons failli être attaquées par des...

L'apparition inopinée de Richard à la portière du carrosse cloua la fin de la phrase sur les lèvres de la camériste.

— Madame, dit le chevalier en saluant profondément, il faut que je sois bien malheureux ou bien maladroit, car je ne vous apparais que dans des circonstances disgracieuses pour moi. Je viens en effet de louer une partie de cette auberge pour quelques amis que j'attends ce soir.. Mais, eux et moi, nous aimerions mieux rester à genoux sous vos croisées, pendant toute une nuit d'orage, que de laisser un seul nuage, un seul, voiler votre front. Toute l'hôtellerie est à votre disposition.

— Des amis ! fit la femme de chambre en se penchant vers sa maîtresse. Madame, il attend des amis ! Il n'y a plus de doute, ce sont des brigands. Ah ! s'il allait nous arriver comme à cette pauvre receveuse générale ! Partons, madame, je vous en supplie, partons !

— Eh bien ! madame, demanda Richard, acceptez-vous?

—Et comme l'inconnue paraissait hésiter encore, il ajouta :

— Je vais être bien malheureux si vous refusez !

Il y avait dans la voix du chevalier tant de persuasion, tant d'ingénuité, tant de véritable tristesse, que la jeune femme fut vaincue.

— Eh bien ! non, dit-elle adorablement, je ne refuse pas... j'accepte.

Et elle se laissa glisser, en souriant, sur le genou que l'heureux Richard venait de ployer pour lui servir de marchepied.

Le soir venu, le chevalier, qui était aux aguets de tout ce qui se passait dans l'appartement de la voyageuse, apprit qu'elle était sérieusement indisposée ; seulement on ne s'accordait pas sur la nature de la maladie.

— C'est sa migraine, disait la femme de chambre.

— Ce sont ses spasmes, disait le valet de pied.

— Je pense aussi que c'est *une lésion de la contractibilité dans les muscles de la vie organique*, disait l'apothicaire de Senlis ; à moins que ce ne soit, comme le prétend mademoiselle, *une névrose du nerf ophthalmique*... si toutefois ce n'est pas autre chose.

A neuf heures, Richard n'y pouvait plus tenir. Sans rien dire à Olivier, sans avertir personne, il prit un bidet de poste, et courut sans reprendre haleine jusqu'à Paris. Dix lieues, rien que cela !

— Chirac ! je veux voir Chirac !...

— Mais, monsieur...

— Je veux voir Chirac !

— Il est deux heures du matin... monsieur le premier médecin de Son Altesse Royale vient à peine de se coucher.

— Chirac, vous dis-je ! c'est de la part du régent !

Et le bouillant jeune homme poussait devant lui le valet de chambre, sans que rien pût l'arrêter.

A cette époque, Pierre Chirac, professeur de la faculté de Montpellier, médecin de l'armée de Roussillon, puis de celle d'Italie et d'Espagne, premier médecin du régent, comme il devait l'être aussi de Louis XV, n'avait pas moins de soixante-dix ans.

Réveillé en sursaut au bruit qui partait de son antichambre, il agita sa sonnette et fit introduire le malencontreux visiteur.

— Monsieur, dit Richard sans autre préambule, il faut que vous montiez à cheval et que vous me suiviez à Senlis.

— A Senlis !... à cheval !... s'écria le vieillard, qui se trouva d'un seul bond sur son séant. Le moment est mal choisi pour vous gausser de moi, monsieur.

— Illustre docteur, personne au monde ne vous admire et ne vous vénère plus que moi ; mais ce n'est pas de ma faute si vous êtes le premier médecin de la terre et le seul qui puissiez guérir mon inconnue. Je vous choisirai un excellent petit cheval, et, si vous n'aimez pas le trot, eh bien ! nous galoperons. C'est tout ce que je puis faire.

Apparemment que le bonhomme (comme nous tous, mon Dieu !) avait une porte ouverte à la flatterie, car il reprit avec une certaine affabilité :

— Voyons, jeune homme, un peu de raison, que diable!

Vous voyez bien que votre cheval me tuerait avant que je fusse à moitié route, et alors adieu le médecin !

— Si je vous prenais en croupe ?

— Bien trouvé !... voilà une posture qui irait parfaitement avec ma perruque, mes bas de soie et ma longue canne à pomme d'ivoire !

— Allons, docteur, il n'y a pas un moment à perdre.

— C'est juste, reprit gravement le médecin de la cour, quelqu'un des vôtres souffre, et il n'y a pas un moment à perdre. Vous dites que madame... madame... Comment l'avez-vous nommée ?

— Mon inconnue, docteur.

— Peste ! reprit en souriant l'excellent Chirac, si c'est *une inconnue*, la chose est plus grave que je ne croyais...

— Oh ! très grave !... C'est, je pense, une affection spasmodique... Elle pleure, elle se tord, elle grince ; puis tout à coup elle se met à chanter, à rire, et cette joie factice fait plus de mal à voir que sa douleur.

Le docteur traça deux mots sur un carré de papier, les parapha d'une griffe à côté de laquelle les hiéroglyphes du Luxor vous paraîtraient des merveilles de calligraphie, et, remettant le tout au chevalier :

— Mon jeune ami, lui dit-il, votre inconnue a la maladie de toutes les jolies femmes. Celles qui ont le malheur d'en être privées font semblant de l'avoir. Dans le premier cas, elle est peu dangereuse ; dans le second cas elle l'est encore moins. Du reste, voilà une ordonnance dont vous me direz des nouvelles. Monsieur, je vous souhaite une bonne nuit. Que le cheval vous soit léger !

Richard comprit enfin qu'il y aurait folie à exiger davantage ; il repartit à fond de train, plus fier de son chiffon de papier que s'il avait conquis la toison d'or de la Colchide ; et moulu, rompu, percé jusqu'aux os, grelottant de froid, il vint pour ainsi dire tomber dans les bras d'Olivier, qui, depuis la veille, comme Ariane dans l'île de Naxos, demandait son jeune maître à tous les échos de Senlis.

Malheureusement, lorsque le chevalier exhiba la précieuse ordonnance de Chirac, il se trouva que l'inconnue, parfaitement remise de ses souffrances, dormait du grand cœur et sans nul souci de la Faculté.

— Qu'est cela ? demanda la femme de chambre avec cet air pincé des caméristes, et en considérant la fiole avec défiance.

— Ma belle enfant, je suis allé cette nuit même à Paris consulter le premier médecin de la cour, et voilà ce qu'il a prescrit.

— Pour qui ? pour quoi ?

— Mais pour votre maîtresse, ce me semble.

— Vous savez donc ce qu'elle a eu, ma maîtresse ?

— Mais je croyais... il m'avait semblé... vous aviez dit vous-même que...

— Tout beau, monsieur ! il paraît que vous êtes jour et nuit sur les grandes routes. Ma maîtresse et moi n'avons pas l'habitude de rien accepter des gens de votre sorte.

— Pas même ces deux louis ?

— Sauf ces deux louis. Mais, quant à la fiole, c'est peut-être un philtre au moyen duquel vous espériez nous endormir pour nous dévaliser ensuite. Fi ! monsieur, cela est affreux !

— Je vous jure...

— Jurez tant que vous voudrez.

— Mais puisque ce sont des gouttes d'Hoffmann, entêtée que vous êtes !

— Des gouttes d'Hoffmann ! En ce cas, ce n'était pas la peine d'aller les chercher si loin, car nous ne voyageons jamais sans en avoir dans toutes les poches de notre chaise.

Et Richard s'était retiré le désespoir dans le cœur.

Mais les femmes, — nous ne parlons pas des femmes de chambre, — sont toujours un peu reconnaissantes (quand elles ne le sont pas beaucoup) des extravagances dont elles ont été l'objet ; elles appellent cela *être charitables envers le prochain*, et ce n'est pas nous qui les voudrions détromper.

Au récit de la prouesse du chevalier, l'inconnue se prit d'abord à rire comme une folle. Puis une douce rêverie succéda bientôt à sa joie, et quand, en remontant en carrosse, elle voulut remercier Richard des obligeances qu'il avait eues pour elles, il se fit, nous ne savons comment, que les caresses de sa voix et de son regard en dirent involontairement plus que ne voulaient ses paroles. La voix et le regard sont parfois de bien grands indiscrets !

Notre chevalier ne tenait plus sur place ; les adieux presque tendres de l'inconnue l'avaient électrisé. Il ne faut qu'une brise pour raviver la jeunesse, comme il ne faut qu'un souffle pour l'abattre. Autant il avait été impérieux et maussade, autant il était maintenant affectueux et bon. Il cherchait par toutes sortes de prévenances à faire oublier à son brave Olivier les brusqueries dont il l'avait accablé la veille. Il allait, venait, sautait comme un page. Il vidait toutes ses poches dans celles des pauvres qui se présentaient à la porte de l'auberge. Il aurait, je crois, embrassé l'hôtelière, les servantes, le monde entier. Les fatigues de la nuit, vingt lieues au galop, par le vent, par la pluie, par des routes saccagées, tout cela s'était envolé devant le sourire d'une femme comme la nuit devant le soleil.

— Allons, Olivier, paye la dépense, donne des pourboires à tout le monde, et à cheval !

— Mais vous n'y pensez pas, monsieur le chevalier !

— J'y pense parfaitement.

— Vous venez de courir la poste pendant vingt lieues ; et le soin de votre santé...?

— Je ne me suis jamais mieux porté.

— Raison de plus pour...

— Pour être malade ? Parbleu ! voilà une logique miraculeuse !

— Il n'en est pas moins vrai, monsieur le chevalier...

Les vieux domestiques sont ordinairement raisonneurs.

— Mon cher Olivier, reprenait Richard, vous êtes un excellent homme, plein de sollicitude et de dévouement pour ma famille et pour moi...

— Monsieur le chevalier...

— Vous avez avec cela de l'expérience, beaucoup de bon sens.

— Monsieur le chevalier, vous me comblez.

— Vous domptez un cheval comme Alexandre, vous lancez un dix cors mieux que Nemrod, vous jouez au billard (1) comme Chamillard.

— Monsieur...

— J'ai toujours admiré la sagesse de vos conseils, la prudence de vos déterminations, et j'avoue que j'aurais bien dû m'y conformer toujours... ce qui fait...

— A la bonne heure ! dit le débonnaire Olivier en se frottant les mains avec une orgueilleuse satisfaction.

— Ce qui fait, reprit Richard, que nous partons à l'instant.

En sortant de Senlis, Richard se sentait un cœur de lion. A défaut de moulins, il aurait, je crois, pourfendu tous les arbres de la route.

— Je ne sais, se disait-il vaillamment, comment j'ai pu tergiverser si longtemps ! C'est le matin, lorsque son regard semblait s'épanouir dans le mien, que j'aurais dû me jeter à ses genoux et lui déclarer mon amour. N'importe ! je vais la rejoindre, et cette fois je n'aurai plus peur ; il faudra bien qu'elle m'entende !

Mais, en amour, le courage a cela de particulier qu'il s'éteint à l'approche du péril. — Le péril, c'est la femme

(1) On adopta le jeu de billard à la cour de Louis XIV, parce que le roi, ayant les digestions difficiles, ne pouvait plus s'asseoir au brelan, après le dîner, sans éprouver un grand feu de tête. Fagon ordonna un exercice modéré, et le billard eut dès lors un succès pareil à celui du bilboquet de Henri III. C'est par son adresse à ce jeu que Chamillard, d'abord conseiller au parlement et maître des requêtes, puis ministre des finances et de la guerre, parvint à captiver la faveur royale.

aimée. — On était parti enseignes déployées, pimpant, radieux, avec une ardeur à tout braver, puis voilà que l'on rentre vaincu, honteux, désarmé ; et l'on remet ainsi chaque jour la vaillance au lendemain, jusqu'à ce que l'ennemi, — toujours la femme aimée, — vous mette en demeure de combattre.

Voilà pourquoi Richard s'avisa de ralentir sa marche dès qu'il fut sur le point d'atteindre cette même chaise de poste qu'il poursuivait depuis une heure avec acharnement. Mais comme nous ne nous avouons jamais nos faiblesses et que nous trouvons toujours à les colorer de quelque motifs spécieux, c'était maintenant son cheval qu'il craignait de fatiguer, c'était le pavé qui était glissant, c'était Olivier dont le grand âge pouvait avoir à souffrir d'une course trop rapide, toutes choses auxquelles il ne s'était pas avisé de songer tant que l'intérêt de son cœur s'y était opposé.

« Tout à l'heure, se disait-il. »

Tout à l'heure, ce grand mot des poltrons, de même que le *hasard* est le grand mot des sots.

— Savez-vous quelle est cette dame à qui j'ai cédé un appartement ? demanda Richard dont l'humeur revenait à la tempête à mesure qu'il était moins satisfait de lui-même.

— Je l'ignore, monsieur le chevalier.

— Vous ne devriez pas l'ignorer.

— Cependant, monsieur le chev...

— Moi, je ne pouvais aller me commettre avec des valets, tandis que... Mais vous ne comprenez rien, absolument rien. Et d'ailleurs, quand on veut faire preuve de zèle, ce n'est pas ainsi que l'on répond.

— Mais votre seigneurie...

— Taisez-vous ! Lorsque Louis XIV demanda à monsieur de Duras ce que l'on faisait des vieilles lunes, le duc lui répondit : « Sire, je n'en sais rien, n'en ayant jamais vu ; » mais, si Votre Majesté le désire, je vais le demander à » monsieur de Cassini. » Voilà ce qui s'appelle une réponse ! Sans compter qu'il doit être plus aisé de découvrir le nom et la qualité de cette dame que de connaître la destinée des vieilles lunes.

— Puisque monsieur le chevalier le désire, je vais atteindre le carrosse en un temps de galop, et...

— Il est bien temps, maintenant ! D'ailleurs, si je veux le savoir, je m'en informerai moi-même.

Pour arriver au château dans lequel la prévoyance du contrôleur général des finances avait cru devoir reléguer son étourdi de fils, il fallait, à une lieue de Péronne, abandonner la grande route et s'enfoncer dans les terres.

Mais quand Richard s'était mis quelque chose dans la tête, le diable en personne, et à plus forte raison Olivier, qui n'était pas le diable, ne l'en aurait pas fait démordre.

— Allez au château, répondit-il aux instances du vieillard, je ne vous en empêche pas... au contraire. Quant à moi, j'aurai tout le temps d'y mourir d'ennui, sans me hâter si fort. Faites donner de l'air aux appartemens, qui doivent sentir le sépulcre. Prévenez la concierge que je ne veux ni harangue ni coups de fusil à mon arrivée. Voyez aussi à m'organiser une chasse pour demain... Je vais jusqu'à Péronne. Péronne est une ville fort ancienne; son château est historique : Charles le Simple y est mort en captivité, et Louis XI y a été détenu pendant trois jours. C'est une ville et un château qu'il faut avoir vus... A ce soir, Olivier. Non, non, il est inutile que vous me suiviez... Je ne le veux pas !

Et Richard piqua des deux vers la ville, tandis que le vieil écuyer s'enfonça tristement dans les fondrières qui conduisaient au château.

A Péronne, où l'inconnue ne fit que se reposer pendant deux heures, le chevalier, dont la vaillance était toujours au futur, se tint à l'écart, loin des yeux de la dame, se contentant de livrer un nouvel assaut à la discrétion de son valet de pied, qui, nous le savons, était fort accessible aux séductions à l'effigie de Louis XIV.

Il sut ainsi que l'on poussait ce jour-là jusqu'à Cambrai, où on ne pourrait arriver que fort tard, vu la distance.

Malheureusement, l'hôtellerie de Cambrai logeait le vide, et, pour comble d'infortune, elle était fort vaste. C'était un de ces caravansérails des siècles passés dans lesquels une douzaine de nos meilleurs hôtels parisiens danseraient une sarabande sans se heurter. Richard ne pouvait donc songer à retenir tous les appartemens disponibles, comme il l'avait fait à Senlis ; car, tout fils de contrôleur général des finances qu'il était, l'état de sa bourse particulière ne lui permettait rien de semblable aux excentricités de cet Anglais qui, après avoir à lui seul frété un bateau à vapeur pour aller de Lyon à Marseille, s'avisa d'y louer tout l'hôtel des Ambassadeurs, et voulait encore, lors de je sais plus quelle représentation extraordinaire, retenir la salle de spectacle entière, toujours pour lui seul.

D'ailleurs, à part le Chirac, cela eût un peu trop ressemblé à l'expédient de la veille, et les belles sont ennemies de l'uniformité, surtout en amour.

Richard pensa donc que le meilleur serait d'accaparer toutes les provisions de l'auberge, et de faire préparer un splendide souper, dont il faudrait bien, vu l'heure avancée de la nuit et sous peine de jeûne, que l'inconnue se résignât à prendre sa part.

Les préliminaires de l'arrivée furent à peu de chose près comme à Senlis.

IX

LE SOUPER.

Les préliminaires de l'arrivée de nos deux voyageuses à Cambrai furent à peu près, avec l'aubergiste de cette ville, ce qu'ils avaient été, la veille, avec celui de Senlis.

La caméristе de Bianca s'indigna la première, et le dialogue suivant s'établit entre les trois personnages :

CÉLINE.

Eh quoi ! pas un blanc de volaille, pas une aile de pluvier..... quant madame est exténuée et que je meurs de faim !

BIANCA, à part.

Mais c'est une horreur !

L'AUBERGISTE.

Si madame était seulement arrivée une demi-heure plus tôt !

CÉLINE.

Que ne nous attendiez-vous une demi-heure plus tard !... Mais il est impossible que nous allions plus loin : madame a ses vapeurs, moi j'ai mes nerfs...

L'AUBERGISTE.

Chacun a les siens.

CÉLINE.

Le rustre !

L'AUBERGISTE.

Nous avons du reste au service de madame autant de chambres qu'elle en pourra désirer... des chambres magnifiques.

CÉLINE.

Cela est bel et bon, mais le souper ?...

L'AUBERGISTE.

Je ne sais réellement que faire... A cette heure, toute la ville dort... Ce seigneur avait bien besoin de faire main basse sur tout ce que nous avions, et cela pour lui seul encore!

BIANCA.

Un seigneur, dites-vous?

L'AUBERGISTE.

Mon Dieu, oui, madame; un jeune seigneur qui est arrivé ici il y a deux heures, et a payé d'avance un souper magnifique pour des convives qui ne viennent pas.

CÉLINE.

Le goinfre!

L'AUBERGISTE.

Peut-être que si on lui demandait...

BIANCA, à part.

Si c'était encore lui! (Haut). Ce jeune homme est accompagné d'un vieux domestique, n'est-ce pas?

L'AUBERGISTE.

Non, madame.

BIANCA.

Il serait plaisant que ce fût le même cavalier qui nous a déjà offert l'hospitalité!

CÉLINE.

Quoi! madame, vous trouveriez plaisant que ce fût ce brigand qui a failli nous attaquer sur la grand'route, et qui, la nuit dernière, à Senlis, voulait, au moyen d'un breuvage perfide, nous endormir pour nous dévaliser?

BIANCA.

Mais vous êtes folle, Céline! puisque c'était de l'hoffmann... je ne sais réellement pas ce que vous a fait ce pauvre jeune homme pour que vous le traitiez ainsi... Il est doux, serviable, honnête, timide même...

(Bianca aurait pu ajouter qu'il était beau, élégant, bien fait; mais elle ne l'ajouta pas.)

L'AUBERGISTE.

Que décide madame?

BIANCA.

Eh bien! puisque tout est accaparé, faites donner la provende à nos chevaux.

CÉLINE.

Il n'a pas mangé l'avoine, je suppose, votre seigneur?

L'AUBERGISTE.

Non, mademoiselle.

CÉLINE.

C'est fort heureux!

BIANCA.

Et nous allons repartir.

(L'aubergiste s'incline et sort.)

CÉLINE.

Mais, madame, vous n'y pensez pas!

BIANCA.

Sois tranquille : nous resterons et nous souperons. Ne vois-tu pas que c'est le second acte de la comédie d'hier soir.

CÉLINE.

Quoi! ce brigand.....

BIANCA.

Encore!

CÉLINE.

Et vous accepteriez?

BIANCA.

C'est pour toi ce que j'en fais... Tu es exténuée, dis-tu?

CÉLINE.

Je n'ai plus faim.

BIANCA.

Poltronne!

CÉLINE.

Je sais ce que je dis... Cet homme ne nous poursuit pas avec autant d'acharnement sans avoir un but.

BIANCA.

Le tout est de savoir quel est ce but.

CÉLINE.

Et si c'était un affidé de cet affreux Floustignac! Si c'était Floustigaac lui-même!

BIANCA.

Ah! quelle apparence!

CÉLINE.

Ces scélérats-là prennent tous les airs.

BIANCA.

C'est fort adroit; les honnêtes gens devraient bien pouvoir en faire autant. Un jeune homme si bien, si...

CÉLINE.

Que de qualités madame a remarquées!

BIANCA.

Je n'ai rien remarqué du tout, mademoiselle; c'est vous qui, avec vos sottes terreurs, me faites dire des choses...

CÉLINE, poussant un cri.

Ah!

BIANCA.

Qu'est-ce donc?

CÉLINE.

J'avais cru entendre du bruit.

BIANCA.

La peur lui a tourné l'esprit. Rassure-toi, ma pauvre Céline, ce n'est pas un voleur.

CÉLINE.

Plût au ciel!

BIANCA.

C'est un amoureux.

CÉLINE.

Madame en est bien sûre?

BIANCA.

Je le crois.

CÉLINE.

Mais alors qu'il se déclare, et je ne serai plus effrayée.

BIANCA.

Ce serait à mon tour d'avoir peur.

CÉLINE.

Ah! madame, un amoureux, c'est bien moins effrayant qu'un voleur.

BIANCA.

Oui, mais c'est bien plus dangereux.

CÉLINE.

Madame a dit...?

BIANCA.

Je n'ai rien dit.

CÉLINE, à part.

Allons, je commence à croire que, dans tout cela, il n'y aura qu'un cœur de dévalisé.

L'AUBERGISTE, entrant.

Madame, les chevaux ont eu leur pitance, et le postillon est en selle.

CÉLINE.

Ils sont bien heureux, les chevaux!

BIANCA.

Allons, puisqu'il le faut, partons... nous souperons demain matin... Mais, j'y pense, vous pouvez bien sans doute nous donner un doigt de vin et un biscuit...

L'AUBERGISTE.

Hélas! madame, tous les biscuits sont également retenus.

CÉLINE.

Les biscuits aussi!... Quel insatiable accapareur!

BIANCA.

Eh bien! on se passera de biscuits comme du reste. Partons.

A ces mots, l'aubergiste précéda les voyageuses et leur fit traverser la salle à manger pour les conduire au dehors. Richard y était nonchalamment étendu dans un grand fauteuil, les pieds sur les chenets d'une cheminée à manteau dans laquelle pétillait un feu de géant. Il fredonnait un motif de l'*Armide* de Lulli.

— Palsambleu! mes très chers, dit-il sans se déranger et sans même se donner la peine de regarder les arrivans, vous pouvez vous vanter de vous faire attendre...

— Je vous demande pardon, monsieur, reprit la douce voix de l'inconnue, mais nous ne sommes pas ceux que vous attendez.

— Comment! madame, s'écria Richard en se levant en sursaut et en jouant assez bien la surprise, c'est vous, vous que je n'espérais plus revoir que dans mes rêves?

BIANCA.

Ma surprise est égale à la vôtre, monsieur, croyez-le bien; mais souffrez que... (Elle fait une profonde révérence, et va pour sortir.)

RICHARD.

Eh quoi! madame, vous partez?

BIANCA.

Oui, monsieur.

CÉLINE.

Et sans souper, qui plus est, grâce à un gentilhomme qui est arrivé ici tout seul... avec je ne sais combien d'estomacs.

RICHARD.

Il se pourrait!... Mais tout ce qu'il y a ici, madame, est à votre service.

BIANCA.

Tout?... C'est beaucoup trop. Nous n'étions pas exigeantes à ce point.

RICHARD.

Suis-je assez malheureux! Hier, j'avais retenu l'auberge de Senlis pour moi et quelques amis que j'attendais... Un rendez-vous de chasse...

CÉLINE.

Est-ce que le pays est giboyeux, monseigneur?

BIANCA.

Et ils vous ont manqué de parole, je crois?

RICHARD.

Mon Dieu! oui, madame... Aujourd'hui, je les attendais ici... et voilà pourquoi... Mais, je le répète, l'auberge entière est à votre disposition.

BIANCA.

Vous ne parlez là que pour vous, monsieur, et je vous en sais gré; mais si vos amis arrivaient enfin, ils seraient peut-être en droit de trouver que vous avez disposé un peu légèrement de leur souper.

RICHARD.

Quoi que je dise, quoi que je fasse, madame, aucun d'eux ne me désavouera.

BIANCA.

Quel touchant accord!

CÉLINE, riant.

C'est comme si vous ne faisiez qu'un.

RICHARD

Absolument.

BIANCA.

Mais à propos, monsieur, savez-vous que vos amis ne se piquent pas d'exactitude?

RICHARD.

Vous me l'aviez fait oublier, madame; mais il n'est guère probable qu'ils viennent maintenant.

BIANCA.

N'est-ce pas, monsieur? Eh bien! alors, faites-moi une grâce...

RICHARD.

Une grâce, à vous, madame! Ah! parlez, parlez! Mon existence tout entière...

CÉLINE, à part.

Je me rassure beaucoup.

BIANCA.

Non pas votre existence tout entière...

CÉLINE, à part.

Ce qui serait peut-être bien long.

BIANCA.

Mais quelque chose de moins important pour vous...

CÉLINE.

Et de plus restaurant pour nous.

(Richard sonne avec violence, et l'aubergiste paraît.)

RICHARD.

A souper! et tout ce que vous avez de meilleur!

L'AUBERGISTE.

Oui, monseigneur.

(Il sort.)

BIANCA.

Mille grâces, monsieur... En vérité, nous vous avons beaucoup d'obligations... Hier, nous vous avons dû l'hospitalité; aujourd'hui...

RICHARD, avec explosion.

Tenez, madame, dussé-je encourir votre haine et vos mépris, la contrainte me pèse...

CÉLINE.

Ah! mon Dieu!

BIANCA.

Vous m'effrayez, monsieur!

RICHARD.

Ces amis, cette partie de chasse, ces auberges retenues, tout cela est un indigne mensonge, un coupable subterfuge employé pour vous revoir.

BIANCA, à part.

Il ne m'apprend là rien de bien nouveau. (Haut.) Mais cela est indigne, monsieur, et je devrais...

RICHARD, à ses pieds.

Ah! madame, pardon! mais c'est que vous êtes si divinement belle! C'est que, lorsque vous m'êtes apparue, comme une vision céleste, j'ai senti s'éveiller en moi un sentiment que je ne connaissais pas encore.

BIANCA, troublée.

Monsieur!

CÉLINE, à part.

Il ment, mais, en pareil cas, cela est permis.

RICHARD.

Mon cœur vous a suivie, et j'ai suivi mon cœur.

CÉLINE, à part.

On fait souvent beaucoup de chemin comme cela!

RICHARD.

Dès lors je n'ai plus eu qu'une pensée, qu'un but, qu'une obsession, vous revoir; et, pour y parvenir, pour contempler de nouveau ces traits charmans...

BIANCA.

Monsieur, de grâce!

RICHARD.

Je sens que je vous ai offensée, madame.

CÉLINE, à part.

Pas trop, je pense.

RICHARD.

Mais dussé-je vous déplaire plus encore, je ne puis résister à l'ardeur qui m'entraîne... Je vous aime! Chassez-moi, punissez-moi, mais je vous aime! Je suis un grand coupable, un malheureux, un insensé, mais je vous aime, je vous aime, je vous aime!

CÉLINE, bas.

Madame, je suis complétement rassurée.

BIANCA, de même.

Veux-tu bien te taire!

RICHARD.

Vous ne répondez pas, madame.

CÉLINE, à part.

Qui ne dit rien consent.

RICHARD.

Votre silence me dit assez à quel point ma témérité vous a déplu. Adieu, madame, je m'éloigne de vous, mais j'emporte mon amour, qui aurait pu faire le bonheur de ma vie et qui en sera désormais le tourment. (Il va lentement vers la porte.)

CÉLINE.

Eh bien! madame, il s'en va!

BIANCA.

Veux-tu donc que je le retienne?

CÉLINE.

Pauvre garçon! c'est dommage, à cause du souper.

RICHARD.

Adieu donc, madame, et si ma mort...

BIANCA.

Adieu, monsieur.

CÉLINE.

Comme il a l'air désolé! Madame, s'il allait se tuer! (A part.) On se tue toujours à vingt ans, quitte à ne mourir qu'à soixante.

BIANCA, toussant.

Hum! hum!

RICHARD, revenant vivement.

Madame...?

BIANCA.

Monsieur?

RICHARD.

Je croyais...

BIANCA.

Plaît-il?

RICHARD.

Il me semblait avoir entendu...

BIANCA.

Rien, je vous assure.

RICHARD.

Me laisserez-vous donc partir ainsi sans un mot de pardon?

CÉLINE, à part.

Ce n'est pas faute de bonne envie.

BIANCA.

Monsieur...

RICHARD.

Vous me pardonnez, madame?

BIANCA.

Je ne vous pardonne pas, mais, si offensée que je sois, il ne me semble pas indispensable que vous partiez sans souper.

CÉLINE, à part.

Nous non plus.

RICHARD.

Qu'entends-je!

CÉLINE, à part.

Allons donc!

BIANCA.

J'ai la mémoire de l'estomac, et je ne prétends pas vous infliger un supplice auquel je n'échappe que grâce à vous.

RICHARD.

Ai-je bien entendu?

BIANCA, vivement.

Oui, mais vous partirez ausitôt après?

RICHARD.

Je le jure.

CÉLINE, à part.

Et moi je crains bien que non.

BIANCA.

Et plus tard, lorsque vous vous rappellerez tout ceci, vous vous direz, pour excuser la légèreté de ma conduite, que c'est vous qui m'y avez forcée, contrainte...

RICHARD.

Vous êtes un ange.

CÉLINE, à part.

C'est toujours quand le démon commence à s'emparer des femmes qu'on les appelle des anges.

BIANCA.

Et vous, vous êtes un homme affreux, que je déteste, que je...

L'ABERGISTE, annonçant

Le souper de monseigneur est servi...

BIANCA, à Richard.

Donnez-moi la main, monsieur.

RICHARD.

Je suis le plus heureux des hommes!

CÉLINE, bas.

Les monstres!... Madame, voilà que je recommence a avoir peur...

BIANCA, de même.

Pour toi?

CÉLINE.

Non, pour vous.

BIANCA.

Folle puisqu'il va partir!

CÉLINE, à part.

Oui mais il n'est pas encore parti.

Lorsque les viandes furent servies (1) et que reparut l'inconnue, qui s'était un instant éclipsée pour réparer le désordre de sa toilette de voyage, le chevalier, qui n'avait pu en quelque sorte que pressentir ses charmes à travers les fourrures et les manteaux dont elle était enveloppée, le chevalier fut anéanti d'admiration.

C'est que la beauté de cette femme rayonnait de mille perfections partielles dont le vulgaire n'a pas idée, et pour l'appréciation desquelles il faut être statuaire par l'âme, sinon par le ciseau.

Le vulgaire, en effet, ne demande aux femmes que d'avoir de grands yeux bien fendus, des joues fraîches, un nez quelconque et une bouche petite; si elles ont tout cela, voilà qui est bien : on se met à leurs pieds, on leur rime des madrigaux, on se tue pour elles, ni plus ni moins que si la nature s'était faite Phidias ou Pygmalion pour les sculpter.

Mais la beauté, la *belle beauté*, ne s'accommode pas de si peu; il faut que les cils soient longs et soyeux, que le cristallin soit limpide, que les tempes soient transparentes, que les enroulemens de l'oreille soient menus et coquets. Et l'aristocratie des mains! et la petitesse des pieds! et de belles boucles brunes, ou noires ou blondes, selon le type qui descendent en gracieux flocons sur des épaules rondes et satinées! Que ne faut-il pas!

Or, comme l'inconnue resplendissait de toutes ces séductions diaboliques et de bien d'autres, il se fit que la fantaisie de Richard devint une passion sérieuse.

Maintenant, à quoi bon suivre pas à pas, soupir à soupir, la préface de ce jeune amour. Ne savons-nous pas bien toutes les illusions charmantes, toutes les adorables sottises qui précèdent le premier aveu, comme aussi toutes les péripéties qui le suivent? Hommes forts que nous sommes, nous avons tous plus ou moins tremblé devant le sourire d'une jeune fille; il nous est arrivé à tous de suivre en frémissant les plis de sa robe, d'attendre avec anxiété qu'une porte s'ouvrît pour voir passer dans la lumière sa blanche et chère apparition. Un seul mot tombé de ses lèvres nous faisait changer de couleur; nous nous passions de dîner pour arriver plus tôt à un rendez-vous; nous nous enrhumions devant ses fenêtres à épier son ombre adorée; nous étions heureux d'un serment de sa main; nous baisions avec transport son vieux gant, ses fleurs fanées, l'empreinte de ses pas. Mon Dieu! oui, vous et moi, nous avons commis toutes ces bonnes choses, et le pire, c'est que nous n'aurons peut-être plus occasion de les commettre.

Le lendemain dès l'aube, ils partirent, Bianca et Céline en carrosse, Richard à cheval.

La dame devait arriver le soir même à Valenciennes, lieu de sa destination.

(1) Dès le temps de madame de Sévigné, au lieu de dire que le dîner était prêt, le maître d'hôtel annonçait que « les viandes étaient servies. » On repoussait les légumes, les racines, de la table des gens de qualité; mais, en revanche, on y présentait une multitude incroyable de viandes de boucherie.

Le postillon venait de descendre de cheval pour rattacher un trait qui s'était brisé. Céline, la chambrière, dormait avec autant de béatitude que si elle avait rêvé des catastrophes inouïes. L'inconnue s'épanouissait dans ses tendres pensées, comme le pistil d'une fleur dans sa corolle, lorsque Richard, qui avait pris les devans, rebroussa tout à coup chemin, et, s'arrêtant court à la portière du carrosse :

—Madame dit-il, je reviens pour vous dire encore que je vous aime!

Puis il repartit au grand galop, emportant du bonheur plein le cœur, et jetant à l'air, aux prairies et aux arbres, les mille mélodies confuses qui chantaient en lui.

Peu à peu cependant il avait laissé prendre le pas à son cheval, si bien que la chaise étant à son tour venue à le dépasser, il put voir une petite main blanche qui laissait agréablement flotter un mouchoir sur l'appui de la portière.

Richard fit ce que nous aurions tous fait, pour peu que nous eussions été jeunes, fous et amoureux comme lui : il partit comme une flèche, rasa les roues de la voiture au risque de se broyer la jambe, enleva le mouchoir comme on enlève les anneaux d'un jeu de bagues, puis, courant toujours, il le porta mille fois de son cœur à ses lèvres et de ses lèvres à son cœur,

Cela ne vaut pas le trait de ce duc de Médina-Cœli qui incendiait lui-même son palais pour presser un instant dans ses bras, en l'arrachant des flammes, la reine qu'il aimait et qu'avait attirée l'appât d'une fête; ni le trait de ce général français du temps de Louis XII, qui lançait au milieu d'une ville assiégée par lui des bombes où l'on trouvait au lieu de poudre un billet et des cailles pour sa maîtresse enfermée dans la place.

Enfin l'on arriva à Valenciennes, et Richard vit le carrosse entrer à l'hôtel de l'Intendance.

Le lecteur sait maintenant de chez qui sortait Bianca quelques jours après à une heure assez matinale, lorsqu'elle fut aperçue par Saint-Etienne, il y a de cela cinq chapitres.

Il sait aussi pourquoi Bianca se prit soudainement d'une tendresse quasi filiale pour Floustignac, qu'elle croyait être le père de son beau chevalier.

X

LE MARIAGE FORCÉ.

Gœthe parle, dans son *Werther*, d'une montagne d'aimant : les vaisseaux qui s'en approchaient trop perdaient tout à coup leurs ferremens : les clous volaient à la montagne, et les malheureux matelots s'abîmaient entre les planches, qui croulaient sous leurs pieds.

Il en avait pour ainsi dire été ainsi de madame Law à la seule approche des archers que nous avons vus venir arrêter le contrôleur général. Par une invicible attraction, ce qui lui restait de courage s'en était allé vers ces crosses de fusil qui retentissaient sur les dalles de la salle à manger de l'hôtel des Trois-Magots, et elle était retombée sur son chevet de douleur, froide, inanimée, presque morte, cherchant vainement une issue dans le naufrage de ses espérances.

Il est en effet de ces révélations, de ces instincts précurseurs d'un fait imminent, qui convainquent mieux, s'il est possible, que l'accomplissement du fait lui-même.

Ainsi, lorsqu'on vint annoncer à madame Law, avec tous les ménagemens possibles, que son compagnon de voyage venait d'être conduit au beffroi, elle ne répondit que par ces mots :

— Je le savais.

La nuit fut terrible pour cette femme habituée à toutes les jouissances d'un luxe royal, et qui voyait tout à coup sa fierté se convertir en humiliation, son splendide hôtel de Soissons en une méchante hôtellerie de province, sa santé en maladie, et les soins empressés dont elle avait toujours été l'objet en indifférence mercenaire.

Quand les femmes perdent leur puissance, leur fortune, leur état dans le monde, elles se consolent facilement, pourvu que la jeunesse et la beauté leur restent, parce qu'elles savent bien que la jeunesse est une autre fortune et la beauté une autre puissance, et que leur petit amour-propre n'est pas fâché de prouver au destin qu'elles sont au-dessus de ses atteintes. Mais si le malheur les prend à cinquante ans, lorsque les cheveux grisonnent, que les rides se creusent, qu'elles ont des taches de vin sur la joue comme cette pauvre contrôleuse générale, et que tout espoir de compensation dans l'avenir leur est interdit, alors leur douleur est complète, car elles n'entrevoient d'autre limite que la tombe.

On se rappelle qu'au sortir de son entretien avec d'Argenson, à l'hôtel de l'Intendance, Floustignac s'était dirigé vers l'auberge des Trois-Magots, où il avait ordonné à Saint-Etienne d'aller l'attendre.

— Ma mie, dit le chevalier en donnant une petite tape amicale sur la joue de la servante qui l'avait dénoncé, j'aime les filles qui ont de la mémoire et de l'aplomb. Bien que vous ne m'eussiez vu qu'une seule fois à Lille, lorsque tout le populaire assiégeait ma porte pour avoir des actions de ma banque du Mississipi (1), vous m'avez reconnu sans sourciller, et je vous dois l'agrément d'avoir visité le beffroi... Un magnifique établissement que le beffroi, chère petite! très solide, très hospitalier, fort sain, convenablement aéré, et dont les serrures sont si artistement façonnées que l'on est obligé de s'en aller par les fenêtres. Prenez cette bague, non pas en souvenir de moi, car je me suis aperçu que vous n'aviez que faire de ce stimulant, mais en témoignage de ma satisfaction. Et maintenant, allez devant et m'annoncez chez ma femme.

— Madame, dit le chevalier en entrant dans l'appartement de la malade, pas d'exclamations, pas de cris, je vous en conjure; il y va de la sûreté de votre mari et surtout de la vôtre, car vous n'êtes encore qu'à moitié sauvés!

Puis, après lui avoir remis les quelques lignes tracées au crayon par le contrôleur général au moment de sa fuite, il lui raconta tout ce qui s'était passé depuis la veille, y compris son entrevue avec l'intendant de Valenciennes.

— Vous avez assuré la liberté de mon mari, dit madame Law, qui ne pleurait pas de douleur mais de reconnaissance; c'est plus que si je vous devais la vie!

— Ah! madame la baronne, reprit modestement Floustignac, vous me comblez.

— Maintenant, monsieur, il faut que je parte à l'instant, n'est-ce pas?

— Non pas, madame, non pas! La partie est engagée avec ce d'Argenson, dont le seul mérite est d'être le fils de son père, et je prétends bien la gagner. Pour cela, il est convenable que nous attendions l'arrivée des ordres de la cour.

— Et si ces ordres nous sont contraires, monsieur?

— D'abord, madame, le régent a donné trop de témoignages d'affection à son contrôleur général des finances pour ne pas désirer qu'il sorte du royaume sain et sauf. Ensuite, si par impossible la crainte que vous manifestez se réalisait, je supprimerais la dépêche.

— Vous supprimeriez la dépêche! demanda madame Law en arrêtant sur Floustignac un regard qui semblait signifier: Perdez-vous la tête?

— Mon Dieu! madame la baronne, rien de plus simple: j'ai fait aposter à deux lieues d'ici, sur la route de Paris, quelques serviteurs sur la fidélité desquels je sais pouvoir compter... les mêmes qui m'ont aidé à délivrer votre mari; ils ont ordre de s'emparer du courrier, de saisir ses dépêches et de me les transmettre à l'instant. Si les nouvelles sont bonnes, nous les laisserons arriver à destination; si elles ne le sont pas, je les supprimerai, ainsi que j'ai déjà eu l'honneur de vous le dire. Dans les deux cas, ajouta le chevalier d'un certain air mystificateur qui n'était qu'à lui, le courrier passera pour avoir eu affaire à des voleurs de grand chemin; pure calomnie! et tout sera dit.

— Vous êtes un homme d'expédiens! reprit la baronne.

— Quand je veux quelque chose, madame, je le veux bien; et, cette fois, je suis de plus stimulé par le charme que j'éprouve à vous servir, et par le désir de ne vous voir quitter cette ville inhospitalière qu'avec les honneurs et la considération qui vous sont dus. Par exemple, madame, ajouta Floustignac, pour écarter les soupçons, il va falloir vous décider à me traiter quelque peu familièrement, devant les gens de l'auberge s'entend. Remarquez bien, je vous prie, qu'en vertu des événemens de cette nuit, je passe aux yeux de l'intendant pour être le contrôleur général; que j'ai su captiver sa considération, à ce point qu'il voudrait à toute force que j'acceptasse un appartement dans son hôtel; que partir ainsi, à l'improviste, serait déceler nous-même notre ruse. Remarquez enfin que, si vous consentez à attendre ici l'arrivée des ordres de la cour, votre mari, que je représente, n'aura pas à subir le blâme de s'être évadé; et que, tout en étant fort en sûreté dans les Pays-Bas, il gardera le bénéfice de s'être incliné devant la loi, et d'avoir eu confiance en la justice du régent, ce qui, assurément, lui fera plus de bien que de mal dans l'esprit chevaleresque de Son Altesse Royale.

— Et si le chancelier d'Aguesseau qui vient d'être rappelé de son exil, si monsieur de Noailles, si monsieur de Villeroy se sont emparés de l'oreille et de la volonté du régent, comme tout porte à le craindre!... si le parlement, furieux de ses échecs passés et de la honteuse promenade qu'il vient de faire à Pontoise, impose à la faiblesse de Son Altesse Royale la mise en accusation de mon mari!... si l'intendant provincial, au lieu d'une ordonnance d'élargissement, reçoit la mission de s'emparer de sa personne et de le diriger sur Paris!... sur Paris, dont il me semble encore entendre blasphémer et bondir avec rage, par les appartemens de mon hôtel, la populace effrénée!...

— Alors comme alors, madame. La Providence favorise volontiers ceux qui s'en rapportent à elle. D'ailleurs, permettez-moi de le répéter, le contrôleur général chevauche en ce moment fort tranquillement sur la route de Bruxelles. Tous les parlemens de la terre, tous les chanceliers possibles ne peuvent rien sur sa personne. Il sera toujours temps de partir quand nous ne pourrons plus douter que les choses tournent mal; et alors nous aurons au moins la conscience de n'avoir rien négligé pour conserver autant que possible à monsieur le baron la secrète protection du régent.

Madame Law parut réfléchir un instant; relut, comme pour mieux se persuader, le billet dans lequel son mari signalait le chevalier comme son sauveur et le recommandait à sa gratitude, et, prenant enfin son parti.

— Monsieur, dit-elle à Floustignac, je suivrai vos conseils.

Qu'on se figure une grande dame, une nonchalante anglaise, habituée à ne songer jamais qu'aux seules futilités du grand monde; n'ayant jamais eu à supporter même le pli d'une rose; trouvant chaque jour son bien-être tout fait, sans s'enquérir jamais des sueurs, des veilles, des tourmens qui fertilisaient ce bien-être; ayant horreur des

(1) A l'époque où le papier de la banque du Mississipi commençait à tomber en discrédit sur la place de Paris, mais avant que ce discrédit eût pénétré dans les provinces, le chevalier de Floustignac, dont les mémoires du temps racontent mille prouesses de ce genre, s'était effectivement avisé d'aller à Lille, où il avait accaparé de bonnes sommes en se faisant passer pour le contrôleur général des finances. La servante des Trois-Magots avait donc été de bonne foi dans son accusation.

affaires comme toute femme élégante et bien née, et ne se figurant pas, tant ses chemins étaient émondés et fleuris, qu'il pût y avoir des ronces dans la vie ; qu'on se figure cette femme, seule, sans conseil, obligée de penser *elle-même*, d'agir *elle-même*, de fuir *elle-même*, et l'on ne s'étonnera pas de la facilité avec laquelle madame Law se confiait aux avis de Floustignac.

Le chevalier et la baronne en étaient là de leur singulière entrevue, lorsqu'on vint leur annoncer un message de l'Intendance : c'était ce tableau représentant saint Charles Borromée donnant la communion aux pestiférés de Milan, que le rusé chevalier avait fait semblant d'admirer par contenance, lors de sa première escarmouche avec la signora Bianca.

« Je sais, écrivait d'Argenson, que votre seigneurie a » *daigné* honorer ce Mignard de quelque attention, et je » m'estime heureux de pouvoir le lui offrir. »

— Mon ami, fit le chevalier en congédiant princièrement le messager, voici dix louis de gratification... Vous direz à votre maître que je *daigne* accepter... Allez ! Puis, se tournant vers la baronne : — Eh bien ! *ma chère?*...

— Monsieur ! interrompit la noble et prude anglaise en jetant sur Floustignac un regard courroucé, vous vous oubliez, ce me semble ?

— Moi, madame, au contraire ! je m'identifie au personnage que je suis appelé à représenter, et je vous conseille d'en faire autant... *Ma chère!* mais il me semble que cette douce épithète est toute simple entre époux. Est-ce que le contrôleur général ne vous appelait pas *ma chère?*... Du reste, si vous aimez mieux que je vous dise *ma bonne*, *ma toute bonne*, *ma bien bonne*, ou que je me serve simplement de votre petit nom, ce sera tout à fait comme vous le voudrez, je n'ai pas de préférence.

Le malheur a bientôt fait de réduire les âmes les plus altières. La baronne secoua tristement la tête, et reprit :

— Il se peut que j'aie tort, monsieur; mais je vous prie de m'excuser si je ne puis ainsi tout de suite m'habituer à l'étrange familiarité que les circonstances nous imposent.

— Au surplus, madame, objecta Floustignac en guignant l'œil taché de la baronne et les rides qui commençaient à creuser ses traits, croyez bien que je suis incapable d'abuser de ma position pour imaginer quoi que ce soit au monde qui puisse légitimer votre colère.

— Je veux croire que vous êtes un galant homme, — dit madame Law, avec une émotion des plus pittoresques, car il n'y a pas de femme de cinquante ans qui, à force d'en imposer aux autres sur son âge, n'en soit venue à s'illusionner elle-même.

— Je vous demande mille pardons de la liberté, madame, reprit Floustignac en s'emparant maritalement de la robe de chambre et des pantoufles du contrôleur général, mais il me semble nécessaire de prendre le costume négligé de mon rôle.

En ce moment un carrosse s'arrêta devant l'auberge des Trois-Magots, et l'on annonça madame d'Argenson.

Bianca entra belle et radieuse, sa poitrine bondissant, ses yeux lançant des éclairs de velours et de feu, le pas souple et voluptueux, comme sont les filles d'Eve lorsque leurs passions n'ont pas d'entraves et qu'elles mordent à belles dents dans le péché.

— Je suis bien indiscrète, n'est-ce pas ? fit-elle en allant aussitôt vers la baronne, dont elle prit et baisa les deux mains avec une effusion presque filiale.

— Vous êtes adorable ! dit le chevalier.

— C'est que, voyez-vous, je craignais tant que vous ne vinssiez pas dîner ! Et puis, madame, j'étais si impatiente de vous rendre mes devoirs et de vous demander pardon des angoisses auxquelles la maladresse de mon vilain mari vous a condamnée depuis hier !

— Chère enfant, dit madame Law en embrassant le front de Bianca, je vois que vous êtes aussi bonne que belle.

— Pas si bonne ! pas si bonne !... demandez à monsieur d'Argenson... Et, pour commencer, j'ai exigé qu'il ferait amende honorable à vos genoux... Fi, le brutal ! ordonner de but en blanc l'arrestation d'un homme comme monseigneur le contrôleur général des finances, et cela sans le voir, sans écouter sa justification, *sans m'en prévenir!*... Le faire jeter dans un méchant cachot ! Ah ! que votre seigneurie a donc bien fait de s'évader ainsi à la barbe des guichetiers !... Monsieur d'Argenson n'ose pas le dire, mais moi je suis sûre qu'il en enrage, et j'en suis ravie... C'est bien fait pour lui !

— Voyez-vous la petite mauvaise ! dit en souriant la baronne.

— Quant à moi, reprit Floustignac, je pardonne de grand cœur à ce cher intendant; je lui dois de vous avoir connue, madame, et cela rachète bien une nuit de beffroi.

— Comment ! de m'avoir connue !... mais il n'était pas le moins du monde nécessaire d'aller au beffroi pour cela !... Votre seigneurie a-t-elle déjà perdu le souvenir de ce bal, chez la duchesse de Berri, où elle m'a fait l'honneur de danser avec moi ?

— Ah ! oui... oui... un bal... chez la duchesse de Berri... au Luxembourg... En vérité, ce bal m'était tout à fait sorti des jambes... de la tête, veux-je dire.

— Voilà qui est peu galant, n'est-ce pas, madame la baronne ?

— C'est que je suis là, ma chère belle, et qu'il craint de me rendre jalouse; tel que je connais le baron, je parierais qu'il s'est rappelé ce bal plutôt mille fois qu'une.

En disant cela, madame Law se prit à penser que puisque son nouvel époux fréquentait les fêtes du Luxembourg, ce devait être un homme bien situé ; et sa sécurité s'en accrut.

Bianca, comme une folle et charmante enfant qu'elle était, s'était assise au chevet de la baronne, et tenait toujours ses deux mains, qu'elle caressait avec cette mignardise, avec ce tact, avec cette gracieuse diplomatie qui font que deux femmes qui se voient pour la première fois paraissent tout à coup s'aimer à l'idolâtrie.

— Monseigneur nous disait ce matin que vous étiez gravement indisposée...

— J'ai beaucoup souffert, reprit la baronne.

— Et maintenant, madame, vous trouvez-vous mieux ?

— Le retour inespéré de monsieur le baron...

— Oui, oui, mon retour inespéré, répéta Floustignac.

— Et votre aimable visite... poursuivit la baronne.

— Et votre aimable visite, acheva Floustignac, en voilà plus qu'il ne fallait pour sécher bien des pleurs.

— Que je suis donc contente ! s'écria Bianca en sautant par l'appartement comme un faon dans la plaine ; que je suis donc contente ! Alors, il reste bien entendu que vous dînez à l'Intendance ?

— Quoi ! vous voulez...

— Je ne veux pas, j'exige, j'ordonne ! Vous ne savez donc pas que je suis madame l'intendante ! Du reste, j'y pense si rarement moi-même que vous êtes bien excusable de l'avoir oublié. Et si cela ne suffit pas, ajouta-t-elle en allant se pencher délicatement vers l'oreille de la baronne comme un papillon sur une fleur, si ce n'est pas assez d'ordonner, je vous en prie... Et puis je vous ménage une surprise... mais une surprise !...

— Ah ! oui ! se dit Floustignac, la surprise en question... Diable ! diable !...

— Vous verrez que, monseigneur le contrôleur général et vous, vous n'aurez pas assez de belles paroles pour me remercier ! Non ! non ! pas d'excuse ! je ne veux rien entendre. A tout à l'heure : je vous enverrai mon carrosse.

Et la jolie intendante disparut comme un sylphe.

Il arriva de là que la baronne fut obligée d'exhumer de ses malles une demi-toilette d'apparat, que le chevalier endossa bravement celui des habits du contrôleur général qui resplendissait le plus de plaques et d'ordres étrangers, et que les deux époux improvisés partirent pour l'Intendance à une heure de relevée, comme on disait alors.

XI

SEXE FAIBLE ET TIMIDE.

Bianca était aux anges. Les cœurs aimés sont ainsi faits que le bonheur qu'ils édifient pour les autres, ce bonheur dût-il être acheté par un sacrifice ou par des larmes, leur apporte plus de joies que le leur propre.

Ainsi, il était à présumer que le résultat de la réunion qu'elle projetait serait le départ immédiat de Richard, rien ne pouvant le dispenser de suivre sa famille exilée. Cet amour, né d'hier, allait devoir s'éteindre demain, non pas de lassitude, non pas d'ennui, non pas de mort légitime et naturelle, comme ces vieilles passions qui, ayant fait leur temps, bâillent mutuellement à la barbe l'une de l'autre; mais fort, mais vivace, dans toute sa séve. A moins que, comme ces natures belliqueuses qui se créent des périls pour les surmonter, elle n'eût espéré sortir victorieuse de la lutte, et que l'amant ne l'emportât sur la mère.

Pauvres mères! elles ont vécu pour leur enfant et tremblent pour lui avant même qu'il ne soit né; elles ont soigneusement évité les frayeurs, les fatigues, les plaisirs, toute émotion qui pourrait l'atteindre. Puis le voilà au monde! Elles s'endorment et se réveillent avec lui; elles pleurent avec lui, tantôt de sa joie, tantôt de sa douleur; leur poitrine bat à l'unisson de la sienne, car les deux n'en font qu'une. Puis, voilà qu'il grandit en force et en beauté; sa ressemblance se prononce; il commence à balbutier ce premier langage dont les mots sont si naïfs et si délicieusement indécis. Regardez-les alors disputer leur fils aux maladies du bas âge, ces tristes écueils dont la nature a jalonné le seuil de la vie, afin sans doute que, quelque nuage se mêlant à leur bonheur, les mères ne meurent pas de leur joie. Comme elles se sacrifient avec abnégation! que leur regard est suppliant et scrutateur, lorsqu'il cherche à étudier les progrès de la décroissance du mal!

« Docteur, vous me répondez de mon enfant devant Dieu!... Rendez-moi mon enfant!... Il me faut mon enfant!... » Une nuit de bal les terrassait, et voilà qu'elles résistent à trois mois de veilles! Sont-elles donc plus fortes?... Non. Seulement, elles ne s'aperçoivent plus de leur faiblesse. Aussi, regardez: leur teint devient mat, leurs joues se creusent, leurs yeux sont ternes. Mais qu'importe! elles ne sont plus femmes, elles sont mères. Puis l'enfant devient un jeune homme. Un beau jour, deux yeux bleus ou noirs, la couleur n'y fait rien, passent à côté de lui, une voix vibre à son oreille, une main touche la sienne. Hier, il n'avait jamais vu ces yeux, il n'avait jamais entendu cette voix, il n'avait jamais touché cette main. Hier, cette femme était une étrangère; elle sera souveraine demain. Et voilà que la mère ne sera plus que la seconde dans le cœur de son fils. Oh! oui, pauvres mères!...

Maintenant que Bianca était parvenue à déterminer la baronne Law et le prétendu contrôleur général à dîner à l'Intendance, il ne lui restait plus qu'à trouver un moyen convenable et plausible de faire apparaître Richard en temps et lieu.

Rien de plus facile s'il n'eût été question que de ces surprises vulgaires, un écrin, je suppose, ou un voile d'Angleterre, qui se blottissent mystérieusement sous la serviette d'un convive. Mais le chevalier était de trop belle venue pour jouer ce jeu-là. Il fallait le produire tel quel, avec ses beaux grands yeux indiscrets qui allaient peut-être raconter à tout le monde une histoire d'amour qu'il eût bien mieux valu ne pas laisser sortir du cœur; avec sa taille élégante, son geste gracieux, son port noble et fier, toutes qualités fort dangereuses quand elles peuvent donner à la malignité le prétexte de s'appesantir davantage sur certaines particularités d'une position déjà fausse en elle-même.

En effet, supposez un instant Richard vieux et laid au lieu d'être jeune et bien fait, et toutes les difficultés disparaissent.

Mais Bianca n'était pas femme à s'arrêter pour si peu. Sa décision une fois prise, elle appuya légèrement l'index sur le milieu de son front, convoqua tous les instincts de diplomatie conjugale dont les femmes les plus naïves sont si abondamment pourvues, pesa, calcula, combina tout avec une célérité et un aplomb qui eussent fait honneur aux intelligences combinées d'un conseil de ministres, secoua deux ou trois fois la tête en signe d'impatience et d'improbation, puis tout à coup ses traits reprirent leur expression habituelle de malicieuse sérénité, le sourire revint papillonner sur ses lèvres, elle battit de ses petites mains comme un écolier en vacances, et fut d'un pas délibéré frapper à la porte du cabinet de son mari.

En ce moment, l'intendant d'Argenson procédait, ou, pour mieux dire, faisait semblant de procéder à l'interrogatoire du geôlier de la prison. Le menton appuyé sur sa main gauche, scrutant magistralement du regard la conscience du patient, il écrivait de temps à autre quelques notes, sans doute fort importantes, car Bianca, qui n'avait pas attendu la permission d'entrer, put, sans être aperçue ni entendue par son mari, arriver jusque derrière son fauteuil, et s'y appuyer légèrement.

— Après avoir mûrement pesé toutes les circonstances de cette affaire, disait d'Argenson, qui venait de prendre une dernière note et relisait son travail avec un certain air de satisfaction qui présageait l'indulgence; oui, tout bien considéré, cette évasion est due à votre incurie, et je vous chasse!

— Mais, monseigneur, les prisonniers ne se sont pas échappés par la porte. Je suis sûr de mes verrous comme de moi-même. Si votre seigneurie voulait seulement se transporter jusqu'au beffroi, elle verrait que les serrures de leur cabanon sont parfaitement intactes.

— Je vous chasse! — reprit d'Argenson, qui continuait à relire ses notes et à les ponctuer amoureusement.

Le malheureux geôlier se faisait le plus petit, le plus voûté, le plus humble possible, et nous concevons qu'après avoir été ainsi réduit à faire une abnégation de toute dignité, et à tolérer les rebuffades d'un maître altier, les subalternes n'aient rien de plus pressé que d'en faire subir le ricochet à ceux dont la position est plus infime encore que la leur.

D'où il résulte que, si les grands n'avaient pas tant de morgue, les petits seraient peut-être moins grossiers.

— Monseigneur, balbutia le guichetier, si ces misérables.....

— Apprenez, manant, que ce ne sont pas des misérables, se hâta d'interrompre l'intendant, dont la vénération pour le contrôleur général était devenue si grande qu'il ne voulait pas qu'une injure, même indirecte, lui fût adressée. Ce sont des gens de la plus haute condition... l'un surtout.

— Eh bien! monseigneur, si ces gens de la plus haute condition n'avaient pas eu des intelligences au dehors, ils seraient encore au beffroi. Je ne pouvais veiller tout à la fois à l'intérieur et à l'extérieur, tandis que la sentinelle....

— Je la chasse aussi! dit d'Argenson, qui était retombé dans la contemplation de ses notes.

— Monseigneur, ayez au moins pitié de ma femme et de mon enfant!

— Vous avez une femme et un enfant?

— Oui, monseigneur.

— Alors vous êtes bien plus coupable que je ne le croyais. Comment! vous êtes trois, au lieu d'être seul, pour exercer la surveillance, et vos prisonniers s'évadent! mais cela est inouï! cela n'a pas de nom!

— Monseigneur, mon enfant n'a que trois mois; quant à ma pauvre femme, c'est à peine si elle a assez de tout son temps pour vaquer aux soins du ménage et allaiter son fils.

— Ah! voilà ce que c'est : on a une jeune femme, on a des enfans, et puis que le gouvernement s'arrange comme il l'entendra! Il faut que vous soyez bien hardi pour oser m'avouer de semblables choses! Quand on est fonctionnaire public, monsieur, on ne doit pas avoir d'enfans. Est-ce que j'ai des enfans, moi?

La vérité est que l'intendant du Hainaut aurait donné l'impossible pour posséder un héritier, et que les principes absurdes innés chez la noblesse de cette époque sur la distinction des races faisaient qu'il ne pardonnait pas à un homme du peuple le bonheur d'être père, alors que lui, grand seigneur, ne pouvait pas l'être.

— Si je n'ai plus d'emploi, dit le guichetier en joignant les mains, ma femme et mon fils n'auront plus de pain.

Jusque-là Bianca était demeurée derrière le fauteuil de son mari, se contentant de lire par-dessus son épaule ce qu'il écrivait, et sans que rien eût encore trahi sa présence.

— Monsieur, dit-elle, faisant allusion à ce que venait d'écrire l'intendant, il paraît que décidément vous aimez mieux les rissoles de mouton à la purée de noisettes que les beignets de cervelle de veau marinée au jus de bigarades?

— Comment, madame! s'écria d'Argenson en se retournant brusquement, vous êtes ici?

— Il me semble que oui, monsieur... Que trouvez-vous donc d'extraordinaire à cela, je vous prie?

— Mais, madame, quand je rends la justice, il n'est pas convenable...

— Quand vous rendez la justice? demanda Bianca en appuyant sur chaque syllabe. Ah! vous appelez cela rendre la justice!... Je suis fort aise de le savoir... Je croyais, ajouta-t-elle en désignant les papiers qui étaient devant son mari, je croyais...

— De grâce, madame, ne plaisantons pas; le moment est mal choisi.

— Ce n'est pas moi qui l'ai choisi, monsieur, c'est vous.

— Voyons, madame, finissons, reprit gravement l'intendant; si vous avez quelque chose à me demander, je vous écoute.

— Monsieur, — dit Bianca en prenant un siége, — puisque vous n'y songez pas, souffrez que je me fasse la galanterie de m'offrir un fauteuil.

— Eh bien! madame? reprit le magistrat en remettant sa toque comme les juges qui vont prononcer un arrêt.

— Eh bien! monsieur, j'ai effectivement beaucoup de choses, des plus sérieuses et des plus pressées, non pas à vous demander, mais à vous apprendre.

— Je sais, répondit l'intendant selon son invariable habitude.

— Puisque vous savez, reprit la jeune femme en se levant à demi, car elle connaissait bien le faible de son époux, je vous laisse... Vous vous tirerez d'affaire avec le contrôleur général comme vous le pourrez.

— C'est donc de Son Excellence le contrôleur général que vous vouliez m'entretenir?

— Oui, monsieur, de Son Excellence le contrôleur général, de chez qui je sors à l'instant, et près duquel vous n'êtes pas en odeur de sainteté, je vous en préviens.

— Silence, mon amie, je vous prie! dit en patelinant d'Argenson. Permettez-moi de congédier cet homme, et je suis à vous. L'ami, ajouta-t-il en faisant un geste impératif au guichetier, vous m'avez entendu, allez!

— Oui, mon brave homme, continua Bianca, allez en paix. Retournez à votre femme, à votre enfant, à votre beffroi, et tâchez à l'avenir que l'on s'évade le moins possible... Monsieur l'intendant vous pardonne.

— Moi, madame, mais je n'ai pas dit cela; au contraire, les devoirs de ma charge...

— Puisqu'il en est ainsi, reprit Bianca en s'emparant dextrement des notes que d'Argenson venait de rédiger, de combiner, de corriger avec une paternelle sollicitude, c'est bien le moins que ce malheureux sache les considérans de sa condamnation : **Premier service** : *une ouille à la garbure gratinée au consommé de bœuf*.

L'intendant savait, par expérience, que quand sa femme s'était mis quelque chose en tête, elle n'en démordait jamais; il savait en outre qu'une fois embarquée dans une plaisanterie, si compromettante qu'elle fût, elle ne s'arrêtait pas en chemin.

La seule chance de salut était donc de prendre le geôlier par les épaules et de le mettre à la porte avant qu'il n'en entendît davantage. C'est ce que fit d'Argenson.

— Sortez! criait-il de tous ses poumons afin de couvrir la voix de Bianca, qui continuait impitoyablement sa lecture; sortez à l'instant! Je vous pardonne... je vous laisse votre place... je vous donnerai même une gratification... mais sortez donc!

Cependant, au moment de franchir le seuil du cabinet, et malgré l'énergie avec laquelle l'intendant persistait à le pousser dehors, l'heureux guichetier trouva le temps de dire à Bianca, d'une voix émue et tendant vers elle ses mains jointes :

— Madame, nous ne manquerons pas un seul jour de prier Dieu pour vous, et la première parole que bégayera notre enfant sera pour vous bénir!

— J'accepte, mon enfant, reprit avec une angélique douceur la jeune femme, dont la pensée se reporta involontairement vers Richard; j'accepte, et puisse votre intercession me valoir la clémence du ciel!

Les cœurs tendres trouvent une sorte d'absolution mentale à racheter leurs fautes par de bonnes actions.

Quand ils furent seuls.

— Qu'est-ce à dire, madame? demanda d'Argenson en fulminant un de ses plus redoutables regards. Avez-vous donc pris à tâche de me rendre ridicule aux yeux de mes administrés?

— C'est là un office dont vous vous acquittez si bien vous-même, monsieur, que nul n'a besoin de vous y aider.

Pour toute réponse à cette aménité conjugale, l'intendant haussa les épaules, renfonça légèrement sa toque, croisa les vastes pans de sa robe de chambre avec beaucoup de fracas, et se mit à marcher à grands pas par son cabinet, en grommelant :

— J'allais, Dieu me pardonne! vous faire l'honneur de me fâcher, comme si les femmes pouvaient comprendre quelque chose au maniement des affaires publiques, à ce que nous appelons la raison d'Etat!

— Si les femmes ne comprennent rien à ce que vous appelez, peut-être un peu ambitieusement, la raison d'Etat, monsieur, reprit avec dédain Bianca, elles savent au moins apprécier tout ce qu'il y a de barbarie et de ridicule à la fois dans la conduite d'un homme qui, au lieu d'écouter la justification d'un accusé, s'amuse à faire le menu de son dîner.

— Les têtes fortement organisées, objecta d'Argenson en se pavanant avec une miraculeuse complaisance, font marcher toutes choses de front... D'ailleurs, dans l'espoir où j'étais de recevoir le contrôleur général, j'ai voulu composer moi-même... A propos, n'est-ce pas du contrôleur général que vous aviez à me parler, madame?

— Oui, monsieur... Ainsi que je vous l'ai dit tout à l'heure, je suis allée rendre mes devoirs à madame Law.

J'espérais, par cette démarche, pallier autant que possible la bévue...

— Une bévue, moi?... par exemple!

— Oui, monsieur, la bévue que vous avez faite, et j'étais loin de me douter, je vous l'avoue, que pendant que je m'évertuais là-bas à vous disculper, vous aggraviez ici votre faute à plaisir.

— Que voulez-vous dire? demanda l'intendant dont la physionomie tomba tout à coup des hautes régions de fatuité où elle se prélassait naguère.

— Je veux dire que c'est un singulier moyen de désarmer la colère du contrôleur général que de punir le concierge à l'incurie duquel il doit de s'être évadé. Sans ce concierge, Son Excellence languirait probablement encore en prison, et votre maladresse serait complète.

Cette considération avait tout à fait échappé à d'Argenson; cependant il reprit, avec cette assurance que la nature n'a donnée qu'aux sots, parce que les sots ne doutent de rien, et moins encore de leur intelligence que du reste:

— N'avez-vous donc pas entendu que j'ai fini par promettre à ce pauvre diable une gratification!

— C'est vrai, fit Bianca, dont un sourire de pitié vint arquer les lèvres; j'avais oublié que les têtes fortement organisées...

— J'étais sûr que vous finiriez par me rendre justice.

— Oh! parfaitement justice! Soit que la réflexion lui eût fait envisager les choses avec plus de sévérité, continua la jeune femme, soit que l'état de souffrance dans lequel il avait retrouvé la baronne lui eût inspiré le désir d'user envers vous de représailles, le contrôleur général m'a d'abord reçue avec une parfaite politesse, je dois le dire, mais aussi avec une excessive froideur. Ce n'était plus le gentilhomme aimable et galant que vous avez vu ce matin; c'était un grand seigneur offensé, contenant à grand'peine son indignation, courtois avec moi parce que je suis une femme, et que d'ailleurs je n'ai nullement trempé dans son arrestation, mais prêt à livrer passage aux reproches les plus amers, et peut-être aux menaces les plus terribles, si le vrai coupable se fût alors présenté devant lui. Vous voyez, monsieur, que ce n'était guère la peine de faire un menu.

Bianca avait à peine achevé ces mots, que d'Argenson courut à la sonnette de son cabinet et l'agita avec une violence qui contrastait singulièrement avec le calme, le compassement, la dignité, la raideur qu'il affectait d'habitude.

— Que faites-vous donc? demanda Bianca.

— C'est une idée, une très bonne idée... vous allez voir! Comtois, ajouta-t-il en s'adressant au valet qui venait d'entrer, allez dire de ma part au geôlier du beffroi, celui que j'ai reçu tout à l'heure en audience particulière, que je le nomme exempt de police, receveur des tailles, fermier des gabelles, tout ce qu'il voudra, à la seule condition d'aller tout de suite remercier Son Excellence le contrôleur général des finances. Son Excellence est descendue avec sa suite à l'auberge des Trois-Magots. Courez! Eh bien! madame, que pensez-vous de mon idée?

— Ce sont de ces idées rares qui ne viennent qu'à vous, monsieur; mais je ne vous ai pas dit toutes les circonstances de ma visite à votre prisonnier, car il persiste plus que jamais à se considérer comme tel, sans doute pour aggraver vos torts aux yeux du régent.

— C'est fait de moi! soupira d'Argenson.

— A dire vrai, reprit Bianca en souriant malicieusement, un emploi de receveur des tailles me paraît bien peu de chose, et peut-être que si vous parveniez à faire nommer ce guichetier secrétaire d'Etat, ou bien maréchal de France...

— Je lui céderais tout, excepté mon intendance, si cela pouvait apaiser le contrôleur général.

— J'étais si loin de m'attendre à une pareille réception, continua Bianca, que je demeurai un instant comme paralysée, ne pouvant ni avancer, ni m'asseoir, ni parler. Fort heureusement que la baronne vint alors alors audevant de moi avec une grâce charmante, et chercha par toutes sortes d'attentions affectueuses à pallier les rigueurs de son mari, sans cela je crois bien que j'allais m'en aller sans avoir fait une seule révérence ni proféré une seule parole.

— Malheureuse enfant! s'écria d'Argenson, vous vouliez donc me perdre tout à fait?

— Rassurez-vous, monsieur; je suis restée pour vous, rien que pour vous, ajouta-t-elle avec un petit air câlin, en abandonnant sa main à l'intendant, qui la lui baisa respectueusement.

La jeune femme continua:

— Le contrôleur général m'ayant demandé la permission d'ajouter quelques lignes à une dépêche qu'il était en train d'écrire lorsque je suis entrée...

— Sans doute pour me dénoncer! murmura d'Argenson.

— La baronne et moi, poursuivit Bianca, nous nous retirâmes à l'écart pour causer plus librement; et, telle est l'aménité, telles sont les manières affables de cette excellente femme, que nous fûmes bientôt en confiance. J'appris alors que le baron était ainsi morose et préoccupé, non pas seulement à cause de l'inconcevable avanie qu'il venait de subir, mais parce qu'il était depuis huit jours sans nouvelles de son fils unique, un jeune homme bouillant et inconsidéré, selon ce que m'a dit la baronne, et qu'il avaient envoyé dans une de leurs terres sous l'escorte d'un vieux serviteur afin de le soustraire aux dangers de leur situation.

— J'aime mieux cela, dit l'intendant. Voilà ce que c'est que d'avoir un fils.

— Quand le contrôleur général eut cacheté sa missive, continua Bianca, il vint nous rejoindre; la conversation s'engagea sur des bases sinon fort aimables, du moins convenables. Et comme le baron me priait de vous transmettre ses remercîmens au sujet du tableau que vous lui avez envoyé ce matin, j'ai pensé que le moment était venu de lui rappeler la promesse qu'il avait bien voulu nous faire de dîner à l'Intendance.

— Très bien! interrompit d'Argenson, parfaitement bien! Je n'aurais pas fait mieux.

— Malheureusement ce que je redoutais est arrivé: le contrôleur général a mis en avant des prétextes spécieux, la santé de la baronne, la fatigue qu'il devait naturellement éprouver lui-même après la nuit orageuse qu'il vient de passer, et jusqu'à sa position de prisonnier sur parole qui lui interdisait, disait-il, de sortir de son appartement.

— Le cruel homme! soupira l'intendant.

— Si bien qu'il a refusé, positivement refusé.

D'Argenson regarda son menu d'un air plus comique que piteux.

— Cependant, poursuivit Bianca, qui semblait se complaire à maintenir son mari dans une alternative de crainte et d'espoir, la baronne, près de laquelle j'avais eu le bon esprit de déployer toutes mes cajoleries, toutes mes petites séductions, la baronne s'est jointe à moi; elle a obligeamment soutenu que ce serait pour elle une heureuse distraction que de venir à l'Intendance, et nous avons fini par l'emporter.

— Il fallait donc le dire tout de suite! s'écria d'Argenson, qui se pendit de nouveau à la sonnette afin de donner des ordres au maître d'hôtel.

— Quand je dis que nous avons fini par l'emporter, reprit Bianca, cela signifie tout simplement que le contrôleur général, en homme bien élevé, a cru devoir accéder au vœu de la baronne, que c'est un sacrifice qu'il lui fait, et que, s'il persiste dans la disposition d'humeur où je l'ai trouvé, vous ne devez pas moins vous attendre à beaucoup de sévérité de sa part.

— Si mon vin de Jurançon pouvait l'attendrir! pensa l'intendant.

— Maintenant, monsieur, dit Bianca, qui, n'ayant pas

eu depuis longtemps la comédie à Valenciennes, trouvait charmant d'en composer une elle-même, maintenant que je vous ai narré toutes ces choses, afin que vous soyez bien au courant de la situation et que vous puissiez vous tenir sur vos gardes, j'ai bien une autre nouvelle à vous apprendre! car il semble que la Providence conduise les événemens par la main et les dispose bénévolement pour le mieux de vos intérêts... mais cela est si extraordinaire, si inconvenant, que je ne sais en vérité si je dois...

— Achevez, Bianca, je vous en conjure!

— Eh bien! monsieur, sachez donc que tout à l'heure, en revenant de chez le contrôleur général, et comme je traversais l'appartement de mes femmes pour me rendre dans le mien, j'ai vu..... Une autre à ma place en serait morte de frayeur!...

— De grâce, Bianca!..

— J'ai vu deux pieds, deux vrais pieds, monsieur, deux pieds d'homme qui s'allongeaient au bas des draperies d'un rideau de croisée.

— Qu'est-ce que cela peut avoir de commun avec le courroux de Son Excellence? demanda d'Argenson, qui était pour le moment insensible à tout le reste.

— Attendez donc, monsieur! Et au lieu de m'évanouir comme vous auriez pu le faire, vous qui êtes l'intendant général du Hainaut, croyant bonnement qu'un malfaiteur s'était introduit chez moi, j'ai fait glisser le rideau sur sa tringle. C'est alors que Céline, ma première femme, s'est jetée à mes genoux, m'avouant que l'apparent malfaiteur était son amoureux, et que cet amoureux était..... le jeune Law!

— Le jeune Law! s'écria d'Argenson, en sautant pour ainsi dire en l'air comme sous l'impulsion d'une pile de Volta; le jeune Law!... C'est impossible!

— Il se peut que ce soit impossible, reprit Bianca, mais cela est.

— Et comment se fait-il...?

— Ah! monsieur, ne m'en demandez pas davantage... je n'en sais rien, je n'ai rien voulu savoir. J'étais si indignée que, dans mon premier mouvement, je l'ai fait mettre à la porte par vos gens...

— A la porte!... Vous avez fait mettre le fils de Son Excellence le contrôleur général à la porte!... Ah! madame, ajouta l'intendant avec l'accent d'un homme profondément découragé, vous me ferez mourir de chagrin!

— Songez donc, monsieur, qu'il était dans l'appartement de mes femmes, à deux pas du mien, qu'il se cachait, que ce pouvait être un voleur, un assassin, que sais-je, moi!

— Sachez, madame, que le fils du contrôleur général n'est pas un homme comme un autre!

— J'avoue, reprit Bianca, que j'ai été peut-être un peu brusque, un peu irréfléchie, et que mieux eût valu que je m'informasse... mais j'y pense, monsieur : s'il me répugne à moi, et cela est bien naturel, n'est-ce pas? de provoquer des explications sur un événement aussi disgracieux, vous ne sauriez avoir les mêmes scrupules..... Faites venir Céline et l'interrogez.

Céline, dont nous n'avons pas eu le loisir de vous faire le portrait alors qu'elle courait la poste en compagnie de madame l'intendante, Céline était une belle et forte fille telle que les Flandres ont conservé la bourgeoise habitude d'en produire. Ainsi que le lecteur aura pu le pressentir, Céline était non-seulement la première femme de Bianca, mais sa plus intime confidente. A cette époque, le théâtre et les livres en font foi, une chambrière était une auxiliaire, une complice qu'on donnait à sa femme, un ennemi intime que l'on introduisait dans la place; une ruse, une finesse, un stratagème de plus qui venait se coaliser contre vous, et dans lesquels votre cécité proverbiale avait bien de la peine à voir clair.

Mais nous ne voulons abuser ni des dissertations ni des portraits. Continuons notre récit.

L'intendant manda donc incontinent Céline dans son cabinet.

Quand Céline entra dans le cabinet de l'intendant, ce n'était plus la suivante, assez morose et enfouie sous une épaisse mantille de voyage, que nous avons entrevue sur la route de Senlis. La chenille avait pris des allures de papillon. Elle était vêtue d'une robe de lévantine verte à manches courtes, plates et bordées d'*engageantes*. — Ces menus détails font toujours plaisir, n'est-ce pas, belles lectrices? — Un petit tablier de soie noire, semé de bouffettes de satin vert, ceignait sa taille un peu large, mais ronde et souple au possible; son bonnet était à barbes, garni de rubans, et posé un peu en arrière sur ses cheveux relevés à la chinoise, vers le sommet de la tête.

Ajoutez à cela qu'elle trottait menu comme Lisette, qu'elle campait la main sur la hanche comme Flipote, ou dans la poche de son tablier comme Marton, et vous comprendrez que de ces formes dodues, robustes, presque viriles, et de ce marivaudage de toilette et de maintien, devait résulter un contraste assez étrange pour que nous ayons cru devoir consacrer quelques lignes à vous le peindre.

Du reste, sa démarche était aussi assurée, sa contenance aussi calme, son regard aussi limpide que s'il se fût agi pour elle d'une couronne de rosière à ceindre, au lieu d'une coulpe amoureuse à confesser.

Cela tient à ce que les femmes ne rougissent jamais d'avoir ou de passer pour avoir un amant beau, jeune, riche et d'une condition supérieure à la leur; au contraire.

Ce qui contribuait encore à la rendre radieuse, c'est que fermentait dans sa tête certain raisonnement qui se pourrait formuler ainsi : « Le chevalier, sachant que je passe pour sa maîtresse, ne pourra se dispenser de m'honorer de quelque attention; qui sait! s'il venait à prendre du goût pour moi, la comédie tournerait au sérieux, et je supplanterais madame dans son cœur. »

— Mademoiselle, dit d'Argenson avec un accent dont la gravité n'excluait pas de grandes propensions à l'indulgence, madame l'intendante a découvert chez vous un jeune homme qui se cachait, un amant, n'est-ce pas?

— Oui, monsieur, répondit Céline.

— Et cette amant quel est-il?

— C'est le chevalier Richard Law.

— Le fils de Son Excellence le contrôleur général des finances?

— Lui-même, monsieur.

— Etes-vous bien sûre de ce que vous dites là, mademoiselle?

— Parfaitement sûre.

— Et par quel hasard, mademoiselle? demanda d'Argenson; dans quelles circonstances?

— Dame! monseigneur, j'ai rencontré un jour monsieur le chevalier sur les remparts; je lui ai plu, à ce qu'il paraît; il m'a suivie; j'ai hâté le pas, il a doublé le sien; je me suis fâchée...

— On commence toujours par là; c'est dans l'ordre, reprit l'intendant.

— Mais comme il était à cheval, poursuivit Céline, et que, en définitive, un cavalier marche plus vite qu'une faible femme, il a fini par m'atteindre; alors je me suis fâchée de plus belle!

— Si bien que, de colère en colère... reprit d'Argenson.

— Oui, monseigneur.

— Il faut lui rendre cette justice qu'elle est d'une sincérité méritoire, dit d'Argenson en se tournant vers sa femme.

Bianca se contenta de répondre par une petite moue, dans laquelle il y avait à la fois du dédain, de la colère et du sarcasme.

— Et il ne sait rien? demanda d'Argenson; il n'a aucune idée des événemens qui se sont accomplis, et à la suite desquels sa famille...

— Quels événemens? demanda Céline avec une parfaite candeur.

— C'est juste : vous ne pouvez pas, vous ne devez pas savoir ; moi seul je sais tout.

— Je sais seulement, monseigneur, que le chevalier Richard Law est venu à Valenciennes parce qu'il s'ennuyait dans un vieux château où ses parens l'avaient relégué sans autre distraction que les remontrances d'un vieux domestique aussi vieux que le château.

— Oui, c'est bien cela. — Puis se parlant à lui-même, l'intendant continua : — Je les réunis au moment où il s'y attendent le moins... je jette le fils dans les bras du père, le père dans ceux du fils... la baronne s'en mêle... on s'attendrit, l'on pleure... le baron oublie que je l'ai fait mettre au beffroi... Cette pauvre Céline ! et dire que c'est à elle que je dois cela !... (*Haut.*) Mademoiselle, madame la marquise et moi nous verrons à vous récompenser.

— Ah ! monseigneur, que vous êtes bon !

— En vérité, monsieur, reprit Bianca, je crois que vous perdez la tête !

— Je ne l'ai jamais eue plus lucide, chère amie... Je combine en ce moment un coup de théâtre. A propos, mademoiselle, ajouta l'intendant en ajustant sa perruque et en ceignant son épée, voulez-vous me dire où demeure monsieur le chevalier ?

— Vous me promettez bien que ce n'est pas pour me l'enlever au moins ?

— Je vous le promets.

— Hé bien ! moi, je la chasse ! s'écria Bianca.

— Voyons, mon amie, que diable ! un peu d'indulgence.

— De l'indulgence tant que vous voudrez, monsieur, mais je ne souffrirai pas qu'ici même, dans mon hôtel, sous mes yeux, cette fille reçoive ses amoureux !

— Puisqu'elle a tout avoué, puisqu'elle se repent...

— Puisque je me repens, madame, ajouta Céline en parodiant la douleur d'une façon qui aurait ouvert les yeux à tout autre que l'intendant du Hainaut. Puisque j'avoue...

— C'est bon, c'est bon, reprit d'Argenson, nous arrangerons cela plus tard. Quant à moi, je n'ai pas un instant à perdre. Je cours inviter moi-même monsieur le chevalier, et je doute bien qu'après cela le contrôleur général me garde encore rancune.

— Il se pourrait bien que la crainte d'être publiquement réprimandé par son père l'empêchât d'accepter, objecta Bianca.

— Aussi ne lui dirai-je pas que son père est ici... je suis trop bon diplomate pour cela.

— Pardonnez-moi, monsieur, dit en souriant Bianca, je l'avais oublié.

— Et cette adresse, mademoiselle ? demanda l'intendant en posant un tricorne sur les trois étages de sa perruque.

— En face le beffroi, monsieur, à l'angle de la place, une porte bâtarde ; vous demanderez monsieur Richard tout court.

Quand le d'Argenson fut parti, les deux femmes continuèrent un instant à se regarder presque sérieusement, puis elles se laissèrent tomber chacune de son côté sur un fauteuil, en éclatant simultanément d'un de ces rires stridens, spasmodiques, qui font plus de mal que de bien, car ils tiennent plus du délire que de la joie.

XII

LES FINESSES DE D'ARGENSON.

Lorsque Richard était arrivé à Valenciennes sur les traces aimantées de Bianca, sa première préoccupation, après avoir stratégiquement exploré les abords plus ou moins vulnérables de l'hôtel de l'Intendance, avait été de se procurer un gîte discret et isolé qui le pût mettre à l'abri des commérages de la ville en même temps que des recherches d'Olivier, lequel ne se résoudrait sans doute pas ainsi, sans coup férir, à perdre son jeune maître comme on perd un mouchoir ou un gant.

D'ailleurs, le chevalier connaissait sa théorie de petites maisons mieux que pas un des jeunes seigneurs de la cour du régent ; il ne lui restait plus qu'à pratiquer.

A vrai dire, il ne pouvait ici prétendre aux tentures de mousseline et de satin, aux douteuses clartés, aux glaces adorablement perfides, à l'atmosphère embaumée, aux fresques de Claude Audran, qui faisaient alors des petits hôtels du faubourg Saint-Antoine autant d'aimables abîmes où venaient mourir les vertus les plus robustes ; il est vrai d'ajouter que, en ce temps, les plus robustes étaient fort délicates.

Mais qu'importait à Richard ! L'amour jeune et vivace n'a que faire de tout ce luxe, et pourvu qu'on le laisse à lui-même, bien seul, bien clos, bien loin des importuns et des jaloux, il n'en demande pas davantage.

Car l'amour a cela d'ineffable et de magnifique qu'il sous-entend, qu'il comporte en soi les magnificences de la terre et les félicités du ciel. Richesses, gloire, poésie, royauté, extases séraphiques, tout cela ne se trouve-t-il pas réuni dans l'amour de la femme qu'on aime, que cet amour s'épanouisse sous un toit de chaume ou sous le dôme d'un palais ?

Les splendeurs du cadre et les déploiemens de la mise en scène ne sont essentiels que lorsqu'il ne nous reste plus que de vieux souvenirs, et alors que notre cœur racorni ne bat plus qu'à moitié.

Or, le hasard avait admirablement servi Richard en le conduisant en face d'une humble maison, à l'auvent de laquelle vacillait un méchant écriteau (1) que les orages et la pluie n'avaient pas tellement déchiré, qu'il ne fût possible d'y déchiffrer encore l'annonce d'un *logement à louer.*

Cette maison, située ainsi que nous l'avons dit dans un angle obscur, en face le beffroi, et à l'abri par cela même de tout voisinage alarmant, n'avait assurément pas l'air d'un joli nid d'amour ; une façade noircie et lézardée par le temps, çà et là quelques fenêtres étroites à petits vitraux plombés, sorte de meurtrières formidablement treillagées, qui paraissaient plutôt destinées à constater l'obscurité qu'à y porter remède ; une porte en chêne massif bardée de fer et constellée d'énormes têtes de clous arrondies en champignons, telle était la physionomie peu avenante de cette demeure, devant laquelle tout autre qu'un amoureux ou un voleur en quête d'un réduit où se tapir aurait fort bien pu passer vingt fois sans le remarquer.

Pour comble de bonheur, cette masure, au lieu d'être confiée à quelque dragon femelle de l'espèce *portière,* était habitée et gardée par un ancien sergent aux gardes françaises.

Grièvement blessé à Malplaquet en 1709, Daniel, — c'était le nom du sergent, — était revenu à Valenciennes, sa patrie, y avait épousé la veuve d'un marchand, et, celle-ci morte, venait d'hériter la bicoque en question, qu'il avait meublée et rajustée de son mieux, et dont il louait une partie, quand le hasard le voulait. A vrai dire, le hasard ne le voulait pas souvent.

Richard trouvant, d'un côté, que la situation lui convenait parfaitement, et Daniel estimant, de l'autre, à vue d'œil, que ce jeune cavalier qui lui tombait du ciel ne regarderait pas à quelques écus de plus ou de moins, le conditions furent arrêtées séance tenante.

— Et surtout, avait dit le chevalier, pas de pourquoi ? pas de comment ! Soyez discret comme la tombe et muet

(1) Les placards, affiches, écriteaux, feuilles écrites ou imprimées, furent autorisés pour la première fois en Angleterre, par Charles Ier, en 1687. Ils furent en usage à Paris dès l'année suivante.

comme un sourd ; à ce compte, au lieu de vingt pistoles que vous me demandez par an, je vous en donnerai cinquante.

Ce à quoi le débris de Malplaquet n'avait pas trouvé de meilleure réponse que de rapprocher militairement ses deux talons sur la même ligne, et de porter le revers de sa main droite à son chapeau à trois cornes.

Nous ferons remarquer en passant que si le chevalier parlait ainsi lestement de payer cinquante pistoles par an sans nul souci de ses devoirs de famille, et comme s'il se fût établi à perpétuité chez le sergent Daniel, c'est que les amours qui commencent se croient toujours éternelles.

Voilà comment Richard s'était trouvé installé, le jour même de son arrivée, dans une affreuse chambre lambrissée du haut en bas de vieilles boiseries de noyer, devenues d'un brun presque noir à force de vétusté, au lieu d'être tout bonnemqnt dans les appartemens du château paternel, où le digne Olivier se morfondait à l'attendre.

Celte chambre étai meublée d'un lit à baldaquin et à crépines fanées, exhaussé sur une estrade, d'un de ces bahuts d'ébène incrustés de cuivre qui étaient bien loin d'avoir alors la valeur qu'ils ont acquise depuis ; d'une horloge à boîte, et de quelques méchans fauteuils en velours d'Utrecht gris à larges bandes rouges.

C'est là que, tout entier aux extases de son amour pour Bianca, le chevalier passait la moitié de ses journées à se souvenir, et la seconde moitié à espérer.

Et, je vous le jure, c'est une tâche bien laborieuse pour le cœur que de vivre ainsi à se souvenir et à espérer, une tâche pour laquelle ce n'est pas trop de la concentration de toutes les facultés.

Il y a cependant des gens qui appellent cela ne rien faire, les maheureux ! — se mettre à genoux et les mains jointes devant le fauteuil où elle s'est assise, comme devant un tabernacle, discerner et adorer les traces de ses pas, —trouver un charme et une saveur extrême à déguster la poussière oubliée de ses cothurnes, — recueillir, comme si elle était encore là, son parfum, son souffle, son sourire, —se rappeler sa voix et jusqu'aux inflexions de sa voix, pour chacune des syllabes qu'elle a laissé tomber de ses lèvres adorées, —se rappeler les éclairs de tendresse et de flamme de son regard —se rappeler à quel instant l'incarnat de la modestie est venu prêter à son front des reflets de rose, — à quel autre instant sa bouche s'est arquée sous une expression de dédain ou d'ironie, — quand ses yeux se sont voilés de langueur, — quand ses bras ronds, blancs et satinés, se sont, par une étreinte nerveuse, rivés à votre cou, — se rappeler la pénombre que projetaient telles boucles de ses cheveux qui descendaient à petites vagues crêpelées sur ses épaules d'ivoire, —ôter, froisser, remettre par la pensée chacun des rubans, chacune des dentelles, chacun des bijoux de sa parure, — Puis, quand tout cela est épuisé, recommencer encore, recommencer toujours, jusqu'à ce que sonne l'heure de se revoir et que la réalité succède à l'illusion !

Mais qu'est-ce donc, selon vous, que le labeur, si vous appelez cela ne rien faire ?

Serait-ce de revêtir une toge d'avocat, ou bien d'aller se carrer pendant quelques heures dans un fauteuil vermoulu d'académicien, d'échanger avec son voisin d'amicales pincées de tabac, d'écouter les péripéties d'un drame judiciaire qui souvent ne le cède en rien à ceux du boulevard du crime?

Serait-ce de se morfondre dans un comptoir pour y troquer de la marchandise contre de l'argent, à grand renfort de minauderies ?

Serait-ce de se barricader dans son cabinet, avec les cheveux effarés et le regard farouche, et de s'y évertuer, comme nous, par exemple, à écrire des livres dont le premier résultat est de faire que nous nous donnions au diable vingt fois le jour, sans parler des nuits, et le second, d'ennuyer le public ?

Belle besogne, en vérité, que tout cela, et dont je vous conseille de vous vanter, en regard des préoccupations amoureuses du chevalier !

Lorsque Daniel, qui remplissait à la fois les fonctions de valet de chambre et d'homme de livrée, eut annoncé la visite de l'intendant du Hainaut, visite qui ne contribuait pas médiocrement à lui inspirer une haute idée de son locataire, Richard fut au-devant de d'Argenson, en s'efforçant de comprimer de son mieux son étonnement et son émotion.

Il est bon de dire, pour l'intelligence de la situation, que Bianca, ne prévoyant pas que son mari se déciderait à aller en personne chercher le chevalier, s'était contentée d'écrire à ce dernier de ne pas s'étonner s'il recevait une invitation à dîner à l'Intendance, se réservant au surplus de lui expliquer elle-même, en temps opportun, par quel stratagème elle était arrivée à ce prodigieux résultat.

—Tête-bleue ! chevalier,—dit cavalièrement d'Argenson en affectant cette fois une désinvolture au moyen de laquelle il espérait se mettre pleinement en confiance avec le jeune Law,—pour un des gentilhommes les plus somptueux de la cour de France, vous m'avouerez que vous avez choisi là une résidence bien mesquine !

— Monsieur, reprit Richard après s'être incliné avec cette respectueuse et perfide déférence que les amans ne manquent jamais d'avoir pour les maris, monsieur, pourrais-je savoir à quelle circonstance je dois l'honneur...

—Si merveilleusement organisée que soit ma police, continua l'intendant, nul autre que moi ne se serait avisé de venir vous déterrer ici.. Heureusement que je sais tout !...

— Vous savez tout ? demanda inconsidérément le jeune homme stupéfait.

— Tout, répéta d'Argenson, en tirant ses manchettes et en assemblant les plis de son jabot ni plus ni moins que s'il se fût appelé Lauzun ou Richelieu.

Bien que Richard n'en eût pas la moindre envie, il essaya de sourire, et reprit :

— Votre seigneurie a là une précieuse prérogative, et que bien des personnes doivent lui envier.

—Vous le premier, n'est-ce pas, chevalier ? Quand ce ne serait que pour savoir quelles ont été les suites de votre escapade de ce matin.

— De mon escapade de ce matin ?

— Vous voyez que je suis bien instruit.

— Mieux que moi-même assurément, monsieur, reprit Richard, qui, se sentant sur un terrain brûlant, craignait que la moindre syllabe ne fût une maladresse.

— Ah çà ! monsieur, il n'y a donc plus de jolies femmes à Paris pour que vous soyez ainsi réduit à venir chasser sur nos terres ? ou bien avez-vous été si grand train, que vous soyez déjà las des petites duchesses et des appétissantes marquises du Palais-Royal ?

— Monsieur, je ne sais...

— Ah ! vous voulez nier !... Cela est très bien, jeune homme, très délicat, très chevaleresque. Loin de vous en faire un crime, j'approuve votre discrétion. Cela me rappelle que, lorsque j'étais à la cour et que madame de Prie me prodiguait ses bonnes grâces, je laissais croire à qui voulait que j'aimais mademoiselle de Charolais. De cette façon...

— De cette façon, interrompit Richard, vous vous sauviez du ridicule d'avoir madame de Prie, qui commençait déjà à être sur le retour, et vous vous donniez l'air d'être aimé d'une très grande dame aussi jeune que belle... C'était très adroit.

—N'est-ce pas, chevalier ?... Et puis, continua d'Argenson avec ce magnifique aplomb de bêtise qui le caractérisait, et en s'exaltant peu à peu au souvenir de ses prouesses, il y a encore une autre tactique dont je m'étais avisé...

— Voyons cela, demanda Richard.

— Vous êtes dans l'âge des conquêtes, jeune homme, et cela pourra vous servir.

— Vous êtes mille fois bon.

— Eh bien ! quand je sortais de chez une femme, mon premier soin était de passer les quatre doigts dans ma frisure, afin de persuader à ceux que je rencontrais que l'on venait de m'arracher les cheveux d'indignation.

— Palsambleu ! s'écria Richard, voilà qui est parfait, et je compte bien en faire mon profit.

— A votre aise, chevalier.

— Je suis sûr, entre nous, que cette manœuvre a dû vous procurer beaucoup de bonnes fortunes.

— Prodigieusement !... Ah ! c'était alors le bon temps !... Le matin, on se rencontrait avec quelque rival derrière le couvent des filles du Saint-Sacrement... Vous savez que les gens du bel air ne se tuaient pas ailleurs. La mode a peut-être changé...

— La mode n'a pas changé, reprit Richard en retroussant sa manchette, ce qui mit en évidence la cicatrice d'un fort joli coup d'épée qui lui avait traversé l'avant-bras; ceci vient du couvent,

— Cela me rappelle que j'ai un jour très bizarrement occis, sur ce diable de terrain, un capitaine au régiment de Royal-Cravate, lequel s'était avisé d'éternuer pendant que je dansais une gavotte avec madame... madame... ma foi ! j'ai tant dansé de gavottes, et avec tant de femmes des mieux situées, que je m'y perds !... Figurez-vous, chevalier, que je me suis fendu trois fois sur ce damné capitaine, rien que trois fois ; la première, sur un coup droit, et je lui ai percé la joue ; la seconde, sur une riposte, et je lui ai troué la gorge ; la troisième, sur un dégagement, et je lui ai crevé la poitrine.

— Ça lui aura appris à éternuer pendant que vous dansiez ! dit gravement Richard.

— Oui, mon jeune ami, continua d'Argenson, c'était le bon temps. Le matin, on se battait; vers midi, on allait muguetter de ruelle en ruelle ; à deux heures on assistait à quelque prise de voile, à quelque sermon de Massillon ou de Fléchier, ou bien on suivait la chasse du roi ; le soir, on avait le ballet, puis on soupait au cabaret, après quoi... Tenez, aujourd'hui encore, chevalier, bien qu'il y ait de cela douze ou quinze bonnes années, je ne puis m'empêcher de rire en songeant à ces pauvres vieux ducs de la fin du règne de Sa Majesté Louis XIV, qui tous, malgré le catarrhe, la goutte et les rhumatismes, semblaient se donner le mot pour épouser de jeunes femmes; et cela pourquoi, je vous le demande?

— Il a dû vous en coûter beaucoup de venir en province, monsieur, reprit naïvement Richard.

— Ne m'en parlez pas ! Mais Sa Majesté le voulait, mon père le voulait. Et puis cette province avait été pendant plusieurs années si déplorablement administrée, que réellement il était urgent que quelqu'un de capable se sacrifiât... Mais, en vérité, je m'admire. Voilà un grand quart d'heure que je suis là à me rappeler les folies et les coups d'épée de ma jeunesse, comme un étourdi que je suis, et j'oublie que je suis venu dans un but plus grave.

— Plus grave ! s'écria Richard, dont la perplexité, une instant assoupie, se réveilla de plus belle.

— Oui, monsieur, nous avons à causer de choses plus graves, très graves même, reprit l'intendant d'un air moitié sinistre et moitié railleur ; voyons, persistez-vous toujours à nier que vous soyez amoureux ?

— Monsieur... balbutia Richard.

— Je commence par vous déclarer que, comme j'en ai les preuves les moins équivoques, il est parfaitement inutile que vous vous donniez cette peine.

— Mais alors, monsieur...

— Et puis, entre nous, chevalier, ce n'est pas un crime capital que d'avoir le cœur tendre ; à votre âge, on glane de çà et de là sans y regarder de trop près. Aussi, jusque-là, je vous pardonne de grand cœur.

— Vous me pardonnez !

— Ce que je vous reproche, c'est moins le fait en lui-même...

— Hein ! fit Richard.

— Que d'avoir manqué de confiance en moi.

— Vous dites ?...

— Nous aurions vu à arranger cela à la satisfaction de tout le monde, tout doucement et sans scandale...

— Voilà qui est par trop fort !

— Ainsi, je comprends que vous vous soyez laissé captiver au point de venir vous enfouir corps et âme dans ce taudis, dont vous n'auriez pas voulu il y a quinze jours pour le dernier de vos valets ; mais, quant à ce qui est d'avoir eu la témérité de pénétrer jusque dans l'appartement de ma femme...

— Dans l'appartement de madame l'intendante? moi !...

— Vous allez peut-être me dire que ce n'est pas vous!

— Un homme s'est introduit dans l'appartement de madame l'intendante? répéta Richard, chez qui la jalousie commençait à remplacer l'étonnement.

— Chevalier, il est impossible de mieux jouer la surprise. Mais votre public est prévenu, mon cher; tout cela est en pure perte.

Richard était à bout de patience et de circonlocutions. Il reprit fièrement :

— Eh bien ! monsieur, si cela était...

— Si cela était, chevalier, il me semble que vous auriez mauvaise grâce à vous plaindre de la façon un peu brusque dont vous avez été éconduit par ma femme, qui d'ailleurs, ne vous connaissait pas.

A ces mots, la poitrine du jeune Law se sentit allégée d'un poids immense, car il en devait naturellement augurer que l'honneur de Bianca était sauf, et qu'il n'y avait que lui de compromis.

— Vous concevez, poursuivit d'Argenson d'un petit air fat, cela n'a pas l'aplomb et la présence d'esprit des femmes de la cour; cela a été élevé sagement, religieusement, à l'abri des intrigues et de la corruption ; de sorte que, lorsqu'elle vous a découvert derrière les rideaux de son antichambre, son premier mouvement a été...

— Je conçois cela parfaitement, dit Richard.

— Et puis savez-vous, chevalier, que cela aurait réellement pu vous compromettre... car enfin supposez que je n'aie pas su à quoi m'en tenir sur la vertu de ma femme, supposez que je n'aie pas tout deviné d'un coup d'œil, avec cette sagacité qui fait que je n'ignore rien de ce qui se passe dans le Hainaut ; supposez que je n'aie pas eu les moyens de m'assurer que vous êtes le fils d'un homme pour lequel je professe autant d'admiration que de respect ; supposez enfin que je ne sois pas indulgent par nature, par réminiscence et par sympathie pour les peccadilles du genre de celle dont vous vous êtes rendu coupable...

— Monsieur, interrompit Richard dont la fierté s'accommodait mal d'une si grande débonnaireté, je suppose tout cela et je me mets à vos ordres.

— Mes ordres, reprit d'Argenson, ou plutôt les ordres de madame l'intendante, à qui vous devez bien quelque concession pour l'offense que vous lui avez faite, sont que vous acceptiez à dîner aujourd'hui même à l'hôtel du gouvernement. Bianca...

— Bianca, dites-vous?...

— C'est le nom de ma femme. Bianca vous grondera peut-être bien un peu, mais elle est bonne personne au fond, et je suis sûr que vous finirez par vous entendre.

— Du diable, pensa Richard, si j'y comprends un mot !

Néanmoins il s'inclina en signe d'acquiescement, et d'Argenson prit congé.

Puis, comme le chevalier avait reçu, le matin même, un envoi du fameux Lenormand, le Humann de cette époque, ce qui prouve que déjà les tailleurs étaient la providence des fils de famille ; — comme il allait, soit en amour, soi en guerre, car il ne démêlait encore que confusément là où l'intendant voulait en venir, et que, dans les deux cas, il est d'étiquette de se parer galamment, — il mit un magnifique habit de velours incarnat pailleté, une veste en broderie de Lyon, une culotte pareille à l'habit, des dentelles en point de Malines, des bas de soie à coins brodés, et, le pas leste et fier, comme lorsque l'on a la conscience de sa jeunesse et de sa vaillance, le cœur allègre et délicieusement agité, comme lorsque l'on va revoir la femme aimée, il s'achemina de son côté, et officiellement cette fois, vers l'Intendance, où il ne s'était encore introduit qu'en larron d'amour.

XIII

A L'INTENDANCE

Si accélérés qu'avaient dû être les préparatifs, le séculaire hôtel du gouvernement, comme ces coquettes édentées qui tiennent encore à sourire et à minauder, s'était paré ce jour-là de ses atours les plus séduisans.

A l'entrée principale se tenait le suisse, gros et grand gaillard, rouge, bourgeonné, admirablement poudré, portant bourse, galonné sur toutes les tailles, le tout rehaussé d'un large baudrier à franges d'argent auquel pendait une épée à dragonne, d'un chapeau bordé et d'une longue hallebarde à houppe rouge et argent.

Le grand escalier de pierre, recouvert par le milieu d'un vieux tapis officiel, qui de mémoire d'homme figurait indistinctement dans les processions et dans les cérémonies municipales, se prélassait entre deux rangées de lauriers roses, d'orangers et de magnolias.

Dans l'antichambre baguenaudaient des espaliers de valets poudrés en bourse, chamarrés d'aiguillettes et de dorures, en bas de soie et souliers à boucles d'argent.

D'Argenson, magistralement vêtu de noir de la tête aux pieds, se promenait d'un pas fiévreux par les appartemens, cherchant une harangue et ne la trouvant pas, comme le bailli du *Nouveau Seigneur :*

Ainsi qu'Alexandre le Grand,
A son entrée à Babylone...

Bien que sa pétulance s'en accommodât fort mal, l'étiquette avait forcé Bianca de se mettre en demi-paniers. Coiffée en frimas avec de longs repentirs qui se jouaient sur son cou, adorablement chaussée de petites mules de velours noir à talons hauts, semées de paillettes brillantes, elle portait une robe d'épais satin damassé de fleurs changeantes comme le plumage d'un ramier.

Belle, impatiente, heureuse, comptant les secondes par les battemens de son cœur, tressaillant à chaque bruit, sa pensée voltigeait par les chemins qui devaient lui amener son Richard, tandis que ses devoirs de maîtresse de maison lui imposaient de demeurer gravement assise dans son salon de réception.

Ce salon était selon le goût sévère de l'époque, car on n'avait pas encore atteint le temps capricieux que nous avons baptisé du nom de *rococo :* d'immenses glaces avec leurs cadres dorés s'élevaient au-dessus et en face de la cheminée; des lustres à girandoles pendaient au plafond, et des lions bronzés servaient de garde-feu. Les meubles étaient larges, carrés, massifs et à dorures brunies.

Il n'était pas jusqu'à Céline qui ne se fût miraculeusement pomponnée et enrubannée, dans l'espoir secret de convertir en péché réel le péché de convention dont Bianca l'avait gratifiée.

Quand le carrosse qui amenait madame Law et le prétendu contrôleur général s'arrêta devant l'Intendance, d'Argenson, oubliant sa gravité habituelle, se précipita vers la portière et l'ouvrit lui-même, comme s'il n'avait pas été le premier magistrat de la cité.

Malheureusement, au moment où il se mettait en mesure de prononcer tant bien que mal son discours, Floustignac lui ferma la bouche de ce petit geste, à la fois protecteur, modeste et familier, par lequel il arrive souvent aux officiers supérieurs de dispenser les sentinelles de leur porter les armes.

Si nous disons officiers *supérieurs*, c'est que, en général, les jeunes épaulettes ne sont pas encore suffisamment rassasiées des honneurs militaires pour s'en priver bénévolement.

— Mon cher intendant, dit Floustignac en sautant du carrosse, Dieu me garde de douter de votre éloquence au point d'en exiger de nouvelles preuves. Il fait d'ailleurs un froid de cinq degrés, et je ne sache pas de bouche d'or qui vaille un bon feu de chêne.

D'Argenson se mordit les lèvres, comme tout orateur désappointé, ce qui ne l'empêcha pas de s'incliner profondément et d'offrir sa main à la baronne, avec laquelle il monta l'escalier d'honneur aussi majestueusement que s'il la conduisait à l'autel.

Bianca vint au-devant d'eux jusqu'au milieu du salon d'attente qui précédait la salle d'apparat, fit une exquise révérence, jeta un charmant sourire à Son Excellence, et, prenant affectueusement dans les siennes les deux mains de madame Law, elle l'entraîna vers le foyer, l'assit doucement dans une bergère, et lui mit un tabouret sous les pieds, comme la fille la plus attentive eût pu le faire pour la plus adorée des mères.

— Que vous êtes aimable d'être venue, dit-elle, et que je vous embrasserais de bon cœur, si vous le permettiez !

— Cher ange ! fit la baronne en l'attirant vers elle.

Il est à remarquer qu'il tombe presque toujours quelque rayon de notre amour sur ceux qui tiennent de près et même de loin à la personne que nous affectionnons. La mère la plus vulgaire, le frère le plus nul, l'oncle le plus grossier, se trouvent alors tout à coup, par je ne sais quel prisme, chatoyer d'un subit éclat. Nous adoptons, pour leur complaire, des goûts, des habitudes, des opinions jusqu'alors antipathiques à notre nature. Nous estimons que les sots ont de l'esprit, que les laides sont belles, que les méchans sont bons; en un mot, nous intervertissons l'ordre et le sens de toutes choses, et cela parce qu'il y a, de par la famille, comme une rose parmi des chardons, une jolie taille et d'aimables yeux, qui nous ont bouleversé la cervelle.

— D'Argenson, dit Floustignac en tirant sa montre et pendant que les dames s'embrassaient tendrement, je ne vous cache pas que j'ai quitté ce matin le beffroi sans y déjeuner, ce dont je ne me repens pas jusqu'à présent, puisque vous avez bien voulu vous charger de réparer vous-même les avaries de mon estomac et que je vous sais de réputation fort expert en pareille cure, mais ce dont je me repentirais infailliblement si nous ne dînions pas bientôt.

— Savez-vous que c'est très-mal à votre seigneurie de rappeler toujours ce maudit beffroi ! minauda l'intendante.

— Comment jamais perdre un souvenir dans lequel vous êtes de moitié ? reprit galamment Floustignac.

— Tenez, je vous pardonne, fit Bianca en dégantant sa petite main qu'elle donna gracieusement à baiser au chevalier.

— C'est que nous attendons quelqu'un, hasarda d'Argenson, qui, depuis que le chevalier avait refusé d'entendre sa harangue, n'osait plus ni s'asseoir ni parler ; quelqu'un, assurément, dont la présence...

— Monsieur, c'est mon secret à moi, et je vous défends de le divulguer ! — interrompit Bianca. Puis, se tournant vers la baronne, elle ajouta en souriant : — N'admirez-vous pas, madame, que ces messieurs aient tous la prétention d'être plus discrets que nous ?

— Que voulez-vous, ma chère ? s'ils n'avaient encore que celle-là !

— Que le diable les emporte avec leur surprise ! pensa Floustignac, voilà le moment de me bien tenir.

En effet, la porte du salon s'ouvrit à deux battans, et l'huissier de l'Intendance annonça :

— Monsieur le chevalier Richard Law !

XIV

PÈRE OU NON.

A ce nom de Richard Law, il y eut un de ces instans de silence, de stupéfaction et d'inertie qui, dans l'ordre physique comme dans l'ordre moral, précèdent toujours les grandes explosions.

Bianca, à demi levée, superposait les mains sur sa poitrine pour en contenir les bonds tumultueux.

D'Argenson regardait tour à tour la baronne et Floustignac, avec cette expression de haute malice et de satisfaction suprême d'un artiste qui vous admet pour la première fois à admirer ce qu'il croit son chef-d'œuvre.

Floustignac, avec la rapidité d'intuition qui lui était innée, pesait les difficultés de la position et le parti qu'il en pourrait tirer.

Quant à madame Law, elle fixa d'abord sur Richard un regard avide, mais plein d'anxiété, car il lui paraissait impossible que ce fût lui. Puis, d'un seul bond, comme une louve qui retrouve ses petits, elle s'élança vers lui en s'écriant :

— Mon fils !

— Ma mère !

Et ils tombèrent dans les bras l'un de l'autre.

— Eh bien ! monseigneur, demanda d'Argenson à Floustignac, êtes-vous content ?

— Très content, reprit celui-ci, parfaitement content !

— Vous voilà tiré d'inquiétude ?

— Complétement.

— J'espère que, quand vous verrez Son Altesse Royale le régent, vous voudrez bien vous ressouvenir que c'est moi qui vous ai rendu votre fils ?

— Je n'aurai garde de l'oublier.

Ce disant, Floustignac secoua à tout rompre la main de l'intendant, et, s'avançant vers Richard qui commençait à se dégager de l'étreinte maternelle :

—Eh bien ! monsieur, lui dit-il, et moi ?

Rien que ces mots rappelèrent à elle-même la baronne, à qui la joie de revoir son fils avait un instant fait oublier les dangers de la situation.

Se penchant alors de nouveau vers lui, comme pour l'embrasser encore :

— Mon Richard, lui dit-elle, cet homme s'est dévoué pour votre père que l'on avait arrêté hier soir; il a noblement pris sa place, et passe pour le contrôleur général lui-même.

Quelque vague et mystérieuse que fût pour lui cette révélation, car il avait ignoré jusque-là les événemens à la suite desquels sa famille avait dû quitter Paris, le jeune Law comprit à l'émotion de sa mère que la circonstance était grave et le péril imminent. Il alla donc à son tour vers Floustignac, et lui prit la main qu'il feignit de porter pieusement à ses lèvres.

A cette démonstration filiale, Floustignac pensa qu'il était de son rôle d'ouvrir paternellement ses deux bras, dans lesquels Richard se jeta de la meilleure foi du monde en disant :

— Oh ! merci, merci ! je n'oublierai jamais ce que vous avez fait !...

Après cela, Richard alla humblement saluer Bianca, s'excusant de ce que la surprise et la joie de revoir sa mère l'eussent un instant distrait de ce devoir.

— Madame l'intendante, fit débonnairement observer d'Argenson, le chevalier est si heureux, qu'il y aurait de la cruauté à le gronder maintenant pour l'équipée de ce matin ; soyez indulgente.

— Monsieur l'intendant, reprit Bianca avec un petit air mutin qui lui allait à ravir, cela me concerne personnellement, et je vous prie de me laisser faire.

— Une équipée ? demanda Floustignac.

— Rien, monseigneur, dit d'Argenson, moins que rien ; un enfantillage, une amourette.

— Ici ? à Valenciennes ?

— Dans mon hôtel, monseigneur.

— Bah ! reprit Floustignac, qui savait maintenant à quelle jolie main attribuer le baiser aérien qui avait surpris Saint-Etienne au passage. Et vous prenez la chose comme cela ?

— Ma foi ! monseigneur, je trouve qu'il vaut mieux en rire que de s'en fâcher.

— A votre aise, mon cher.

— Nous en faisions bien d'autres à son âge !

— Après tout, dit Floustignac en tirant une seconde fois sa montre, puisque cela vous arrange, j'aurais mauvaise grâce à me montrer plus sévère que vous.

— Mon ami, disait pendant ce temps Bianca, qui avait accaparé Richard sous prétexte de le moraliser ; mon ami, rappelez-vous que vous êtes épris de Céline, ma première femme, que je vous ai trouvé ce matin chez elle, et que je vous ai fait mettre à la porte comme le premier paltoquet venu. Maintenant baisez-moi la main... plus froidement que cela, monsieur... Dieu ! que les hommes sont maladroits ! Et remerciez-moi d'avoir été assez généreuse pour vous réunir à la seule femme que je vous permette d'aimer presque autant que moi, votre mère.

En effet, le pauvre Richard était comme un homme ivre qui voit confusément tournoyer toutes choses sans pouvoir rien saisir de net et de distinct.

Le contrôleur général arrêté, sa mère chez l'intendant de Valenciennes au lieu d'être dans son royal hôtel de Soissons, cet étranger qui passait pour son père et qu'il n'avait jamais vu, et jusqu'à cette Céline qu'on lui donnait pour maîtresse et qu'il avait à peine remarquée ! et puis être obligé de rester dans le doute, ne pas pouvoir hasarder une question dans la crainte qu'elle ne fût intempestive et ne compromît quelque grave intérêt, tout cela était bien fait pour décontenancer un loyal jeune homme, nullement diplomate, et à qui il n'était jamais arrivé de mentir que pour jurer à plusieurs belles à la fois une éternelle fidélité de huit jours.

Floustignac allait tirer sa montre pour la troisième fois, lorsque le maître d'hôtel vint annoncer que le dîner était servi.

Alors d'Argenson, le pied cambré, la bouche en cœur et le bras arrondi comme un maître à danser, présenta sa main à madame Law; Floustignac offrit la sienne à Bianca, tout en faisant à Richard un petit geste amicalement ironique dont le sens était qu'en certain cas les pères doivent avoir le pas sur les amans ; et ils passèrent dans une vaste salle toute boisée de chêne et dont les panneaux sculptés représentaient des attributs de pêche et de vénerie.

— Tête-bleue ! mon cher intendant, dit Floustignac en prenant place à la droite de Bianca, je nie que nous soyons à quarante lieues de Paris.

— Et pourquoi cela, monseigneur ?

— Ce dormant, avec la figure équestre de feu Sa Majesté Louis XIV et les statues de Suger, de Sully, de Richelieu et de Mazarin, ces quatre grands conseillers des rois, est de la plus grande magnificence.

— Votre seigneurie est trop indulgente.

— Et cette vaisselle de vermeil avec vos armes en relief émaillé ! En vérité, je n'ai rien vu de plus galant chez nos Lucullus parisiens.

— Vous me comblez.

— Non, mais réellement, et ceci est une remarque que j'ai été à même de faire bien souvent, il n'y a que les hommes éminens qui entendent l'art culinaire.

— Monseigneur !...

— La pistache a été apportée de Syrie par Vitellius.

— Monseigneur !...

— La première échalotte fut envoyée d'Egypte à Athènes par Alexandre le Grand.

— En vérité, monseigneur...

— Domitien faisait délibérer le sénat pour savoir à quelle sauce on mettrait un turbot. Apicius...

— Je n'ai certainement pas la prétention de me comparer à ces grands personnages, reprit modestement d'Argenson ; mais cependant je m'occupe...

— De quelque succulente découverte, n'est-ce pas? acheva Floustignac. Je l'aurais parié, rien qu'à l'ordonnance du service, rien qu'à ces mille petites délicatesses de détail qui dénotent l'homme de goût, de vocation et d'étude.

A quoi d'Argenson répondit par un de ces sourires équivoques qui laissent le champ libre à toutes les interprétations.

— D'ailleurs, poursuivit gravement Floustignac, il est plus que temps que la noblesse française s'occupe un peu de devenir gourmande et de vivre avec l'élégance et la recherche qui lui conviennent.

— Il y a longtemps que j'y songe, monseigneur.

— Car, entre nous, mon cher, savez-vous bien que nous ne sommes que des croquans en comparaison des Romains?

— De vrais croquans! répéta d'Argenson.

— Qu'est-ce, je vous prie, que nos misérables vide-bouteilles à côté des villas patriciennes de Baïes, de Caprée, de Tibur?

— Cela fait pitié!

— Quand je songe que l'on servait à la table de Trimalcion, et cela dans un seul plat, une truie et ses douze marcassins!

— A la bonne heure!

— Ce n'est pas nous qui mangerions des murènes et des lamproies engraissées à l'homme!

— Nous sommes trop arriérés pour cela.

Tandis que l'intendant général et son hôte devisaient ainsi, la baronne et Bianca, tout à l'émotion et à la joie de leurs cœurs, échangeaient avec Richard, l'une de douces câlineries maternelles, l'autre de muettes protestations d'amour.

— Jusqu'ici, chevalier, dit enfin madame Law à son fils, je n'ai songé qu'à être heureuse de votre présence ; mais, maintenant que j'y pense, dites-moi donc un peu, mon Richard, comment il se fait que vous soyez ici, alors que nous vous pensions à notre terre du Ham, près de Péronne?

—Oui, chevalier, reprit Floustignac, que cette question rappelait à l'esprit de son rôle, pourquoi n'êtes-vous pas à notre terre de Péronne, près du Ham?

— Non pas de Péronne près du Ham, interrompit la baronne, mais du Ham près de Péronne ; vous confondez, monsieur.

— C'est juste, madame. Eh bien! chevalier, vous ne répondez pas?

—Mon Dieu! rien de plus simple : je m'ennuyais à mourir dans ce vieux château, et plutôt que d'y mourir j'en suis parti.

— Voilà une raison qui me plaît, dit Floustignac.

— Il doit cependant y avoir au Ham des équipages de chasse, reprit la baronne.

— Mais effectivement, ajouta Floustignac, si je ne me trompe, il doit y en avoir.

— Il se peut qu'il y en ait, monsieur, répondit Richard ; mais comme le gibier manque absolument, je ne m'en suis pas informé.

— Voilà encore une raison que j'approuve, reprit Floustignac.

— Pour vous qui raffolez de cet exercice, chevalier, continua la baronne, ce devait être une puissante ressource que le jeu de paume que monsieur votre père a ordonné que l'on construisît l'an dernier.

— Ah! oui, le jeu de paume que j'ai fait construire, dit Floustignac ; je l'avais totalement oublié, moi! J'espère que mes ordres ont été ponctuellement exécutés?

— Parfaitement, monsieur, répondit Richard, et si j'avais seulement eu un adversaire pour me faire ma partie, je vous assure que je n'aurais rien eu à désirer de plus.

— Troisième raison aussi excellente que les deux autres, dit Floustignac.

— N'aviez-vous pas Olivier? demanda la baronne.

— Pour jouer à la paume! Ma foi! je vous avoue que je n'ai pas eu un seul instant l'idée de lui en faire la proposition. Vous oubliez, madame, qu'il a plus de soixante ans!

— Est-ce que les mères n'oublient pas tout le reste, dit Floustignac, lorsqu'il est question de la sûreté de leur fils! Car enfin, chevalier, il ne faut pas se le dissimuler, il était très imprudent de votre part, dans les circonstances actuelles, de quitter la retraite que notre sollicitude vous avait assignée.

— Vous comprenez, reprit Richard, dont le regard étincelait à la pensée des dangers que sa mère avait eus à courir, vous comprenez que si j'avais su que les choses fussent à ce point, je serais accouru à Paris réclamer ma part de vos douleurs, et tenir tête à cette populace ignoble qui ne sait que se prosterner devant la puissance et accabler l'infortune.

— Malheureux enfant! vous auriez donc voulu que je mourusse d'appréhension!

— Vous auriez fait là une belle équipée! ajouta Floustignac. D'ailleurs, quand on s'est voué, comme je l'ai fait, aux intérêts du peuple, quand on s'est sacrifié au rétablissement du crédit et de la fortune publics, on doit s'attendre à en être tôt ou tard rétribué par l'exil et la spoliation. Je savais d'avance à quoi je m'exposais.

A cette sortie faite avec un admirable accent de noblesse et de résignation, madame Law, que l'éducation anglaise avait d'ailleurs familiarisée avec ce geste cordial, tendit spontanément sa main à Floustignac, et lui dit :

— C'est bien, monsieur, ce que vous dites là!

D'Argenson porta son mouchoir à ses yeux pour y essuyer une larme qu'il chercha vainement, et à l'absence de laquelle il s'empressa de suppléer par un soupir.

Floustignac poursuivit :

— On prétend que, lassés de venir se heurter toujours à l'ingratitude, les cœurs généreux finissent par tourner à l'égoïsme. Eh bien! je vous avoue que je ne me sentirais pas capable d'une pareille vengeance, et que, au premier appel, je serais prêt à me dévouer encore à la chose publique... comme par le passé.

D'Argenson exhuma de sa poitrine un second soupir, plus profond que le premier.

— Chevalier, reprit la baronne, qui en revenait sans cesse aux préoccupations de sa sollicitude maternelle, si Olivier ne pouvait jouer à la paume, il pouvait au moinvous accompagner, et je pense bien que vous ne vous serez pas aventuré à voyager sans lui?

— Hélas! madame, je suis seul.

— Seul! Olivier vous a laissé partir seul! le plus ans cien, le plus attaché de nos serviteurs! un homme qui vous a vu naître, et à la surveillance de qui je vous avais spécialement confié! cela est impossible!

— Je n'aurais jamais cru cela d'Olivier, ajouta Floustignac, et je me réserve...

— Olivier ne m'a pas accompagné parce que je le lui ai défendu ; il n'y a donc que moi de coupable. Je ne croyais aller qu'à Péronne. Malheureusement cette ville est si maussade, que je m'y suis bientôt ennuyé autant qu'au château. Alors je me suis ressouvenu, à l'aide des *Commentaires de César*, que Cambray, qui s'appelait autrefois *Cameracum*, avait été la capitale des Nerviens, ce qui la rendait trop intéressante à mes yeux pour que je négligeasse de la visiter.

— Voilà une réminiscence des *Commentaires de César* qui venait là bien mal à propos, interrompit Floustignac.

— Je ne sais comment cela se fit, reprit Richard, mais

au bout de deux jours je bâillais de l'une à l'autre oreille à Cambrai, ni plus ni moins qu'au Ham et à Péronne ; de telle sorte que, comme je me promenais un matin hors de la ville, je résolus de m'abandonner à la guise de mon cheval, et d'aller là où il lui plairait de me conduire. C'est ainsi que je suis venu aboutir à cette ville, où je trouvais piquant de séjourner sans m'inquiéter de son nom, lorsque monsieur l'intendant, en se faisant annoncer ce matin chez moi, m'a appris que j'étais à Valenciennes.

— Quoi! vraiment, monsieur le chevalier, demanda Bianca avec cet air de candeur angélique sous lequel les femmes savent si bien envelopper leurs perfidies, c'est ainsi que vous êtes venu à Valenciennes, et vous ne saviez pas que vous y fussiez? Voilà une manière de voyager que je trouve aussi bizarre que charmante! Monsieur d'Argenson, il faudra que nous allions ainsi quelque part, n'importe où.

— De sorte que si la Providence, que je bénis, n'avait pas fait que nous nous rencontrassions ici, dit la baronne, il aurait fort bien pu arriver que vous fissiez le tour du monde sans que nous en fussions prévenus.

— Et sans doute que vous avez retrouvé ici cet ennui qui semble vous accompagner partout? demanda Floustignac.

— Pouvez-vous le penser, monsieur ! reprit Richard en serrant les mains de sa mère dans les siennes, et en la regardant avec une telle expression de tendresse qu'il en devait assurément revenir une bonne part à Bianca.

— Hum ! fit l'intendant.

— Plaît-il? demanda Floustignac.

— Rien, monseigneur.

— Il me semble que vous avez dit quelque chose.

— Moi !... vous croyez?

— Je gage que vous avez quelque malice au bout de la langue.

— C'est que...

— Eh bien!

— C'est que je pensais à part moi, répondit d'Argenson d'un petit air narquois, que monsieur le chevalier est trop galamment tourné pour n'admirer exclusivement dans une ville que ses antiquités, et que peut-être notre cité pourrait bien avoir eu l'avantage de le captiver par quelqu'autre attrait qu'une étymologie gauloise et des monumens en ruines. N'est-ce pas, Bianca?

Bianca répondit par un mouvement d'épaules dont il n'est pas donné à notre sagacité de définir l'éloquence.

— Je ne vous comprends pas, reprit Richard.

— Qu'est-ce à dire? demanda Floustignac.

— C'est-à-dire, messieurs, reprit Bianca, que monsieur d'Argenson, tout intendant général qu'il est, tout grave magistrat qu'il devrait être, est...

— Voyons ce qu'il est? interrompit Floustignac.

— ... Est un indiscret, continua Bianca, et qu'il mériterait bien que je vous racontasse en vertu de quel texte il voulait, ce matin, condamner le geôlier du beffroi.

— Monseigneur, je vous supplie de ne pas ajouter foi à ce que vous dit madame d'Argenson, car non-seulement j'ai absous ce geôlier, mais je lui ai promis de l'avancement.

— Je crois que c'est ce que vous aviez de mieux à faire, reprit gravement Floustignac. Ce *café* (1) est délicieux!... A propos, mon cher intendant, madame la baronne est souffrante, moi je n'ai que très imparfaitement dormi la nuit dernière, grâce à l'hospitalité que vous m'aviez offerte au beffroi!...

(1) L'importation du *café* en France date de 1669. Quelques années plus tard, un nommé Pascal établit, à la foire Saint-Germain, une taverne, qu'il nommait *café* parce qu'on y prenait de cette liqueur. Le succès ne fut pas durable à cette première époque, et la mode du café passa, ainsi que l'avait prédit madame de Sévigné. Mais en 1689, vingt ans après, François Procope le remit en usage dans un établissement qui porte encore son nom. On voit que, depuis lors, il n'a fait que prospérer.

— Monseigneur!

— De sorte que nous allons vous demander la permission de nous retirer.

— Je vous ai fait préparer un appartement, monseigneur, ainsi que pour madame la baronne.

— Eh bien! j'accepte pour la baronne.

— Et vous, monseigneur?

— Quant à moi, je crois prudent de retourner à l'auberge des Trois-Magots; j'y ai des papiers fort importans, que je ne veux pas laisser exposés à un coup de main. D'ailleurs, ajouta Floustignac en souriant, madame Law vous reste en otage. Chevalier, vous m'accompagnez, n'est-ce pas?

Richard s'inclina en signe d'assentiment, et fut baiser la main de sa mère, ainsi que celle de Bianca.

Floustignac en fit autant, plus un petit geste amical qu'il crut devoir adresser à la baronne, en sa qualité de mari, et ils prirent congé.

Le même jour, vers dix heures du soir, l'intendant général d'Argenson était retiré dans son cabinet, où, selon sa docte habitude, il faisait semblant d'être absorbé par quelque travail important, lorsqu'on vint lui annoncer qu'un homme, qui venait d'arriver à franc étrier, un courrier sans doute, réclamait audience.

— Monsieur l'intendant, dit cet homme, lorsqu'il fût introduit, je suis le baron Law, ex-contrôleur général des finances.

— Vous! s'écria d'Argenson.

— Moi-même, monsieur. Après m'être sauvé du beffroi, la nuit dernière, grâce à l'audacieuse habileté d'une personne que vos agens avaient arrêtée en même temps que moi, j'allais atteindre la frontière des Pays-Bas, lorsqu'un remords s'est éveillé en moi : j'ai pensé que mon libérateur serait peut-être inquiété à mon sujet, qu'il pourrait devenir la victime de son dévouement, et, quel que soit le sort qui m'attende, j'ai rebroussé chemin.

— Vous avez eu là une heureuse idée, monsieur.

— Tout au moins loyale, monsieur.

— Ah! vous êtes l'ex-contrôleur général des finances, Jean Law! reprit d'Argenson en remettant à l'huissier de service quelques mots qu'il venait de tracer rapidement au crayon. Ah! vous êtes l'ex-contrôleur général!... Je vous en fais mon sincère compliment.

— Il n'y a pas de quoi, je vous assure.

— C'est une bien belle charge que vous aviez là, monsieur.

— Vous voyez où elle m'a conduit.

— Hélas! monsieur, je vous plains.

— Il me reste la consolation de ne pas avoir mérité mon sort.

— C'est toujours quelque chose; seulement, à votre place, je vous avoue que je ne serais pas revenu.

— Et l'honneur, monsieur?

— Et l'estrapade, monsieur!

En ce moment, d'Argenson entendit retentir dans son antichambre le cliquetis des mousquets, en vertu de quoi la vaillance lui revint :

— Monsieur, reprit-il, vous ne savez pas une chose?

— Quelle chose, monsieur?

— C'est que j'ai eu l'honneur de dîner, aujourd'hui même, avec Son Excellence le contrôleur général en personne.

— Avec...!

— Que dites-vous de cela, je vous prie?

— Votre seigneurie veut railler.

— J'ai eu de vos nouvelles, monsieur. Je sais que les barreaux de fer ne vous font pas obstacle, et que vous préférez les voies aériennes à l'escalier le plus commode; mais nous allons mettre ordre à cela... Gardes, emmenez cet homme, et qu'on le renferme dans le plus profond des souterrains du beffroi.

Perdu dans un dédale de suppositions toutes plus impossibles les unes que les autres, anéanti par tant de catastrophes successives, craignant surtout de compromettre par une parole imprudente celui que, dans la naïveté de sa reconnaissance, il appelait encore son sauveur, le malheureux Law, car c'était bien lui, courba la tête et se laissa conduire sans rien objecter.

— Etrange destinée que la mienne! se dit-il lorsque les lourdes portes du beffroi se furent refermées sur lui pour la seconde fois. On m'arrêtait hier parce que j'étais le contrôleur général, on m'arrête aujourd'hui parce que je ne le suis pas.

XV

FEMMES ENTRE ELLES.

Le lendemain fut, à l'Intendance, une journée d'épanchemens intimes et de félicités charmantes.

Dès le jour, et malgré la saison, poussée par ce besoin d'isolement physique et d'isolement moral, par ce malaise indéfinissable qui fermente chez les personnes nerveuses, alors que leur cerveau gambade par les champs de l'imagination et qu'elles sont en train de se créer du bonheur, Bianca était descendue dans le jardin de l'hôtel.

Et, au fait, c'est que, par une transfiguration subite, ce jardin n'était plus ce qu'il avait été jusqu'alors, c'est-à-dire fort sombre, fort maussade et fort inculte; il semblait à Bianca que les parterres avaient subi de plus gracieux contours; les grands arbres décharnés lui souriaient; voilà que les fleurs mortes se balançaient sur leurs tiges, plus sveltes, plus embaumées, plus éblouissantes que jamais; voilà que le bouvreuil chantait, que les abeilles butinaient, que les papillons voltigeaient de leurs petites ailes poussiéreuses et diaprées; puis c'était une source dont les rubans d'argent scintillaient par des sentiers verts et qu'elle n'avait jamais remarquée, c'était un aimable groupe d'après Coustou, qu'elle s'étonnait de ne pas avoir apprécié plus tôt; c'étaient de joyeuses paquerettes qui ondulaient sur les gazons, des campanules bleues qui semblaient égrener dans les airs des gammes argentines, de blancs flocons d'aubépine qui neigeaient autour d'elle; c'était tout ce que peut faire éclore de radieux et de féerique une imagination jeune, ardente et satisfaite.

Ce que la nature n'amène à point qu'après plusieurs mois de labeur, l'amour venait de le produire en un clin d'œil.

Puissant créateur que l'amour!

De temps à autre, Bianca levait les yeux vers les croisées de son appartement, qui était celui de madame Law, car elle avait entrevu dans l'avenir je ne sais quel mystérieuse satisfaction à pouvoir se rappeler que tout ce qui était à elle avait été, pendant quelques jours, à l'usage de la mère de Richard.

Puis, comme tout annonçait que la baronne reposait encore, elle se remettait à courir et à folâtrer par les sentiers fleuris de son cœur.

Il lui venait alors de ces pensées naïves qui font sourire de pitié les hommes graves et les femmes laides. Ainsi, elle effeuillait la première branche venue en disant tour à tour :

« Il m'aimera toujours!

» Il m'oubliera bientôt! »

Lorsque la dernière feuille ramenait l'augure préféré, vous eussiez dit que la félicité éternelle se révélait à elle par une échappée de ciel.

Si au contraire le pronostic était malheureux, elle finissait par découvrir quelque foliole plus exiguë ou plus flétrie que les autres, laquelle ne devait pas entrer en compte, et dont la suppression la ramenait à son thème favori : *« Il m'aimera toujours. »*

Et mille autres choses puériles, creuses, ridicules si vous le voulez, mais qui vont si bien à l'amour et à la jeunesse, et auxquelles l'amour et la jeunesse vont si bien!

Vers dix heures, il se fit quelque mouvement chez la baronne, les épais rideaux de lampas glissèrent sur leurs tringles, et Bianca prit son vol.

L'impatient Richard arrivait de son côté, en sorte qu'ils entrèrent ensemble dans l'appartement de madame Law, et furent pour ainsi dire réunis dans le même embrassement maternel.

C'était de bon présage.

La baronne étant toujours souffrante et alitée, ce fut pour les jeunes gens une occasion de lutter de prévenances, de caresses, de soins délicats, qui avaient pour immédiate rémunération quelque frôlement clandestin, quelque pression muette, quelques brises du souffle adoré mystérieusement aspirées.

En ces momens tout devient allusion : le spectacle, la romance du jour, les fleurs de la saison; ici un mot, là une syllabe, ailleurs un geste, une intention, moins que rien; et vous êtes compris, et l'on vous répond, et vous répliquez, et que sais-je encore?

Lorsque Richard avait su que cette chambre était celle ordinairement habitée par Bianca, une sorte de grelottement nerveux s'était emparé de lui; le meuble le plus futile, l'objet le plus insignifiant lui étaient des causes d'extase et d'adoration; peu s'en fallait qu'il ne s'agenouillât à chaque pas.

Bianca s'enivrait à tant de témoignages manifestes de l'empire qu'elle exerçait sur son amant; elle n'avait jamais été plus séduisante, plus belle, plus enjouée, plus Eve qu'en ce moment; sa parole montait à la tête, et Marivaux aurait dit que son regard versait du champagne.

D'Argenson avait envoyé demander s'il faisait jour chez la baronne.

Malgré sa frisure à l'oiseau royal, malgré la plume (1) élégante et juvénile qui retroussait la basque de son habit; bien qu'il prît toutes les peines possibles pour sourire en cœur et se donner des semblans de muguet, sa présence produisit l'effet de ces épouvantails que l'on dresse dans les chènevières pour faire peur aux oiseaux : les douces joies qui rayonnaient dans cette chambre prirent leur volée.

— Monsieur l'intendant, dit Richard après l'échange des complimens obligés, je me suis présenté il y a une heure aux abords de votre cabinet, mais votre valet de chambre m'a barré le passage.

— Chevalier, reprit d'Argenson, j'ai mille grâces à vous demander; Comtois est un maladroit, qui ne suit jamais mes instructions au pied de la lettre que lorsqu'il devrait s'en écarter. Le drôle savait que je terminais un travail fort important auquel j'ai dû consacrer une partie de la nuit, et il aura craint de me déranger... Je le gronderai.

Bianca fit la satirique petite moue que nous connaissons.

— En ce cas, votre seigneurie me permettra, avec l'acquiescement de ces dames, de m'acquitter ici de la mission dont monsieur le contrôleur m'a chargé.

— Sans doute, chevalier, à moins que ce ne soit un secret d'Etat.

— Ce n'est pas même un secret, dit Richard.

— Tant pis, ajouta Bianca, car nous ne pourrons pas le divulguer.

— C'est tout simplement, poursuivit Richard, que monsieur le contrôleur général, dont la santé exige le grand air et la locomotion, a pris sur lui de sortir ce matin sans s'être d'abord assuré de l'agrément de votre seigneurie,

(1) On appelait *plumes* des semblans d'épée de parade, dont la lame était en baleine et le fourreau de soie blanc, à garde d'or.

et qu'il ne rentrera probablement qu'à une heure assez avancée de la journée.

— Comment, dit Bianca, monsieur le baron a osé prendre cela sur lui!... Mais ceci me paraît fort grave; n'est-ce pas, monsieur d'Argenson?

— Très grave, reprit l'intendant, dont les lèvres s'écarquillèrent en un gracieux sourire.

— Aussi m'a-t-il chargé de vous faire agréer ses excuses.

— Que nous n'agréons pas, interrompit Bianca.

— Et de plus, poursuivit Richard sur le ton de la plaisanterie, je viens me constituer en otage.

— En sorte que vous en aurez deux pour un, ajouta madame Law.

— Les charitables petites âmes que vous faites! reprit l'intendant, de l'air d'un martyr qui se résigne. Puis se tournant vers Richard: — A propos, chevalier, pourquoi Son Excellence n'a-t-elle pas fait prendre un des chevaux de mes écuries?

— Vous auriez eu la chance que votre cheval vous ramenât le prisonnier, dit Bianca; cela n'est pas maladroit!

— Monsieur le baron a accepté le mien, dit Richard.

— Un superbe genet d'Espagne, reprit Bianca, qui frôle audacieusement les roues de carrosse, et que son maître a dressé à rapporter des mouchoirs... Par exemple, je ne sais pas s'il rapporte les cavaliers.

Et comme le chevalier pâlissait à cette sortie téméraire, qui rappelait un des incidens de leur voyage, la jeune femme se prit à pâmer d'un petit rire provocateur et belliqueux qui lui allait à ravir.

Il n'y a que les belles pécheresses pour avoir, à brûle-pourpoint, de ces intrépidités de salon qui feraient trembler les hommes les plus résolus.

— Je ne sais pas, dit l'intendant.

— Monsieur Richard va vous expliquer la chose.

— En vérité, madame, je ne sais...

— C'est donc un secret, cette fois, reprit Bianca, un secret d'Etat, comme disait tout à l'heure monsieur l'intendant. C'est si joli, un secret, quand on le sait! et ce pauvre monsieur d'Argenson qui ne peut pas le savoir!

— Et moi, demanda la baronne en reportant de Bianca à son fils un de ces regards qui fouillent dans le cœur et qui répondent plutôt qu'ils n'interrogent, et moi, est-ce que je puis le savoir?

Richard baissa les yeux.

Bianca fut embrasser madame Law et lui fit cette insidieuse réponse:

— Je vous aime.

Les femmes répondent à une foule de choses par ce mot-là.

— Que je devrais bien prendre ma revanche, reprit d'Argenson en massant une prise de tabac dans sa boîte d'écaille, et ne pas vous initier aux nouvelles que vient de m'apporter le *Mercure de France*.

— Ah! monsieur l'intendant, je vous en prie! dit la baronne.

— Ah! mon petit mari! minauda Bianca.

— Le marquis de Dangeau et monsieur de Chaulieu viennent de mourir.

— Comment! cet aimable Chaulieu? Qui donc nous fera maintenant de petits vers, de petites épîtres, de petites élégies?

— Et ce joueur de Dangeau! l'historiographe des riens de la cour. L'hombre, le hoc et le reversi vont prendre le deuil. En vérité, quand je me rappelle ses éternels bavardages, je ne peux pas lui en vouloir d'être mort. A propos, monsieur l'intendant, ajouta Bianca, Chaulieu était de l'Académie, et les quarante ne sont plus que trente-neuf...

— D'où vous concluez?

— D'où je conclus que voilà un fauteuil qui vous revient.

— Il faudrait pour cela être à Paris, solliciter...

— Après tout, acheva la jeune femme, si vous n'êtes pas de l'Académie, tant pis pour elle!

— N'est-ce pas ce marquis de Dangeau, demanda madame Law, qui, dans le temps de Louis XIV, entretenant un commerce de galanterie avec Henriette d'Angleterre, sa belle-sœur, était à la fois le confident de l'un et de l'autre?

— Précisément. Le roi le chargeait d'écrire à *Madame*, et la princesse le chargeait de répondre au roi; il les servit ainsi tous les deux sans jamais laisser soupçonner à l'un qu'il fût employé par l'autre, et ce fut la cause de sa fortune.

— D'où il résulte, reprit malignement la baronne, qu'il est quelquefois bon de garder un secret.

— Et puis, vous ne savez pas? la peste vient de débarquer à Marseille pour la vingtième fois.

— La peste!

— Elle est arrivée de Sidon par un navire marchand. Mais, soyez tranquilles, le gouvernement a établi des cordons de troupes sur les frontières du Dauphiné et du Languedoc.

— Si bien que, maintenant qu'elle est entrée à Marseille, reprit Bianca, elle n'en pourra plus sortir. Cela est agréable pour les habitans.

— Il paraît que monseigneur de Belzunce donne l'exemple du dévouement le plus héroïque. Ah! j'oubliais de vous dire... le cardinal Albéroni est disgracié.

— L'année est mauvaise pour les ministres, fit tristement observer madame Law.

— Ce qu'il y a de curieux, c'est qu'il était déjà sorti du territoire espagnol lorsqu'on s'aperçut qu'il emportait avec lui ni plus ni moins que le testament de Charles II, ce testament en vertu duquel Philippe V est assis sur le trône d'Espagne.

— Il n'en fallait pas davantage pour déchirer le traité d'Utrecht et recommencer la guerre de la succession.

— Aussi s'est-on empressé de courir après lui, et de lui reprendre ce précieux vélin, moyennant lequel le duc d'Anjou se trouve être souverain légitime, et sans lequel il ne serait plus qu'un usurpateur.

— Il n'y a souvent qu'un chiffon de papier entre l'illégalité et le droit.

— Quelle bizarre manie avait ce Charles II de passer sa vie à faire et à défaire des testamens!

— C'était un garde-note couronné.

— C'est lui, je pense, dont l'ignorance était si profonde que, les Français ayant pris Namur, une ville à lui, il écrivit une lettre de condoléance au roi d'Angleterre.

— La bonne naïveté!

— Et votre *Mercure de France* nous donne-t-il au moins quelques détails sur la nouvelle forme des vertugadins? demanda Bianca.

— Il n'est pas assez galant pour cela, reprit Richard.

— Mais alors, à quoi servent donc les recueils périodiques?

Cette fois la bouche de l'intendant s'épanouit en un sourire d'indulgente pitié; et, prétextant je ne sais quelle grave assemblée que ses fonctions administratives lui imposaient de présider, il prit congé, et sortit de ce pas méthodique et lent dans lequel on ne fait que trop souvent consister la dignité et la science.

— Richard, dit alors affectueusement la baronne, voulez-vous aller savoir si monsieur le contrôleur général est de retour?

Le chevalier arrêta sur sa mère un regard de douce anxiété, comme s'il eût compris qu'elle ne l'éloignait que pour causer seule à seule avec Bianca. Et comme, à cette époque, l'obéissance filiale était encore une des vertus de la jeunesse, il baisa respectueusement les mains de ces deux femmes qui avaient chacune une moitié de son cœur, s'inclina et sortit à son tour.

Madame Law suivit son fils des yeux jusqu'à ce qu'il eût disparu sous les plis de la portière, et, se tournant alors vers Bianca dont la poitrine haletait comme si elle avait eu l'instinct de quelque catastrophe imminente, elle la regarda en secouant lentement et tristement la tête.

Toute l'assurance, toute cette folle et imprudente joie de

a jeune femme, toute cette confiance dans l'impunité de son bonheur, s'éteignirent en un moment sous l'affectueuse sévérité de ce geste. Et ne sachant plus comment se soustraire à cette muette investigation, comment cacher son trouble, comment dissimuler sa rougeur, elle courut se blottir dans les bras de celle qui allait être son juge.

— Pensez-vous que j'aie encore besoin de vous demander votre secret? dit la baronne.

Bianca ne répondit que par une étreinte plus convulsive.

— Enfant qui ne sait pas qu'une mère ne peut en vouloir à une autre femme d'aimer son fils!

— Vous me pardonnez donc! reprit la coupable, en se dégageant doucement comme un cygne qui se redresse après s'être un instant réfugié sous la neige ondoyante de ses ailes.

— Pauvre égarée! la vie vous était aride et le cœur sans soleil, n'est-ce pas? Il semblait à votre nature que le créateur eût oublié de la compléter. Ces instincts de la tendresse qui couvent dans le sein de toute femme se remuaient dans le vide; les félicités d'amour-propre, les joies de la parure, les splendeurs du monde, tout cela vous effleurait sans vous toucher; il manquait une étoile à votre ciel.

— C'est bien cela, dit la jeune femme.

— Puis, un beau jour, cette étoile s'est levée, et votre vie s'est illuminée tout à coup; de sombre qu'il était, votre horizon s'est fait bleu; la douceur, la charité, la pitié, tous ces dons qui dormaient en vous sous les cendres de l'indifférence et de l'apathie, se sont épanouis subitement; vous vous êtes sentie transportée d'une lande aride dans un jardin parfumé, et, dans l'ingénuité de votre âme, vous vous êtes dit que ce devait être un chose honnête et permise que l'amour, puisqu'il faisait éclore des vertus.

— Ah! madame, que vous devinez bien!

— Je lis dans ma jeunesse passée, ma fille, voilà tout, Vous êtes l'ardeur qui part, moi je suis la déception qui revient harassée, courbée, meurtrie, ayant laissé un lambeau de mes illusions à chacune des ronces du chemin...

— Cruelle que vous êtes!

—Cruelle, oui; mais comme le scalpel qui torture pour guérir; croyez-moi bien, ma fille, ce que vous appelez le bonheur, c'est l'éphémère qui naît et meurt le même jour; il n'en reste bientôt plus que le souvenir...

— N'est-ce donc rien que le souvenir, madame?

— C'est quelque chose lorsqu'il est pur, mais quand les remords se joignent aux désanchantemens, quand on ne peut remonter le courant du passé sans se sentir au front le rouge de la honte, et que non-seulement on est délaissée, mais encore avilie!

— Avilie! ah! madame!... Mais vous ne savez donc pas que Richard aura été mon seul amour, et que je l'aimerai toujours.

— Vous, c'est possible... et encore! mais lui!

— Est-il possible qu'une mère ne connaisse pas mieux son fils?

— Oui, je sais bien: les commencemens d'amour sont le ciel sur la terre; alors les hommes se font anges, quitte à devenir bientôt les démons de notre vie.

— Ah! ne dites pas cela.

— Ils offrent de conquérir la terre, d'aller cueillir les étoiles, de se jeter dans le feu pour nous, parce qu'il savent bien que ce n'est pas à ces épreuves impossibles que notre cœur veut les mettre. Ils parlent de se tuer parce qu'ils savent bien que nous ne voulons pas être homicides. Ils jurent qu'ils n'ont jamais adoré que nous parce qu'ils ont oublié la veille, et qu'ils ne songent pas au lendemain. Ils prononcent le mot *toujours* avec de si éloquentes inflexions qu'il serait injurieux de douter de leur sincérité, Ils n'ont plus au monde qu'une seule affaire, un seul but, une seule volonté: nous séduire, c'est-à-dire nous perdre. Ils vivent à nos pieds.

— Comme Richard, pensa Bianca.

— Et puis nous ne demandons qu'à être persuadées, n'est-ce pas? D'ailleurs que demandent-ils! si peu de chose! une boucle de cheveux, un sourire, un serrement de main. « Soyez ma sœur, disent-ils, je serai votre frère. » Oh! les perfides! Ou bien encore, leur existence est vide, décolorée, sans but; ils sont seuls ici-bas. Ah! s'il y avait au monde une femme qui les aimât, aux pieds de laquelle ils pussent venir déposer leurs trophées, leurs couronnes, leurs succès!..... alors nous nous prenons à les plaindre, et ostensiblement nous arrivons à l'amour par la pitié. Un beau jour notre regard s'alanguit, notre poitrine se soulève, nos sens se troublent. Hier ils étaient à nos genoux, demain nous serons aux leurs. Hier ils se seraient jetés en travers d'un ravin pour nous faire un pont de leurs corps; demain notre bras leur paraîtra lourd lorsqu'il s'appuiera sur le leur. Hier ils eussent tué l'insolent qui aurait seulement oser frôler notre robe; demain ils feront litière de notre réputation perdue, et seront les premier à infliger les épines à notre front découronné...

— Mais vous me parlez là de misérables lâches, madame, et non pas des gentilhommes, reprit Bianca, dont bouillonnait le sang espagnol à la pensée d'une pareille humiliation.

— Hélas! ma fille, je vous parle de la fleur de notre noblesse. Ces mêmes hommes sont ordinairement forts et vaillans; il montent en riant à l'assaut d'une redoute; ils courent des *steeple-chases* et dompteraient Bucéphale. Pour un oui ou pour un non, pour le sourire d'une fille perdue, pour moins que rien, ils découvrent leur poitrine, se mettent froidement en face d'une balle ou d'une épée; ils ne souffriraient pas qu'un autre qu'eux nous perdît!... Mais ce n'est pas de leur faute si la mode est d'être parjure en amour, si nos chutes les élèvent, et si les Madeleines sont faites pour servir de piédestaux aux Lovelaces.

— Oh! je me vengerais! dit la jeune femme dont se crispaient les petites mains blanches.

— Et de quoi vous vengeriez-vous, pauvre chère? De ce que le mot *toujours* est une dérision? De ce que le cœur retourne chaque jour une page nouvelle où s'écrit un nouveau nom.

Les regards de Bianca lançaient de tumultueuses pensées de révolte; elle trépignait comme un enfant à qui l'on refuse pour la première fois la satisfaction d'un caprice.

— Et puis, continua la baronne, ne sommes-nous pas aussi coupables, si coupable il y a, de ne plus inspirer l'amour, qu'ils le sont, eux, de ne plus l'éprouver? Sommes-nous toujours aussi charmantes, aussi parfaites, aussi soucieuses de plaire, que le premier jour? Nos imperfections, d'abord si soigneusement cachées, ne remontent-elles pas bientôt à la surface? Nous n'avions jamais que des sourires, et voilà que parfois notre front s'assombrit; nous n'avions que les volontés de l'objet aimé, et voilà que les nôtres veulent s'imposer à leur tour. Nous étions bonnes, égales, tendres; nous voilà boudeuses, acariâtres, emportées. Tout ce qu'il y a de terrestre et de matériel dans l'existence, nous l'écartions de nous avec un soin minutieux. On nous avait pris pour des anges, et, à mesure que se dégage le nuage vaporeux dont nous nous étions enveloppées, il se trouve que nous ne sommes plus que.... des femmes.

Bianca se taisait; elle fouillait avec effroi dans ses récens souvenirs pour y chercher si de pareils désenchantemens avaient pu atteindre Richard; et comme elle n'y trouvait rien que de rassurant, comme cette liaison de quelques jours était encore dans sa fleur et planait bien haut dans le ciel, comme il n'est pas de femme qui ne croie d'ailleurs à une exception pour elle seule, elle se repliait glorieusement dans la sécurité de son cœur.

— Croyez-moi, poursuivit la baronne, la grande affaire des femmes, leur unique chance d'être heureuses dans le présent et honorées dans l'avenir, c'est de rencontrer l'amour dans le devoir.

— Et quand on ne l'y a pas rencontré, madame? Quand on a été sacrifiée à l'ambition, quand on a servi d'appoint à une dot, et que, toute frémissante de jeunesse et d'illusions, on a été ensevelie dans un mariage impossible comme dans une tombe prématurée ?

— Il y en a qui en meurent, reprit madame Law ; d'autres s'abîment en Dieu ; beaucoup se perdent.

— Je n'ai pas pu mourir ; et si vous saviez que de vœux j'ai adressés à la Notre-Dame d'Alava !

— Qu'est-ce que la Notre-Dame d'Alava ? demanda la baronne.

— C'est, reprit candidement l'Espagnole, une des plus renommées madones de mon pays pour entretenir la bonne harmonie et l'affection dans les ménages où elles existent, et les appeler dans ceux où elles n'existent pas. J'ai sincèrement cherché, par toutes les issues honorables, à sortir de la situation fatale que m'ont faite ceux dont l'expérience devait suppléer la mienne ; est-ce ma faute si je n'ai trouvé que... Richard ?

— Et si, après avoir attiré votre cœur sur le sien, Richard vient à trouver qu'il bat trop fort, et à le repousser ? Et si vous-même, emportée par ce vent d'inconstance et de légèreté qui jonche notre vie de tant de sermens effeuillés...

— Avez-vous donc aimé deux fois, vous, madame, pour oser prévoir pareille chose ?

Il y avait tant de conviction dans la voix de la jeune femme, tant de foi sublime et de fierté dans son regard, que madame Law sentit comme un remords de déraciner et de courber ainsi vers le néant de la désillusion cette tige vivace qui poussait à peine.

Et, terminant cet entretien comme elle l'avait commencé, par un lent et douloureux mouvement de tête :

— Faites que Dieu vous accompagne toujours, ma fille, lui dit-elle, et souvenez-vous que la veille tue bien des lendemains.

Puis les mains de l'une dans les mains de l'autre, celle-ci s'abîmant dans le passé, celle-là s'envolant vers l'avenir, elles s'absorbèrent dans le monde de pensées qui s'agitait en elles.

XVI

COMME QUOI IL PEUT ÊTRE FORT EMBARRASSANT POUR UN CARDINAL D'ÊTRE MARIÉ.

Ainsi que l'avait dit Richard, Floustignac était allé faire dans les environs de Valenciennes une promenade dont nous n'avons pas le mot. C'était d'ailleurs l'homme des grandes routes et des excursions mystérieuses. Nous n'admettons pas toutefois que ce fût dans l'unique but de prendre l'air, à moins qu'il n'y eût quelque autre chose à prendre en même temps.

A son retour à l'auberge, il trouva deux hommes qui l'attendaient dans l'appartement de monsieur et madame Law, qui était devenu le sien.

L'un, petit, maigre, effilé, chafouin, vêtu d'une houppelande grise à collet rond, d'un tricorne sur une perruque à bourse, et de bottes de voyage, était assis devant le foyer, se démenant sur sa chaise comme un renard pris au piége, sacrant à flux de bouche, et molestant les chenets du bout de son fouet, comme s'il lui avait absolument fallu quelqu'un ou quelque chose sur qui ou sur quoi décharger sa colère.

L'autre, qu'il nous est facile de reconnaître pour Saint-Etienne, répondait par autant de sourires à chacune des imprécations de son vis-à-vis, et se dandinait agréablement en vidant un verre de vin d'Orléans dès qu'il était plein, et en le remplissant dès qu'il était vide.

— Quel est cet homme ? demanda Floustignac à son lieutenant.

— Un voyageur qui nous paraissait suspect et que nous avons arrêté.

— Ce ne peut être encore le courrier que d'Argenson attend de la cour ; or, vous aviez mission d'arrêter le courrier et pas autre chose.

— Quand je vous le disais, triple manant ! s'écria l'étranger.

— Silence, vous ! — Et se tournant vers Saint-Etienne : — Vous avez eu tort, ajouta Floustignac ; tout ce qui est inutile est nuisible.

— Peut-être avons-nous eu raison d'avoir tort, reprit Saint-Etienne en tirant de sa poche un portefeuille assez volumineux qu'il remit à son chef. Les événemens se moquent quelquefois de nos prévisions, à ce point que ce qui paraissait bien devient mal, et que ce qui semblait mal devient bien.

— Et depuis quand vous ai-je permis de raisonner ?

— En vérité, cela raisonne ! ajouta l'étranger.

Floustignac reporta de Saint-Etienne au petit homme maigre et chafouin un regard qui équivalait à l'application immédiate d'un bâillon de bon aloi.

S'il faut en croire les biographes de Floustignac, il n'y avait que lui pour avoir de ces regards-là.

Puis, après avoir parcouru quelques-uns des papiers contenus dans le portefeuille, il fit à Saint-Etienne un de ces imperceptibles gestes de commandement dont il paraît qu'il avait aussi le monopole exclusif, et moyennant lequel Saint-Etienne s'empressa de sortir avec l'obéissance automatique d'un soldat prussien.

— Maintenant, dit Floustignac en s'asseyant en face de l'étranger, à nous deux !

— Qui êtes-vous ? que me voulez-vous ? demanda ce dernier.

— Mon cher monsieur, vous ne remarquez pas une chose, c'est que vous vous donnez des airs de m'interroger, tandis que votre rôle se borne à répondre ; or, je dois vous dire que j'ai les nerfs très irascibles, et que je n'aime pas ces airs-là.

— Tant pis pour vos nerfs, monsieur ! Je viens d'être arrêté par des marauds de votre connaissance, à ce qu'il paraît, et je veux...

— Vous voulez ? Ah ! mon cher monsieur, voilà encore un mot que je n'aime pas.

— Au diable ! fit le petit homme.

— Si vous continuez sur ce ton, reprit débonnairement Floustignac, je serai forcé de vous gronder, et comme il y a longtemps que vous devez être déshabitué de la férule, cela pourrait vous êtes désagréable. Ensuite, rappelez-vous que vous avez l'honneur de parler au contrôleur général des finances baron Law.

— Je sais que vous ne l'êtes pas.

— Ah ! vous savez cela ? Eh bien ! alors ce sera absolument comme si vous ne le saviez pas.

— Ceci vous chiffonne un peu, reprit l'étranger.

— Infiniment, cher monsieur. Et quand je songe que j'ai le plus grand intérêt à passer pour être ce même contrôleur général des finances que vous savez que je ne suis pas... car vous paraissez en être bien sûr ?

— Très sûr.

— Quand je songe, continua Floustignac, que vous n'auriez qu'un mot à dire pour dévoiler l'imposture et me faire peut-être reprendre le chemin du beffroi...

— Je dirai ce mot, riposta l'étranger de son air le plus gaillard, et en agitant son fouet comme s'il lui démangeait de houspiller quelqu'un.

— Monsieur, je vous en prie !

— Je le dirai.

— Ce serait pour le coup que je serais forcé de vous gronder, cher monsieur... monsieur ?...

— Que vous importe mon nom !

— De Brives-la-Gaillarde ?

— Non, de Roubaix.

— Fils d'un apothicaire ?

— Marchand de toiles.

— A d'autres!... Les drogues ne vous allaient donc pas, cher monsieur, que vous avez quitté la partie?

— Monsieur! s'écria le petit homme en se mordant les lèvres pour ne pas éclater en rage.

— Vous allez vous faire mal, reprit tranquillement Floustignac, et vous serez alors obligé de vous rappeler le laboratoire de monsieur votre père pour vous administrer quelque calmant.

— Prenez garde, monsieur, car vous ne savez pas...

— Que vous avez été ensuite cuistre de bas étage? je le sais.

L'étranger trépignait comme s'il eût été assis sur un essaim de fourmis compliqué de beaucoup d'épines.

— Puis précepteur, je veux dire corrupteur d'un prince, continua Floustignac.

— Insolent!

— Puis abbé de Nogent-sous-Coucy.

— Misérable!

— Puis abbé de Saint-Just.

— Pendard!

— Puis d'Airvaux et de Bourgeil.

— Bélître!

— De Berg-Saint-Vinox, de Saint-Bertin, de Gercamp et autres lieux.

— Gredin!

— Premier ministre.

— Je vous ferai mettre à la Bastille.

— Surintendant des postes.

— Je vous ferai chasser du royaume.

— Archevêque de Cambrai.

— Je vous excommunie!

— Cardinal.

Le petit homme bondissait par l'appartement comme une hyène dans sa loge, renversant les chaises, houspillant les meubles, en proie à tous les écarts désordonnés d'une exaspération qui tenait de l'épilepsie.

— Et, avec tout cela, continua Floustignac, lâche, corrompu, vénal, fourbe, ingrat et blasphémateur.

Afin de justifier, s'il en est toutefois besoin, de ce qui précède et ce qui va suivre, nous empruntons au duc de Saint-Simon le portrait suivant :

« On a bien des exemples de prodigieuse fortune, plusieurs même de gens de peu, mais il n'y en a aucun de » personne si destituée de tous talens qui y portent et qui » la soutiennent que l'était le cardinal Dubois, si on en » excepte la basse et obscure intrigue. Son esprit était » fort ordinaire, son savoir des plus communs, sa capacité » nulle, son extérieur d'un furet, son débit désagréable, » par saccades, toujours incertain; sa fausseté écrite sur » son front, ses mœurs trop sans aucune mesure pour » pouvoir être cachées; des fougues qui pouvaient passer » pour des accès de folie; sa tête incapable de contenir » plus d'une affaire à la fois, et lui d'y en mettre ni d'en » suivre aucune que pour son intérêt personnel. Rien de » sacré, nulle sorte de liaison respectée; mépris déclaré de » foi, de parole d'honneur, de probité, de vérité : grande » estime et pratique continuelle de se faire un jeu de tou- » tes ces choses; voluptueux autant qu'ambitieux; vou- » lant tout en tout genre, se comptant lui seul pour tout, » et tout ce qui n'était point lui pour rien, et regardant » comme la dernière démence de penser et d'agir autre- » ment. — Avec cela doux, bas, souple, louangeur, admi- » rateur, prenant toutes sortes de formes avec la plus » grande facilité, et revêtant toutes sortes de personnages, » souvent contradictoires, pour arriver aux différens buts » qu'il se proposait, et néanmoins très peu capable de » séduire. Son raisonnement par élans, par bouffées, en- » tortillé même involontairement; peu de sens et de jus- » tesse; le désagrément le suivait partout. Cependant » des pointes de vivacité plaisantes quand il voulait qu'elles » ne fussent que cela, et des narrations amusantes, » mais déparées par l'élocution, qui aurait été bonne » sans le bégayement dont la fausseté lui avait fait une » habitude, par l'incertitude qu'il avait toujours à ré- » pondre et à parler. »

— Sachant qui je suis, dit enfin le cardinal qui s'apercevait que ses gros mots et ses rebuffades n'avaient que fort peu de prise sur son adversaire, il faut que vous soyez bien follement audacieux pour me braver ainsi!

— J'aime le danger, reprit Floustignac. Et puis de vous voir tempêter de la sorte, cela me dispense d'Arlequin et de la foire.

— Ah! que j'aurai de plaisir à vous voir rompre vif.

— Très reconnaissant, mon cher monsieur; mais Votre Eminence est-elle bien persuadée que cet inconvénient ne lui arrivera pas avant qu'il ne m'arrive?... En ce cas le plaisir serait pour moi.

— Sortez, monsieur! s'écria le premier ministre.

— Vous avez parfaitement dit ce mot-là; faites-moi, je vous prie le plaisir de le répéter.

— Ma patience est à bout, monsieur.

— Tant mieux, Eminence, tant mieux! La colère vous va si bien!...

— Je ne réponds plus de moi.

— Ne vous préoccupez pas de cela, cher monsieur, c'est moi qui réponds de vous.

— Mais, qui êtes-vous donc? demanda le cardinal, dont les fougues venaient sans cesse se briser contre ce phlegme imperturbable, comme les vagues tumultueuses qui tentent d'escalader d'inaccessibles falaises.

— Je ne suis personne, et je suis tout le monde, reprit Floustignac. Ainsi je me passe aujourd'hui la fantaisie d'être contrôleur des finances.

Heureusement que je vais vous démasquer.

— On voit bien, cher monsieur, que vous n'avez nulle idée de la tenacité de mes fantaisies. C'est à ce point que s'il me prenait envie de me ceindre la tête d'une barette, de vous prendre votre archevêché, vos abbayes et jusqu'à votre nom, vous seriez le premier à me faciliter la chose.

— Je commence à croire que vous êtes fou,

— Mais que Votre Eminence se rassure; le rôle n'est pas assez flatteur pour que je m'en veuille affubler.

Une nouvelle quinte de colère s'empara du cardinal; le cramoisi lui monta aux joues, l'injure déborda de ses lèvres, et il se mit à allonger de grands coups de fouet dans une glace qui n'avait eu que le tort innocent de le refléter à ses propres yeux dans tout le ridicule de ses pasquinades et de ses contorsions.

Pendant ce temps, le chevalier fredonnait insoucieusement le couplet suivant :

Je ne trouve pas étonnant
Que l'on fasse un ministre
Et même un prélat important
De cet ignoble cuistre.
Rien ne me surprend en cela;
Et ne sait-on pas comme
De son cheval Caligula
Fit un consul de Rome?

— Je suffoque! râla le Dubois en se laissant tomber sur une chaise. De l'air! une lettre de cachet! la Bastille!

— De ces trois choses, cher monsieur, je ne puis vous accorder que la première, reprit Floustignac en ouvrant une fenêtre. Ah! j'oubliais cette eau de Soubise.... Voulez-vous de l'eau de Soubise?

— Je veux que la peste vous étouffe!

— Ah! monsieur! un vénérable prélat, un prince de l'Eglise, le successeur de Fénelon, bénir ainsi ses ouailles! Vous faites cependant si bien les choses du rituel quand vous le voulez, monseigneur! Savez-vous que j'ai eu la curiosité d'aller à l'église du Val-de-Grâce, lors de votre sacre?

—Eh! que m'importe?

— Le duc d'Orléans y assistait, ma foi! avec son fils le duc de Chartres. Par une galanterie de l'évêque de Nantes, madame de Tencin, parée comme une châsse, était placée en face de vous. Le cardinal de Rohan officiait pontificalement, assisté de monsieur de Tressant, qui montrait aux dames ses belles mains, et de Massillon, qui expiait ainsi l'indigne certificat par lequel il avait eu la faiblesse de rendre hommage à la pureté de vos mœurs, à vos aumônes et à votre science ecclésiastique. L'église était pleine à comble de prélats, de princes, de gentilshommes, de dames de cent-suisses et de manans... sans vous compter. Vous étaliez à miracle votre soutane violette et votre rochet de dentelles ! Vous faisiez chatoyer votre anneau et sonner votre crosse que c'était merveille ! Ce fut un jour de fête au Palais-Royal et de deuil dans le ciel.

Le cardinal brisa une autre glace qui venait de lui jouer le même tour que la première.

— Voyons, cher monsieur, reprit Floustignac, soyez donc plus aimable ; asseyez-vous et causons doucement, gracieusement, comme deux amis.

Dubois jeta sur son interlocuteur un regard dans lequel il mit le plus qu'il pût de dignité, de noblesse et de dédain, ce qui était fort peu de chose.

— Profitez de ce que je veux bien un instant descendre jusqu'à vous, continua Floustignac, et, au lieu d'arborer ces petits grands airs qui vous rendent comique à ce point que, s'il y avait ici une troisième glace, vous ne manqueriez pas de la mettre en purée comme les deux autres, tâchez de faire état de ce que je vais vous dire.

— Dites, reprit le cardinal, il sera toujours temps de vous faire pendre après.

— Ce sera donc alors sur une potence que l'exécution de Votre Eminence aura d'abord purifiée.

— Savez-vous que je ne connais au monde que Son Altesse Royale le régent à qui je permettrais de me parler ainsi.

— Vous voyez bien que vous êtes dans l'erreur, cher monsieur, puisque vous me le permettez, à moi. Allons, voilà le cramoisi qui vous reprend ! Brisez une bonne fois tout ce qu'il y a dans l'appartement, et que ce soit fini ; j'attendrai. — Dubois fit voler en éclats des vases qui ornaient la cheminée.— Il y a là une horloge,—dit le capitaine. L'horloge eut le même sort que les vases. — Ceci est un prétendu Mignard,— continua Floustignac en désignant le tableau que d'Argenson lui avait offert. L'éminence allongea un coup de pied dans le Mignard. — Très bien ! Y a-t-il encore quelque chose ?

— Il y a vous, que je me promets bien de faire écarteler avant huit jours.

— Ingrat !... Vous trouvez-vous mieux maintenant ?

— Dépêchons ! dit le cardinal, en boutonnant sa houppelande et en enfonçant son chapeau comme pour vider la place.

—Asseyez-vous,— reprit Floustignac. A cette injonction, dont le ton bref et décidé ne lui sembla pas cette fois admettre de réplique, Dubois reprit sa place. D'ailleurs, comme il arrive aux gens dont le caractère est par saccades et par soubresauts, sa rage venait de s'éteindre en un abattement complet. — Otez votre chapeau ! — ajouta Floustignac. Dubois lança son chapeau à l'autre bout de l'appartement. — Jetez ce fouet ! — Le fouet rejoignit e chapeau. — Je voulais donc vous dire, reprit le chevalier, que, pour vous être avili aussi intelligemment que vous l'avez fait, pour que chacun de vos vices vous ait rapporté une dignité nouvelle, pour que vous ayez monté l'échelle sociale au fur et à mesure que vous vous abaissiez moralement, il a nécessairement fallu que vous soyez un homme de quelque esprit.

— Où voulez-vous en venir ? demanda l'excellence.

— Je sais bien, poursuivit Floustignac, que c'est de l'esprit mauvais, de l'esprit de bas étage, la lie de l'esprit ; mais, je le répète, encore a-t-il fallu que vous en eussiez.

— Que n'ai-je celui de sortir d'ici !

— Maintenant que, jeune, inexpérimenté, sans ressources, imprévoyant de la miraculeuse fortune qui vous était réservée, vous ayez, pour quelques écus, consenti à épouser une fille perdue, laquelle préférait le déshonneur de votre nom au déshonneur de sa faute, je conçois cela jusqu'à un certain point.

— Je ne m'étais pas trompé, interrompit Dubois, vous êtes fou.

— Que, plus tard, poussés par la misère, aigris par vos mutuelles turpitudes, lassés l'un de l'autre, vous vous soyez séparés, elle pour continuer ses désordres, vous pour continuer les vôtres, je le conçois encore.

— Ce serait bien le diable que je ne trouvasse pas quelque bon petit supplice inusité à vous faire subir !

— Que le hasard, qui se plaît parfois à des anomalies étranges, continua Floustignac, vous ait fait revêtir le froc; que de méchant pédagogue vous soyez devenu secrétaire d'État, et d'abbé cardinal, rien de plus simple ; mais que vous n'ayez pas alors songé à faire disparaître cette femme dont l'apparition peut faire crouler en un seul jour votre position si laborieusement édifiée, voilà ce que je ne vous pardonne pas, et ce qui prouve que vous n'êtes tout bonnement qu'un pleutre et un croquant, au lieu d'être un homme de tête et d'énergie.

— Nous avons dans l'antiquité le taureau de Phalaris, qui devait être une torture fort convenable, et que j'ai bien envie de remettre en usage à votre intention.

— Vous perdez de vue, cher monsieur, que l'inventeur du taureau de Phalaris y est mort enfermé tout le premier, et qu'il pourrait bien en arriver autant, si ce n'est plus, à qui s'aviserait de le ressusciter; sans compter que, dans notre histoire, Enguerrand de Marigny a été pendu au gibet de Montfaucon qu'il avait fait élever, et que Hugues Aubriot a passé une partie de sa vie sous les verrous de la Bastille qu'il avait fait construire.

— Vous me paraissez très versé dans cette partie, objecta le cardinal.

— Très versé, reprit Floustignac ; ce pourquoi vous ferez bien de ne pas jouer avec moi à ce jeu-là. Je disais donc, l'abbé... Ne pourriez-vous me remettre sur la voie?... Ah ! oui, je disais que vous n'étiez qu'un pleutre et un croquant, et je le prouve.

— Que pensez-vous de plomb fondu que je ferais couler dans vos veines après les avoir préalablement fait ouvrir?

— Et je le prouve, répéta Floustignac, sans daigner s'arrêter à cette interruption. Ainsi, à mesure que votre fortune augmentait, madame Dubois venait vous relancer au Palais-Royal, non pour en implorer, mais pour en réclamer sa bonne part ; si bien que, vous qui commandiez au régent et à toute la France, vous étiez le jouet, l'esclave, le martyr d'une misérable femme. Il n'y a qu'un lâche de votre sorte qui pouvait accepter une pareille sujétion.

— Je ne vois rien qui s'oppose à ce que je vous fasse aussi broyer les membres, reprit le cardinal ; cela vous distraira du plomb fondu.

— Et maintenant que vous vous êtes courbé pendant dix ans sous les fourches caudines de cette femme, cédant à ses caprices les plus impossibles, subissant les hontes les plus inouïes ; maintenant que vous êtes prince de l'Église, et que votre bourse, votre chapeau de cardinal et votre crosse archiépiscopale sont bel et bien à sa merci, vous n'avez rien trouvé de mieux que de vous déguiser en marchand forain, de vous introduire furtivement chez le desservant de la paroisse où vous avez été marié, de lacérer le registre de l'état civil, et d'anéantir ainsi, pensiez-vous, la seule preuve de votre union. — Dubois fit un bond de chacal vers le portefeuille que Floustignac avait négligemment jeté sur la table. — Si vous touchez à cela, dit Floustignac en armant un pistolet qu'il tira de sa ceinture, vous êtes mort ! — Dubois retomba sur sa chaise comme sous la pression d'un ressort. — Que diable ! cher monsieur, quand l'on résume en soi la puissance spirituell et temporelle, que l'on a à sa disposition les oubliettes monacales et les prisons d'État, que l'on peut à la fois accuser, condamner, excommunier; quand le prêtre est doublé de ministre, et le ministre ouaté de prêtre, quoi de plus facile que de supprimer quelqu'un ? Votre acte de mariage anéanti, ne reste-t-il pas toujours les criailleries, les accusations, les doléances de votre femme?

— C'est vrai, reprit Dubois dont l'attention devenait plus soutenue.

— N'y a-t-il pas mille circonstances, mille indices que vos ennemis peuvent coordonner?

— C'est encore vrai.

— De sorte que, en bonne administration, la disparition de madame de Cambrai aurait dû précéder l'anéantissement de l'acte en question. D'ailleurs, si vous ne vouliez pas recourir aux moyens extrêmes, rien n'était plus facile que de l'envoyer au Missisipi ou de la faire enfermer comme folle.

— Parfaitement vrai, soupira Dubois.

— Une fois convaincue de folie par le témoignage de la Faculté, témoignage que vous eussiez dicté vous-même en raison de son prix, elle aurait d'autant mieux passé pour insensée qu'elle aurait eu plus de raison; à chacune de ses allégations on lui aurait appliqué quelques bonnes douches; si elle y avait mis de l'entêtement, on l'aurait déclarée furieuse à lier; et puis vous aviez la chance qu'elle le devînt réellement au bout de deux ou trois mois.

— C'est une idée cela, reprit le cardinal, et maintenant que j'ai l'acte...

— Plaît-il, cher monsieur?

— Maintenant que j'ai l'acte...

— Ah! oui, je savais bien qu'il y avait encore un motif pour lequel je vous disais que vous n'étiez qu'un pleutre et un... Comment disais-je donc?

— Un croquant, acheva Dubois dont l'humilité revenait à mesure qu'il se sentait davantage sous la dépendance de son adversaire.

— C'est bien cela, un croquant; ainsi, ne deviez-vous pas brûler ce précieux document aussitôt après vous en être emparé?

— Vous avez raison, riposta Dubois en s'élançant une seconde fois vers la table, et je vais...

D'une main, Floustignac fit faire à Son Eminence une pirouette des moins épiscopales; de l'autre il s'empara du portefeuille, qu'il enfouit dans sa vaste poche, et reprit:

— Cher monsieur, votre acte de mariage est maintenant en la possession de monsieur le contrôleur général des finances Jean Law, qui ne vous le rendra, s'il vous le rend, que lorque vous serez bien sage.

— Ah! monseigneur!

— Vous me reconnaissez donc maintenant?

— Parfaitement, monseigneur.

— Vous êtes prêt à attester mon identité et à me servir en toutes choses?

— En toutes choses, monseigneur.

— Et si le cas échéait que je voulusse m'appeler... n'importe comment?

— Vous en êtes bien le maître, monseigneur.

— Ou autrement?

— Appelez-vous le diable, si le cœur vous en dit.

— Je ne suis pas si ambitieux.

— D'ailleurs, votre banque ne m'a-t-elle pas fait gagner des sommes immenses... et ma gratitude...

— En vérité, je vous ai fait gagner de grosses sommes?

— Fabuleuses, monseigneur.

— Que vous me rendriez au besoin?

— Monseigneur, ne serait-il pas convenable que mon portefeuille fût dans ma poche au lieu d'être dans la vôtre?

— L'abbé, répondit Floustignac, je vous mène à l'Intendance, et tâchez de vous bien tenir!

XVIII

OU D'ARGENSON EST FAIT CHEVALIER COMME LE FUT DON QUICHOTTE.

C'était dans l'un des appartemens officiels de l'Intendance.

De la vaste cheminée de granit s'élançait un feu vif et clair, de ces feux qui pétillent, tourbillonnent, se crispent en toutes sortes de spirales folles et capricieuses, et font que, à leur aspect, par les âpres soirées d'hiver, les heureux de ce monde ne manquent jamais de sourire béatement, de s'enfoncer plus avant dans leur bergère, et de faire paresseusement décrire des cercles à leurs pouces inutiles.

Le fond de cette cheminée était orné d'un écusson en ronde bosse représentant ce qui était alors le symbole de la royauté et ce qui n'est aujourd'hui qu'une gracieuse fleur blanche.

D'Argenson racontait par quels miracles de sagesse et de bonne administration il avait sauvé le Hainaut de la décadence qui le menaçait.

Madame Law, tout en faisant semblant de l'écouter, s'isolait dans l'amertume de ses pensées.

D'un petit salon attenant, dont la portière était soulevée, arrivaient çà et là quelques brises de mélodies qui témoignaient bien plus de la préoccupation que de l'aptitude des exécutans.

C'est que Bianca et Richard devisaient d'amour, sous le prétexte de déchiffrer un duo de l'*Hippolyte et Aricie* de Jean-Philippe Rameau.

Les partitions d'opéra ont été de tout temps la providence des amans.

— Oui, madame la baronne, disait l'intendant, les employés des aides et gabelles dilapidaient outrageusement. Les officiers du bailliage et de la sénéchaussée vendaient la justice. Les routes étaient infestées de brigands, tandis que maintenant...

— Tandis que maintenant il y en a bien plus, acheva Bianca, en se permettant d'introduire un point d'orgue parlé au beau milieu de son récitatif.

— Madame, reprit d'Argenson, au lieu de m'interrompre mal à propos, vous feriez bien mieux, ce me semble, d'être à ce que vous faites.

— J'y suis parfaitement, monsieur, je vous assure.

— Est-ce que je vous interromps, moi, madame?

— Non, pas que je sache, monsieur...

— Eh bien! donc, d'où je conclus...

— Vous êtes un cruel homme, et bien terrible dans la discussion, reprit Bianca; il faut que vous finissiez toujours par avoir raison.

Puis, de sa voix suave et pénétrante, à laquelle je ne sais quelle inflexion sardonique donnait un charme de plus, elle continua le récitatif.

— J'avais donc l'honneur de vous dire, madame la baronne, poursuivit l'intendant, que les routes étaient alors infestées de brigands, tandis que maintenant on y jouit de la sécurité la plus parfaite. Et cela est si vrai que ma province est peut-être la seule de toute la France où Cartouche n'ait osé se montrer sous aucun de ses noms, sous aucun de ses travestissemens.

A cette jactance inattendue, Bianca, comme une malicieuse enfant qu'elle était, profita d'un demi-soupir pour se livrer à un accès de petite toux sèche et railleuse.

— Les archives, poursuivit imperturbablement d'Argenson, étaient dans le plus complet désarroi. Quant aux finances, sauf le caissier, qui émargeait avec une ponctualité méritoire la feuille d'appointemens, il n'en était pas question; les plus anciens du pays se souvenaient bien d'en avoir ouï parler dans leur enfance, mais confusément, vaguement, à ce point que, selon l'opinion la plus accréditée, les écus de six livres devaient être ovales, à moins qu'ils ne fussent carrés. Eh bien ! madame la baronne, je suis venu...

— Déjà huit heures, interrompit madame Law, et monsieur le contrôleur général n'arrive pas !

— Je suis venu... répéta l'intendant.

— Pourvu qu'il ne lui soit rien arrivé de malencontreux !

— Je suis venu...

— Quand le vent est à l'adversité, ne faut-il pas s'attendre à plus d'un naufrage !

— J'ai vu...

— Il semble que le malheur soit aimanté, et qu'il lui faille incessamment attirer à lui d'autres désastres.

— Je suis venu, j'ai vu...

— Et vous avez vaincu ; cela va sans dire, monsieur l'intendant.

— Comme César ! ajouta Bianca.

— Si vous saviez que d'obstacles il m'a fallu renverser, madame la baronne, que d'entraves il m'a fallu briser, que de finesse il m'a fallu déployer !

— Je n'en doute pas, monsieur.

— C'est un fier homme, allez ! lança Bianca.

— C'est à ne pas y croire, madame.

— Vous êtes trop modeste.

— Non, mais réellement c'est à ne pas y croire. Si je vous disais, par exemple, madame, que, tandis que mes devoirs administratifs m'imposaient de faire arrêter monseigneur le contrôleur général, je prenais d'infaillibles mesures pour assurer sa fuite ?

— Vous, monsieur ?

— Moi, madame. — Cette fois Bianca se trouva prise, non plus d'un léger accès, mais d'une véritable quinte de toux. — C'est moi qui ai fait emprisonner, en même temps que Son Excellence, un homme chargé non-seulement de lui suggérer une pensée d'évasion, mais de scier ses barreaux et de le forcer en quelque sorte à se sauver malgré lui.

— C'est prodigieux cela, monsieur ! De sorte que l'échelle de cordes ?

— L'échelle de cordes.

— Le cheval ?

— Le cheval.

— L'escorte et l'argent ?

— L'escorte et l'argent, madame ; j'avais tout ordonné, tout combiné; de cette façon, je sauvais les apparences, je donnais au gouvernement un témoignage de mon zèle, et j'obéissais en même temps aux sympathies de mon cœur.

— Vous êtes plus qu'un homme, monsieur.

Bianca, oubliant l'incident du geôlier, se prit à ce piége :

— Et vous avez fait cela, vous ! s'écria-t-elle, en accourant serrer avec effusion les mains de son mari, dans la conscience duquel elle sembla plonger un œil scrutateur.

En ce moment, il eût peut-être suffi à d'Argenson de soutenir habilement sa fraude pour reconquérir l'estime et l'affection de sa femme : tant il est vrai que ces pauvres belles parjures si décriées par les unes, si enviées par les autres, si garrottées par les codes, s'éprennent plus souvent de la vaillance du cœur et de la noblesse des sentimens que de toute autre chose.

Mais voyez ce que c'est que la prédestination ! au lieu de profiter de ce hasard tutélaire, il lui vint à l'idée de cligner de l'œil, comme pour implorer la complicité de Bianca.

Dès lors la partie fut une seconde fois perdue ; la jeune femme laissa retomber les mains de l'intendant, froidement, dédaigneusement, comme si leur contact eût eu quelque chose de répulsif ou de venimeux. Puis elle l'enveloppa d'un rapide regard de mépris, et alla rejoindre Richard qui l'attendait au clavecin.

— En sorte, madame, reprit d'Argenson, sans trop s'émouvoir de cet orage conjugal dont la portée lui échappait, en sorte que Son Excellence aurait pu gagner les Pays-Bas sans encombre, si son extrême délicatesse et le rigide honneur ne lui eussent imposé de dédaigner la voie de salut que ma sollicitude lui avait ouverte.

— Et monsieur le baron sait-il au moins toutes les obligations qu'il vous a ? demanda madame Law, qui, à mesure qu'elle faisait un pas de plus dans ce labyrinthe, s'y perdait davantage.

— C'eût été amoindrir le mérite qu'il y a eu de sa part à venir se constituer prisonnier.

— Modeste autant que généreux ! reprit la baronne.

— Indulgente autant que gracieuse ! riposta l'intendant.

Dans le petit salon, le colloque avait d'autres allures, et on y parlait des yeux plus que de la voix :

— Bianca, je vous en prie ! murmurait Richard.

— Ah ! monsieur d'Argenson ! monsieur d'Argenson ! — se disait Bianca, — vous me le payerez !

— Songez donc, — continuait le chevalier, — qu'il va falloir nous séparer bientôt, et que c'est le seul moyen que notre bonheur, né d'hier, ne meure pas demain.

— N'est-ce pas, mon Richard, que cette supercherie, que ce mensonge est indigne d'un galant homme ?

— Quel mensonge, mon amie ?

— N'avez-vous pas entendu monsieur l'intendant se targuer d'avoir conçu et dirigé l'évasion de monsieur votre père ?

— Quel père ? demanda étourdiment Richard.

— Mais où avez-vous donc l'esprit ?

— Qu'importe tout cela, Bianca, pourvu que votre regard, de rêveur et de courroucé qu'il est maintenant, revienne à moi souriant et doux, pourvu que vous m'écoutiez...

— Je vous écoute, Richard.

— Nous séparer !... mais vous n'y avez pas songé Bianca ! Eh quoi ! votre col de cygne ne se pencherait plus vers moi ! les boucles fleuries de vos cheveux ne caresseraient plus mon front ! Vous ne partageriez plus ma vie ! Je ne verrais plus votre adorable vivacité folâtrer autour de moi, feuilletant mes livres, lutinant les fleurs des corbeilles, envoyant au miroir de furtives œillades, communiquant à tout votre charme et versant partout vos parfums !

— Hélas ! fit la jeune femme, dont les paupières semblaient se voiler de cristal, dont la poitrine se soulevait en bonds tumultueux.

— Vous ne pensez donc pas que, lorsque sonnera l'heure de nos réunions de tous les jours, nous nous abîmerons dans la tristesse et dans les regrets ; que nous nous invoquerons vainement, et que nous offrirons alors notre part du ciel pour un seul instant, pour un éclair de cette félicité qui, sans doute, vous pèse aujoud'hui, Bianca, puisque vous la voulez répudier.

— Vous n'avez pas de pitié, reprit Bianca d'une voix éteinte et suppliante.

— Et puis, s'il faut tout vous dire, continua Richard, je suis... jaloux !

A ce mot l'Espagnole secoua l'espèce de torpeur qui l'alanguissait. Son regard scintilla, les arcades veloutées de ses sourcils se réunirent par un imperceptible mouvement nerveux, et ses doigts de neige étreignant le bras de Richard :

— Jaloux !... Et de qui ? demanda-t-elle.

— Et de qui voulez-vous que je sois jaloux, Bianca, si ce n'est de lui ?

— Qui cela ?

— Monsieur d'Argenson.

— Vous lui faites là plus d'honneur et à moi plus de honte que nous ne méritons assurément l'un et l'autre.

— La jalousie ne raisonne pas, reprit Richard ; c'est une lèpre qui ronge, une fièvre qui mine, une rage qui dévore. Il n'y a plus dans mon âme ni repos, ni sécurité. Vous vous étonnez parfois, Bianca, de me voir irritable et morose ; mais vous ne savez pas que ces emportemens ne sont que les échos affaiblis des tempêtes qui me ravagent le cœur. Il n'est pas un instant où je ne sente cette odieuse jalousie se glisser comme un serpent dans mon bonheur. Je ne prends pas un baiser sur votre main sans y retrouver la trace des siens.

— Fi donc! s'écria Bianca.

— Je me dis que vos yeux ont, qu'il doivent avoir pour un autre les mêmes regards, votre bouche les mêmes paroles, vos mains les mêmes étreintes.

— Vous avez tort de vous dire cela, monsieur, car cela n'est pas.

— Quand vous me jurez un amour exclusif, je vois le fantôme de cette homme qui se raille de ma crédulité.

— Mais quelle idée avez-vous donc des femmes, Richard, pour croire à de pareilles monstruosités? demanda Bianca en croisant vaillamment ses deux petites mains.

— Eh! que sais-je! Aimer, n'est-ce pas craindre et douter toujours?

— Aimer, monsieur, c'est se croire mutuellement incapable d'une trahison ou d'une ignominie; aimer, c'est se fier noblement l'un à l'autre.

En ce moment la porte du salon s'ouvrit avec fracas et l'huissier annonça:

— Son Eminence le premier ministre cardinal Dubois! Son Excellence le contrôleur général de finances, baron Law!

Deux grands seigneurs pour un seul que l'on attendait.

— Mon Dieu, oui! — s'écria Dubois, accompagné de Floustignac, en entrant, avec ce fracas qui lui était habituel, dans le salon de l'intendant où se trouvaient réunis d'Argenson, la baronne Law, Bianca et Richard; — mon Dieu, oui! le premier ministre lui-même, en houppelande et en bottes fortes, ce dont il vous demande bien humblement pardon.

Madame Law s'était levée.

Les jeunes gens s'étaient envolés de leur nid d'amour pour aller faire, l'une une profonde révérence, l'autre un salut respectueux.

A cette éclatante fanfare de noms et de titres, d'Argenson avait pour ainsi dire sauté en l'air, comme sous l'impulsion d'une pile électrique. Eperdu, tremblant, ne sachant encore s'il devait ce dangereux honneur au blâme ou à l'approbation de la cour, il cherchait partout son chapeau, qu'il ne trouvait pas, afin de se donner une contenance et de mieux pouvoir s'incliner selon l'étiquette et le menuet.

Le cardinal connaissait parfaitement la baronne, dont il avait été l'un des visiteurs les plus assidus, alors que la femme aujourd'hui proscrite était une puissante idole aux pieds de laquelle se prosternait toute la France. Il alla lui prendre la main, qu'il porta galamment à ses lèvres, passa devant l'intendant dont il secoua l'épaule avec cette familiarité princière des grands de la terre, et s'avança vers Bianca, qui s'inclina avec humilité comme pour implorer la simple faveur d'une bénédiction.

Les femmes, — nous entendons les femmes enthousiastes et quelque peu romanesques, — les femmes, dont l'unique affaire est de quintessencier la sensibilité et d'écrémer la tendresse, sont d'autant plus dévotes qu'elles aiment davantage.

Au lieu d'une bénédiction, ce fut un baiser que l'archevêque de Cambrai déposa sur son front d'ivoire, étoilé de deux yeux divins.

Floustignac regardait faire; il était, comme toujours, admirable d'aplomb et de sang-froid.

Quand le répertoire des fadaises et des salamalecs, lequel était alors beaucoup plus compliqué que de nos jours, fut épuisé:

— Avouez que vous ne m'attendiez pas? commença le cardinal, et que, s'il avait pris la fantaisie à la foudre d'entrer par la serrure et de sortir par la fenêtre, vous n'auriez pas été plus...

— Plus charmé, acheva l'intendant, dont le trouble n'avait pas encore eu le temps de se dissiper.

— Ce cher cardinal! reprit Floustignac; c'est cependant par affection pour moi qu'il a un instant abandonné le timon de l'Etat.

— Il est vrai que si ce n'avait été pour monsieur le contrôleur général, je n'aurais pas...

— Sainte amitié! continua Floustignac; et si vous saviez, madame la baronne, si vous saviez, Richard, quel empressement et quelle bonne grâce Son Eminence a mis à me servir!

Dubois ne savait que penser de l'entente parfaite qui paraissait régner entre madame Law, le chevalier et le prétendu baron.

De leur côté, madame Law et le chevalier ne comprenaient rien à cette miraculeuse connivence du cardinal et de l'étranger.

Il n'y avait que d'Argenson et Bianca qui fussent dans la sincérité de leurs rôles.

— Voici ce que c'est, reprit l'éminence.

— Ecoutez bien cela, dit Floustignac, et vous me direz après si la charité évangélique n'est qu'un vain mot.

— Monsieur le contrôleur général et madame la baronne, poursuivit Dubois, venaient de se soustraire par miracle à ce que les imbéciles appellent la vindicte publique, et à ce que moi j'appelle tout bonnement un niais et passager accès de fièvre populaire. Les plus enragés proposaient de les poursuivre, et Dieu seul peut savoir en combien de quartiers ils auraient découpé le premier financier de notre siècle... — Floustignac remercia par une légère inclination de tête, — et la femme la plus distinguée que je connaisse. — Madame Law rougit de plaisir et se pâma de satisfaction. — D'un autre côté, continua le cardinal, dans la précipitation de leur fuite, ces chers amis n'avaient pas eu le temps de se munir de passeports, et rien ne prouvait que, s'ils échappaient aux énergumènes de la place publique, ils échapperaient également aux autorités municipales des provinces qu'ils allaient traverser. Vous le savez, les agens du pouvoir ont souvent de la peine à modérer les excès de leur zèle.

D'Argenson était en proie à d'affreux tiraillemens d'esprit et à d'excessives crispations nerveuses.

— Monseigneur, — reprit Floustignac, — avant de vous laisser continuer, permettez-moi de vous adresser un vœu?

— Je vous écoute, monsieur.

— Eh bien! je désire que, pour l'amour de moi, vous fassiez octroyer à monsieur l'intendant du Hainaut la dignité de chevalier des ordres du roi (1).

— Si, après l'intercession de monsieur le baron, la mienne pouvait être de quelque poids, ajouta madame Law.

— Il a été si aimable pour nous!

— Il nous a donné de si charmantes preuves de délicatesse!...

— Et un si excellent dîner!...

D'Argenson voulut se lever, mais ses genoux, comme ceux de Phèdre, se dérobaient sous lui. Il voulut parler, mais sa langue était à l'état de catalepsie, et les mots se figeaient au passage.

— Je ne demanderais assurément pas mieux que de vous complaire en cela, comme en toute autre chose, reprit le cardinal; mais il y a certaines conditions préalables qu'il est indispensable de remplir.

— Le mérite d'abord, objecta Floustignac. Or, sous ce rapport, monsieur l'intendant a en lui seul l'étoffe de plusieurs chevaliers.

— Cher baron, le mérite n'est que l'accessoire; l'essentiel est d'avoir trois générations de noblesse paternelle.

— S'il ne les a pas, dit Floustignac, il les aura.

— Et d'être âgé de trente-cinq ans au moins.

— Est-il défendu d'avoir davantage?

(1) En 1578, Henri III institua l'ordre du Saint-Esprit, auquel il réunit l'ordre de Saint-Michel, créé par Louis XI en 1469. De là est resté aux chevaliers le nom de *chevaliers des ordres du roi*.

— Non, pas que je sache.

— Alors il est parfaitement en règle.

— Il y a bien un autre moyen, reprit Dubois.

— Lequel ?

— Mais ce n'est pas à la portée de tout le monde.

— Voyons ?

— C'est d'être fils de France, moyennant quoi on se trouve chevalier de plein droit, en venant au monde.

— Monsieur l'intendant, reprit Floustignac, permettez-moi de vous donner l'accolade.

— Puisque monsieur le baron y tient absolument, dit le cardinal, j'aviserai.

— Je n'oublierai jamais, reprit enfin d'Argenson en roulant des yeux effarés et en appuyant ses deux mains sur son cœur, je n'oublierai jamais ce que Votre Sainteté..

— Peste ! comme vous y allez !

— Ce que Votre Eminence veut bien faire pour moi...

— Monseigneur, fit observer madame Law, vous n'avez pas achevé de nous dire par quelle providentielle inspiration vous avez été guidé vers nous.

— Mon Dieu ! madame, cela est bien simple. Dans la crainte où nous étions, Son Altesse Royale et moi, que quelque sanglant obstacle ou quelque mesure administrative ne vînt s'opposer à votre libre sortie du royaume, nous avons songé à envoyer sur vos traces une sorte d'arrière-garde qui, au besoin, vous garantirait de toute mésaventure. Ce parti une fois pris, il ne nous restait plus qu'à mettre la main sur un de vos fidèles, dont le zèle fût à toute épreuve, l'autorité incontestable et l'ascendant irrésistible.

— Voilà bien des conditions, objecta le chevalier, et je me demande en qui, diable ! vous auriez pu les trouver réunies. A coup sûr ce n'a pas été chez monsieur de Choiseul.

— Non.

— Ni chez Phelippeaux de Saint-Florentin.

— Non.

— Ni chez le président de Mesmes, ni chez monsieur de Villeroi.

— Ah ! monsieur, reprit Dubois, que les courtisans sont une variable espèce ! Jamais il ne m'avait été donné, comme en cette circonstance, de fouiller dans ces poitrines vides et de sonder ces têtes creuses. Celui-ci était souffrant; celui-là avait une affaire d'honneur soumise à l'appréciation des maréchaux (1), et son départ passerait pour une fuite; cet autre avouait humblement que son intervention ne serait pas assez puissante, et que l'émeute se gausserait de lui.

— Je les reconnais bien là, interrompit Floustignac, et si je le voulais, monseigneur, je pourrais clouer un nom à chacun de vos masques.

— Cependant, continua le cardinal, il n'y avait pas un moment à perdre, peut-être même était-il trop tard et vous avait-on déjà fait quelque mauvais parti. Je songeais à vous, madame la baronne, à monsieur le chevalier, à ce cher contrôleur général ; je me retraçais tout ce que vos nobles cœurs devaient endurer de perplexités l'un pour l'autre.

— Vous seriez époux et père, monseigneur, reprit Floustignac en furetant le coin de sa paupière pour y trouver une larme, que vous n'apprécieriez pas avec plus de tact et de sensibilité les liens de famille.

— En sorte que, acheva l'éminence, ne prenant conseil que de moi-même, et bien que je fusse peu habitué à chevaucher, j'ai enfourché le premier bidet venu, je suis parti, et me voilà.

— Que de grâces nous avons à vous rendre ! dit madame Law.

(1) Le point d'honneur fut, sous Louis XIV et Louis XV, la passion dominante des gentilshommes. Pour les empêcher de se livrer à des querelles trop fréquentes pour des motifs souvent puérils, on avait institué un tribunal composé des maréchaux de France, et destiné à juger si l'offense valait ou non la peine que l'on se battît.

— Et puis, figurez-vous, reprit Dubois en guignant malicieusement Floustignac, figurez-vous que j'ai failli être arrêté aux portes de Valenciennes.

— Arrêté sur le territoire que je gouverne ! s'écria d'Argenson.

— Une province si vertueuse ! ajouta Bianca. La seule où Cartouche n'ait osé se montrer sous aucun de ses noms, sous aucun de ses déguisemens.

— Heureusement que je me promenais au pas de mon cheval, à deux portées de mousquet de la ville, sur la route de Paris, reprit Floustignac sans se déconcerter.

— Très heureusement, car ils étaient au moins... au moins... Avez-vous eu le temps de les compter, cher baron ?

— Sept ou huit, je crois.

— Pourriez-vous me donner leur signalement ? demanda l'intendant.

— Certainement. D'abord ils étaient masqués; ajoutez à cela des pourpoints de gros drap foncé, des feutres à larges bords, des bottes de daim, des ceintures de cuir parfaitement ornées de poignards et de rapières, et il vous sera facile de les reconnaître.

— Je vais expédier des brigades de maréchaussée dans toutes les directions.

— Je vous le conseille. Ah ! j'oubliais !... J'ai fait à l'un de ces brigands l'honneur de lui couper les oreilles, en sorte que, si vous parvenez à mettre la main sur quelqu'un qui soit privé de ses facultés auditives, vous pourrez hardiment...

— Et comment êtes-vous parvenu à dégager Son Eminence, monsieur le baron ? demanda madame Law.

— J'avais un couteau de chasse, et les fontes de Richard se trouvaient garnies de deux excellens pistolets chargés. Du plus loin que j'ai vu plusieurs hommes en attaquer un seul, je me suis élancé à fond de train, j'ai frappé d'estoc et de taille ; j'en ai blessé quatre, j'ai coupé les oreilles au cinquième, ainsi que j'ai déjà eu l'honneur de vous le dire, et le reste a pris la fuite.

— Si bien, reprit le cardinal, que je venais pour vous sauver, et que c'est vous qui avez été mon libérateur.

— Avouez à votre tour, monseigneur, que vous ne vous attendiez pas à me trouver là.

— C'est vrai.

— Et que même, au premier coup d'œil, vous ne m'avez pas reconnu.

— C'est encore vrai... cependant... et puis il commençait à faire nuit.

— Bien que votre costume n'eût rien de positivement sacerdotal, moi j'avais à l'instant reconnu Votre Eminence. Aussi, le terrain une fois déblayé de cette poignée de routiers qui vous assaillaient, je descends de cheval, je vous présente mes civilités ; vous descendez à votre tour, je vous tends la main, vous m'ouvrez les bras, la reconnaissance vous suffoque, la joie me coupe la parole...

— Je me tâte pour bien m'assurer que je suis sorti sain et sauf de cette épouvantable mêlée.

— Je vous fais respirer du vinaigre des Quatre-Voleurs, excellent vinaigre que je distille moi-même.

— Je vous raconte alors comment et pourquoi je suis à votre poursuite.

— Je vous initie, de mon côté, aux excellens procédés de monsieur l'intendant du Hainaut.

— Vous voulez absolument que je vous accompagne jusqu'ici...

— Vous refusez sous prétexte que vous êtes en tenue de voyage ; je vous réponds que la tenue n'y fait rien, et que, depuis Diogène jusqu'au roi Dagobert, les grands hommes ne se sont jamais préoccupés de pareilles misères...

— Je balance... vous insistez...

— Vous balancez... j'insiste... et je finis par vous enlever à la pointe de mon éloquence, absolument comme si vous n'étiez pas le second, je devrais dire le premier personnage du royaume, et comme si je n'étais pas une puissance tombée, c'est-à-dire ce qu'il y a de plus respectable et de moins respecté sur la terre.

D'Argenson écoutait de toutes ses oreilles, croyait de toute sa crédulité, admirait de toutes ses forces.

Madame Law ne savait trop que penser de tant de hasards et de tant de prouesses; mais comme le cardinal était bien le cardinal; comme l'excessive familiarité, le ton d'égalité parfaite qui semblait régner entre le véritable ministre et le prétendu contrôleur général la confirmaient davantage encore dans la pensée que ce dernier devait être un homme de naissance et de crédit; comme en tout cela la vérité côtoyait de si près le mensonge, et le mensonge la vérité, qu'il était pour ainsi dire impossible de discerner l'un de l'autre, et que d'ailleurs la position était forcée, elle faisait à tout hasard semblant de croire.

Richard et Bianca n'écoutaient même pas; ils s'aimaient, et voilà tout.

Floustignac, qui faisait du brigandage en artiste, qui ciselait le larcin et niellait la fraude, Floustignac était heureux de faire mouvoir à son gré tous les personnages de cette comédie, et se croyait au moins l'égal de Dufresny, de Palaprat, de Brueys et de Campistron.

Quant à Dubois, impatient du frein qui le gourmandait, il ne fallait rien moins que le spectre menaçant de son contrat de mariage pour le maintenir en obéissance; encore se cabrait-il quelquefois en de téméraires incartades, et faisait-il à Floustignac d'insidieuses questions pour se donner le malin plaisir de l'embarrasser.

Mais Floustignac était homme à répondre à tout et à ne s'émouvoir de rien.

— A propos, cher baron, reprit le cardinal, je ne vous ai pas dit que les bruits les plus étranges avaient couru dans Paris sur la manière dont vous avez échappé à l'animosité de vos ennemis.

— Racontez-moi donc cela, Eminence, que je sache au moins à quoi m'en tenir sur mon évasion.

— Mais il me semble que vous seriez bien plus à même que moi...

— Assurément, s'il ne s'agissait que de la vérité; mais il y a toujours de la poésie et du merveilleux dans les légendes populaires, et j'aime la poésie et le merveilleux, moi.

— Eh bien! monseigneur, vous rappelez-vous la représentation du *Siége de Troie*, donnée il y a quelque temps au Luxembourg *avec les costumes du temps?*

— Très bien! Le poëme héroïque, trop héroïque, entre nous soit dit, pour les acteurs du Luxembourg, avait été arrangé pour la circonstance, et mis en dialogue plus décolleté par Lagrange-Chancel.

— C'est cela.

— Le rôle d'Hélène était rempli par la duchesse de Berri, et celui de Ménélas par Riom (1).

— Tout à fait cela.

— Monsieur de la Renaudie, le grave conseiller au parlement, était en *Pâris*, et madame de Parabère en *Eriphyle*.

— Vous assistiez à la représentation?

— Certainement que j'y assistais. Je crois même que madame la baronne...

— Vous vous trompez, monsieur, reprit gravement madame Law, je n'allais jamais chez madame de Berri.

— Alors ce devait être Richard. Etait-ce vous qui m'accompagniez à la dernière fête du Luxembourg, chevalier?

(1) A cette époque, Phèdre, Athalie, Néron, Polyphonte portaient, les premières des paniers, les seconds l'habit à la française et l'épée au côté. Madame de Berri eut réellement, en 1720, la sage fantaisie de faire représenter une tragédie grecque avec les costumes du temps. Plus tard, Lekain et mademoiselle Clairon voulurent amener une réforme définitive dans les costumes, mais cette réforme ne fut définitivement accomplie que par Talma, en 1791. La tragédie de *Charles IX*, de Chénier, est la première où l'on ait suivi les costumes avec une rigoureuse exactitude.

— Comme vous voudrez, monsieur, reprit Richard, qui, réveillé en sursaut dans son amour, ne savait pas même de quoi il était question.

— Vous me paraissez distrait, chevalier; je vous demande si vous êtes allé à la dernière fête donnée au Luxembourg par madame la duchesse de Berri?

— Il me semble bien que j'y suis allé, monsieur... à moins que vous ne préfériez...

— On prétendait, interrompit le cardinal, qui voulait bien mystifier quelque peu, mais non pas irriter par trop son adversaire, on prétendait que vous aviez été arrêté sous un faux nom, au sortir de la représentation, par messieurs de la connétablie, et renfermé à la Bastille, dans la tour de la Bertaudière.

— Et en vertu de quoi, s'il vous plaît?

— Parbleu! en vertu de quoi voulez-vous que l'on arrête, si ce n'est en vertu d'un chiffon de papier que nous appelons lettre de cachet?

— Et qui aurait eu l'audace de la délivrer? demanda fièrement Floustignac.

— Vous savez bien, cher baron, que le père commun de toutes les lettres de cachet se nomme Phelippeaux de Saint-Florentin, et que ce bon duc a l'habitude de les distribuer en blanc à tous ceux qui lui en demandent. Il appelle cela épargner le temps de l'administration, qui se trouve ainsi dispensée de les remplir.

— Et disait-on comment Son Altesse Royale avait pris la chose?

— Oh! Son Altesse Royale en avait pris de la colère à devenir canard, comme disait monsieur de Torcy. Elle était montée en carrosse au milieu de la nuit, était allée réveiller monsieur Jean de Launey, gouverneur de la Bastille, s'était fait représenter un à un tous les prisonniers, avait fini par vous découvrir sous le nom de Barley, et vous avait ramené en triomphe à votre hôtel, malgré les protestations de ce pauvre de Launey, qui soutenait qu'une lettre de cachet ayant été déposée aux archives, il fallait une contre-lettre pour l'annuler.

— Bah! on disait cela! reprit Floustignac, dont l'amour-propre s'arrangeait assez bien de cette manifestation royale.

— On ajoutait que vous n'aviez échappé au danger de mourir incognito à la Bastille que pour en courir un plus grand; que, peu de jours après, au moment où votre carrosse sortait du Palais-Royal, escorté d'une compagnie de mousquetaires rouges commandée par le marquis de La Fare, vous aviez été accueilli par les plaintes et les malédictions de la foule; que votre voiture avait été cernée et brisée, que vous aviez été en quelque sorte traîné dans la boue jusqu'à votre hôtel de la rue de Grenelle-Saint-Honoré, et que, là, vous leur aviez joué le plus excellent tour... Je parie, cher baron, que vous ne devinez pas le tour que vous leur avez joué?

— Voyons cela?

— Je vous le donne en mille.

— Je dois infailliblement leur avoir fait des discours, à ces pauvres diables.

— Oh! de magnifiques discours! Vous leur avez parlé comme saint Jean Bouche-d'Or, cela va sans dire. Mais ce n'est pas tout...

— Qui sait ce dont je suis capable!... Est-ce que, au lieu de leur rembourser les sommes qu'ils réclamaient, je les ai au contraire amenés à échanger ce qui leur restait d'espèces sonnantes contre de nouveaux billets?

— Non pas, car il aurait fallu pour cela qu'il leur en restât, des espèces sonnantes.

— Est-ce que je leur ai fait accroire que l'on allait transplanter le Missisipi dans la place Royale ou au Cours-la-Reine, afin que les mines d'or fussent d'une exploitation plus commode, et que chacun pût aller en prendre sa part quand bon lui semblerait?

— Non.

— Leur aurais-je par hasard donné des bons à vue sur

monsieur l'intendant du Hainaut, dont les propriétés sont si considérables et les capitaux si notoires ?

— Plaît-il ? s'écria d'Argenson, qui se trouva soudain pâle et debout, d'empourpré et d'assis qu'il était.

— Ce n'est rien de cela, reprit le cardinal.

D'Argenson reprit ses couleurs et son fauteuil.

— Eh bien ! demanda Floustignac à Dubois, quel est donc, selon Votre Eminence, le si bon tour que j'ai joué à messieurs les Parisiens ?

— Eh bien ! cher baron, voici ce que c'est : les masses s'étaient ébranlées, et, ainsi que je l'ai déjà dit, vous avaient en quelque sorte traîné jusqu'à votre hôtel, qui était gardé par messieurs du guet à cheval et à pied. Le guet, qui a tout juste assez de valeur pour se défendre personnellement, mais non pour défendre les autres, le guet avait bravement pris la fuite devant la sédition, qui s'avançait en brandissant ses bras nus et en chantant les ponts-neufs de Gauthier-Garguille et de Tabarin.

— Le guet me semble en cette circonstance avoir manqué à ses devoirs, reprit Floustignac, car une de ses principales prérogatives est d'être rossé.

— Une fois chez vous, disait-on, vous aviez bientôt repris votre aplomb et fait avec une grâce charmante à cette étrange société les honneurs de votre palais ; quelques milliers d'écus trouvés à propos dans une des caisses avaient commencé par adoucir les exigences des plus empressés. Les turbulens, ceux sans doute à qui on ne devait rien, se partageaient déjà les espèces, et cette pâture dévorée, vous alliez vous trouver en but à de nouveaux dangers et à d'incessantes réclamations, lorsque...

— Lorsque...? demanda Floustignac.

— Lorsque, par une inspiration subite, par un de ces éclairs de génie qui ne scintillent qu'à de bien rares intervalles dans la vie des hommes les plus éminens, vous leur avez tenu ce langage :

— Voyons le langage ?

— « Messieurs, il y a assurément dans mes coffres beau-
» coup plus d'argent qu'il n'en faut, non-seulement pour
» vous rembourser, mais encore pour octroyer à chacun
» de vous, selon ses mérites particuliers, une gratification
» considérable... Vous êtes de braves gens, et je suis trop
» heureux de trouver cette occasion de partager avec vous
» mon humble fortune... Il est vrai que jusqu'à présent
» je n'avais pas songé à la chercher, cette occasion si fa-
» vorable, mais, puisqu'elle veut bien se présenter d'elle-
» même, je la saisis avec effusion ! »

— Je suis content de moi, interrompit Floustignac.

« — Oui, messieurs, disiez-vous, je saisis avec effu-
» sion... Seulement, il me paraît convenable que tout l'ar-
» gent monnayé trouvé dans l'hôtel soit confié à la probité
» d'une commission choisie parmi les plus recommanda-
» bles et les mieux famés d'entre vous, et que les rem-
» boursemens ne soient effectués que sur la présentation
» d'un titre légal... Souffrez que j'aille prendre dans mon
» cabinet le registre sur lequel sont indiqués les noms de
» mes actionnaires, ainsi que les sommes versées par
» eux... » Le cabinet était situé au premier étage et donnait sur le jardin, qui avait été envahi ; toutes les issues, toutes les portes de l'hôtel étaient gardées... la fuite était impossible.

— Tout ce qu'il y a de plus impossible, continua Floustignac; ce pourquoi la foule, impatiente de me voir reparaître, ayant au bout de quelques instans fait irruption dans ce cher cabinet, on ne m'y trouva plus.

Les yeux et la bouche de d'Argenson s'ouvrirent démesurément, ses sourcils se hérissèrent ; il y eut quelque chose comme un frisson qui se prit à courir par les boucles de sa perruque.

— Comment savez-vous cela, baron ? demanda le cardinal.

Floustignac aimait à payer d'audace ; et, comme il n'y avait dans Paris aucun passage souterrain, aucune issue secrète, aucune porte dérobée, aucun panneau fallacieux dont ce diable d'homme ne connût l'existence, il reprit bravement :

— Comment je sais cela ? Parbleu ! je le sais parce que tout ce que vous venez de nous raconter est de la dernière exactitude ; parce que je n'ai pas voulu vous interrompre afin de m'assurer que, par miracle, la rumeur publique avait été cette fois sobre d'exagération et de mensonge ; parce que, une fois dans mon cabinet, je n'ai eu qu'à pousser un bouton, à descendre vingt marches pratiquées dans l'épaisseur du mur, et à fuir par un souterrain qui aboutit à la halle aux blés.

Le cardinal regarda Floustignac avec cette expression d'étonnement, de curiosité et de dépit dont un homme très fin ne peut se défendre à la vue d'un plus rusé que lui.

— J'approuve cela, reprit-il, d'avoir ainsi toujours à sa portée un souterrain par lequel on puisse paraître et disparaître à volonté. Il y en a qui ont la manie des tableaux ; d'autres ont celle des antiquités ; celui-ci ne peut travailler sans avoir une douzaine de chats dans son appartement. Ma foi ! baron, je pense comme vous qu'il vaut autant faire collection de souterrains.

— Jugez de l'ébahissement de ces misérables ! continua Floustignac. Et puis, remarquez que j'avais eu le temps et la présence d'esprit de brûler certaines liasses de papiers qu'il était fort inutile que je leur laissasse, en sorte que les tourbillons de fumée ont très bien pu leur faire croire que j'avais été enlevé par le diable.

D'Argenson, trouvant cet expédient beaucoup plus récréatif que celui des bons tirés à vue sur sa cassette, se prit à éclater en rires et à donner des signes d'une jubilation spasmodique qui ne ressemblait pas mal à de l'épilepsie.

— Que pensez-vous, mon cher cardinal, de cette précaution que j'ai prise de brûler les papiers dont on aurait pu se faire une arme contre moi ? demanda Floustignac en tirant machinalement le portefeuille de Dubois.

— C'est une excellente idée que vous avez eue là, reprit l'éminence.

— N'est-ce pas ? On ne sait ni qui vit ni qui meurt, et souvent un acte méchamment interprété peut causer bien des déboires et occasionner bien des insomnies... Il y a de ces imprudences dans la vie qui vous mettent à la merci du premier venu, et que l'on rachèterait... fort cher... si on le pouvait.

— Ce portefeuille me paraît curieusement ouvragé, reprit le cardinal en avançant la main. Pourrait-on...?

— Mais non, je vous assure... rien de plus ordinaire... du simple cuir de Cordoue... ce qui ne m'empêche pas d'y attacher le plus grand prix, dit Floustignac en le remettant dans sa poche.

— Toujours est-il, monseigneur, que vous êtes sauvé, hasarda l'intendant, et que c'est l'essentiel.

— Mon Dieu ! oui. Une fois échappé aux griffes de ces cannibales qui avaient l'outrecuidance de préférer un vil *métal* aux actions de ma banque, je me suis coulé par les petites rues qui avoisinent Saint-Germain-l'Auxerrois, j'ai traversé le pont Neuf, et me suis réfugié rue Gît-le-Cœur, chez un de mes fidèles. De là j'ai écrit au prince de Conti, qui s'est empressé de m'envoyer une chaise à ses armes. Madame la baronne était venue me rejoindre, et, à la nuit tombante, nous sommes sortis de cette ingrate Babylone, qui mériterait bien que je n'y rentrasse jamais.

— Ce serait la punir trop sévèrement d'une faute dont elle se repent peut-être déjà, reprit d'Argenson.

— Maintenant, poursuivit Floustignac en désignant la baronne et Richard, voilà ce qui me reste : ma femme et mon fils. Je vais vivre, m'isoler, me complaire dans les affections de famille, et je reconnaîtrai sans doute bientôt que le bonheur réel, que la satisfaction véritable ne sont que là.

— Et le poste de chargé d'affaires en Bavière, que vous avait offert Son Altesse Royale ? demanda l'intendant.

— Je ne sais... je verrai... Ne trouvez-vous pas, cardinal, continua Floustignac en appuyant malignement sur chaque mot, que c'est principalement dans les mauvais jours que se manifestent la divine essence et la sublimité du mariage? Il semble alors que la douleur s'amoindrit en se partageant, car chacun des vôtres en réclame sa part. C'est comme un écho qui s'affaiblit à mesure qu'il descend de colline en colline. Ah! monseigneur, que je vous plains d'être dans les ordres.

— Mais...

— Parbleu! je sais ce que vous allez me dire : Vous êtes riche, vous êtes puissant, vous êtes... honoré, car on est toujours honoré quand on est puissant et riche. Quels combats avez-vous à soutenir? quelle émeute à braver? Vous ne rencontrez sur votre route que des volontés inertes, des visages soumis et des genoux fléchissans. Mais, tombe votre royauté, arrive l'heure où vous vous sentirez seul, sans autre appui que vous-même, aux prises avec la disgrâce, corps à corps avec le destin, et nous verrons alors si vous vous glorifierez encore de votre isolement et de votre unité!

— Dieu n'abandonne jamais ses représentans sur la terre, reprit pompeusement le cardinal, et l'Eglise a des baumes souverains pour ses ministres.

— Tout cela est bel et bon, mais avouez que parfois, dans vos accès de sensibilité, dans vos nuits d'insomnie, dans ces rares intervalles où l'homme est franc vis-à-vis de lui-même parce que nul n'est là pour déchiffrer son cœur et fouiller dans sa conscience, avouez qu'alors vous vous surprenez à vous créer une famille, un intérieur patriarcal, à avoir une femme et des enfans... beaucoup d'enfans! Je suis sûr que Votre Eminence serait le meilleur des époux et le plus tendre des pères.

— Monseigneur, reprit Dubois, dont la figure passait incessamment du jaune au pâle et du blême au pourpre, il y a des grâces pour tous les états.

— Ainsi, voyez quel touchant accord, quelle sympathie parfaite entre madame la baronne et moi! Voyez comme monsieur et madame d'Argenson vivent l'un pour l'autre! et comme il saute aux yeux que la discorde ou la désaffection serait mal venue à les vouloir séparer!

Il fallait à cette nature irascible et quinteuse du cardinal de suprêmes efforts pour supporter avec une apparente bénignité les mitraillades de Floustignac. N'eût été le portefeuille en cuir de Cordoue, il ne se serait assurément pas fait faute de parcourir l'appartement, en sautant d'un meuble sur l'autre, ainsi que l'histoire rapporte qu'il en avait la juvénile et fatigante habitude.

C'était une admirable douche, un calmant souverain que ce damné portefeuille moyennant lequel il fallait bâillonner sa rage, s'envelopper d'ouate, souffrir en riant, mourir avec grâce comme les gladiateurs du cirque, et avaler sans trop de grimaces les couleuvres de Floustignac.

— Cher baron, reprit le cardinal, dans l'espoir de donner un autre cours à la conversation, voulez-vous me permettre de vous adresser une question?

— Faites, monseigneur, faites.

— Comment avez-vous passé la nuit dernière?

— Mais fort bien, je vous assure.

— A dormir, je présume.

— Et à quoi faire, je vous prie?

— Eh bien! moi, baron, je l'ai passée à courir à franc étrier.

— C'est un excellent exercice pour les personnes replètes... Il est vrai que vous êtes maigre.

— Et la journée d'aujourd'hui, à quoi l'avez-vous employée?

— Aujourd'hui, ma foi! je me suis paresseusement promené sur le cheval de Richard..... Bonne petite bête! A telle enseigne, que j'ai eu le plaisir de vous délivrer et de couper mes premières oreilles.

— Moi, cher baron, j'ai passé la journée comme j'avais passé la nuit, à courir la poste.

— Et encore sur de mauvais chevaux, je parie?

— Pitoyables.

— Des selles dures?

— Archidures.

— Je vous demande un peu, un surintendant des postes...!

— D'où je conclus...

— Un premier ministre! un cardinal!

— D'où je conclus...

— D'où vous concluez?

— Que si l'on pouvait me procurer un valet de chambre pour me rouler les cheveux, un bain pour me dégourdir les membres, et un lit pour m'y coucher, cela ferait parfaitement mon affaire.

— Tout cela vous attend aux Trois-Magots, reprit Floustignac; et si Votre Eminence veut bien se donner la peine de m'accompagner...

— Je suis à vos ordres...

— Et vous comptez partir, monseigneur? demanda Floustignac.

— Mais, demain, cher baron. Et vous-même?

— Demain également, si madame la baronne est toutefois en état de supporter le voyage.

— Parfaitement, monsieur, je vous jure.

— Madame, reprit d'Argenson à qui Bianca venait de dire quelques mots à l'oreille, votre brusque départ de Paris ne vous ayant pas permis de songer à emmener les gens de votre service, madame l'intendante réclame la faveur de vous céder au moins une de ses femmes pour vous accompagner.

— Madame l'intendante est un ange, reprit la baronne, et j'accepte de grand cœur.

— Je tâcherai que ce soit Céline, ajouta d'Argenson en s'approchant de Richard, auquel il adressa un petit coup d'œil goguenard et scélérat.

— Je tâcherai que non, pensa le chevalier.

XIX

A RENARD RENARD ET DEMI.

Cinq heures du matin venaient de sonner à l'horloge du beffroi.

Tout le monde dormait encore à l'auberge des *Trois-Magots*, lorsque la porte de l'appartement du chevalier de Floustignac s'ouvrit tout à coup. Une lueur vive et soudaine pénétra jusque sous les rideaux de l'alcôve.

Réveillé en sursaut, le faux baron, à qui les *devoirs* de sa profession imposaient de ne dormir que d'un œil, fit un bond menaçant, arma le pistolet que nuit et jour il avait sous la main, et s'écria de sa plus redoutable voix :

— Qui va là?

— Cette fois, capitaine, reprit glorieusement Saint-Etienne, nous tenons le courrier. Voici les dépêches!

— Quelque nouvelle bévue, peut-être?

— Non pas, capitaine; cette fois, c'est un vrai courrier, et ce sont de vraies dépêches.

Floustignac remit le pistolet à la place où il l'avait pris, et se disposait, sans plus de façon, à rompre le sceau ministériel, lorsqu'il aperçut quelque chose d'informe et de remuant qui se blottissait dans l'angle le plus obscur de l'appartement.

— Qu'est-ce cela? demanda-t-il en désignant à son lieutenant la chose en question.

Saint-Etienne alla droit au fantôme, qui, au fur et à mesure que l'on approchait de lui, semblait vouloir s'incruster davantage dans les panneaux de la boiserie. Il le prit par l'oreille, et l'amena, moins de gré que de force, jusque sous le regard de Floustignac.

— Mordieu! c'est le cardinal!

— Et comment avez-vous passé la nuit, cher monsieur? demanda celui-ci doucereusement.

— Je ne comprends pas...

— Savez-vous que vous n'êtes guère matinal ? interrompit Dubois.

— Est-ce que Votre Eminence n'aurait pas été satisfaite de l'appartement que je lui ai fait donner ?

— Parfaitement satisfaite.

— Monseigneur est peut-être somnambule ? objecta Saint-Etienne.

— Eh quoi! vous ne devinez pas que, sur le point de me séparer d'un aussi tendre ami, j'ai voulu devancer l'aurore, comme disent les poëtes, afin de jouir de votre présence le plus longtemps possible ?

— A d'autres! reprit Floustignac.

— Car, avouez, cher monsieur, que vous avez été parfait pour moi... Que d'attentions délicates et charmantes! avec quelle bonne grâce et quelle abnégation de vous-même vous vous êtes effacé, hier, à l'Intendance, pour me mettre mieux en relief et me faire valoir davantage! Sans compter que vous m'avez sauvé la vie, n'est-ce pas, en m'arrachant à la fureur de toute une nuée de brigands, qui, au seul aspect de votre vaillante épée, se sont dispersés comme une compagnie de perdreaux?

Ce disant, le cardinal cligna de l'œil de cet air souverainement goguenard et railleur que nul ne possédait mieux que lui.

— Est-ce que par hasard les commotions de la route auraient détraqué le cerveau de Votre Eminence? — Pour toute réponse, Dubois se tourna vers la cheminée, où achevait de se tordre en spirales capricieuses et bleuâtres une feuille de parchemin à demi consumée. — Bah ! fit Floustignac, en constatant que le contrat de mariage avait disparu du portefeuille, et sans se donner la peine d'en soustraire aux flammes le moindre fragment.

— C'est comme cela! — dit le cardinal en se campant résolûment sur les deux fuseaux qui lui servaient de jambes. Puis, enhardi par le calme apparent de Floustignac, et le feu mis à toute la colère qu'il avait amassée et contenue depuis la veille, l'explosion se fit en ces termes: —Ah ! vous avez voulu vous jouer de moi !... Ah! vous m'avez fait mouvoir à votre gré, moi prince de l'Eglise, moi premier ministre, comme une marionnette dont vous teniez le fil!... Ah ! vous m'avez attelé à votre infamie!... Vous m'avez associé à je ne sais quelles machinations dont j'ignore le but, mais dont je pressens la turpitude!... Le charme est rompu, entendez-vous, monsieur de la grande route, monsieur du guet-apens, monsieur du sac et de la corde !... Car je n'ai pas besoin de vous dire que je casse votre baronnie, n'est-ce pas? que je marche à deux pieds sur vos titres d'emprunt, et que je vous écrase comme quelque chose d'immonde et de venimeux que vous êtes!... Il paraît que vos airs de matamore s'en sont allés en même temps que mon acte de mariage?... Quant à votre argument suprême, qui paraît être le poignard ou le pistolet, je m'en moque comme de ma barette! monsieur d'Argenson sait que je suis à Valenciennes ; il est notoire que je suis parti hier de l'Intendance et que je suis rentré ici avec vous, et il faudra bien que vous me reproduisiez ou que vous disiez pourquoi... Ah ! ah !

— Pardon, je n'étais pas à la conversation... Vous disiez ? reprit Floustignac, qui, après avoir parcouru les dépêches, venait d'enjoindre à Saint-Etienne de les restituer au courrier et de le laisser continuer sa route.

— Et d'abord, continua Dubois à qui le départ de Saint-Etienne venait de donner une énergie nouvelle, je vous arrête.

— Vous m'ar...tez ! s'écria Floustignac en éclatant de rire à cette monstrueuse folie.

Le cardinal se pendit à la sonnette et reprit :

— Riez bien fort, car vous ne rirez plus de longtemps !

— Tout de bon ?

— Tout de bon.

— Vous allez faire une bêtise, l'abbé.

— Je vais vous faire écarteler.

— Voilà tout ?

— Pas davantage.

— Infiniment obligé. — Le renfort qu'il attendait ne venant pas assez vite, Dubois se prit à carillonner de plus belle.— Qu'est-ce que vous gagnerez à cela, l'abbé, de me faire écarteler ? demanda Floustignac.

— J'y gagnerai d'avoir accompli mon devoir, monsieur, en faisant justice d'un misérable.

— Pendant que vous êtes en train de faire justice des misérables, l'abbé, vous devriez bien profiter de l'occasion pour vous faire arrêter et écarteler vous-même.

En ce moment, des pas retentirent dans le corridor, et l'on frappa discrètement à la porte.

— Entrez ! s'écria le cardinal.

— L'abbé, dit négligemment Floustignac, en prenant sous son chevet un parchemin qu'il déploya et mit sous les yeux de l'éminence, que pensez-vous de ceci ?

A la vue de ce parchemin, toute la jactance de Dubois tomba comme par enchantement ; son regard s'éteignit, la menace expira sur ses lèvres blémies, et de ce lion de tout à l'heure, à la crinière belliqueuse et menaçante, il ne resta plus que la peau.

— Monsieur a sonné ? demanda l'aubergiste des *Trois-Magots*, qui s'était empressé d'accourir.

— Deux fois ! reprit le cardinal, et je trouve que c'est deux fois de trop pour un homme comme Son Excellence le contrôleur général des finances. — L'aubergiste fit ce geste classique pour exprimer l'embarras, lequel geste consiste à tourner entre ses doigts un couvre-chef quelconque, et s'inclina profondément. — Il me semble, poursuivit Dubois, que, lorsque l'on a l'insigne honneur de posséder dans sa bicoque le gentilhomme le plus considérable de France et de Navarre, le premier financier des temps anciens et modernes, c'est bien le moins qu'il y ait toujours quelqu'un là, je ne dirai pas seulement à portée de recevoir ses ordres, mais prêt à les deviner et à les prévenir.

— Nous sommes tous à l'entière disposition de monseigneur, hasarda le patient en faisant subir à son obséquieux bonnet un mouvement de rotation inverse, et si monseigneur daignait, pour cette fois seulement, manifester lui-même son désir...

— Tant pis pour vous si vous n'avez pas plus de perspicacité! ce sera une privation à ajouter à toutes les autres, et monsieur le baron saura désormais que penser de vous et de votre bicoque... Sortez !

— Mais, monseigneur...

— Sortez !

Le malheureux aubergiste sortit à reculons, et alla réunir sa femme et ses domestiques en assemblée délibérative.

— Eh bien ! dit Floustignac, vous vous êtes donc décidé à me rendre mon titre et à me réintégrer dans ma charge?

— Je vous laisse à juger si c'est de mon plein gré.

— Savez-vous qu'il faut que ma baronnie soit solide pour résister ainsi à l'assaut que vous lui avez livré? Vous avez, je crois, marché dessus à deux pieds ; vous l'avez écrasée, pulvérisée.

Le cardinal regardait piteusement les cendres du foyer.

— Je l'ai cependant vu brûler, là, sous mes yeux, cet acte maudit !

— C'était une copie, l'abbé, une simple copie que vous avez brûlée... Figurez-vous que, par impossible, j'avais prévu votre tentative, et que, au lieu de garder purement et simplement l'original sous mon chevet, ce qui suffisait à le mettre à l'abri de votre équipée, j'ai voulu me donner le divertissement de vous tendre un piége et de vous y prendre.

— Décidément, reprit Dubois, je ne suis qu'un sot.

— J'aime qu'on se rende justice, cher monsieur... En jetant hier négligemment devant vous votre portefeuille sur ma table, en laissant ma clef à ma serrure, en vous parlant de ma profonde lassitude et de mon besoin de dormir, enfin en faisant, avant de me coucher, un double de votre acte que je substituais à l'original, je vous voyais à l'avance, vous dressant sur vos impuissans petits ergots, me menaçant de vos foudres éteints, brandissant sur ma tête votre glaive ébréché, et je ne saurais vous dire à quel point cela me divertissait, rien que d'y penser.

Cependant une bourdonnante ruche de peuple venait de s'abattre devant les *Trois-Magots*, et bientôt les cris de Vive monseigneur le cardinal ! vive le premier ministre ! retentirent avec cet enthousiasme qu'il est convenu d'appeler spontané, sans doute parce que personne n'y songe un quart d'heure auparavant.

— L'abbé, reprit Floustignac, ceci vous regarde : c'est une galanterie de d'Argenson, qui vous rappelle ainsi votre promesse de le faire nommer chevalier des ordres du roi. C'est que peut-être il n'a plus de Mignard à offrir, où qu'il aura appris le peu de cas que vous en faites.

— Si cet imbécile n'est jamais chevalier que de mon fait...

— Cependant, à ma recommandation... Mais qu'est-ce donc?... de la musique !... une aubade !... Allez donc à la fenêtre, l'abbé, et saluez-moi ces braves gens de quelques bonnes poignées de louis.

Dubois s'acquitta royalement de cette corvée princière.

— Je gage, continua Floustignac, que vous ne soupçonnez pas l'idée qui me passe en ce moment par la tête.

— En aucune façon, monsieur.

— Une idée extraordinaire, l'abbé ! une idée à la Bourdaloue, à la Fléchier, une idée de la moralité la plus haute et de la philosophie la plus austère !

— Vous m'étonnez.

— Je suis sûr que si je m'étais avisé d'entrer dans votre carrière, j'y aurais fait un aussi rapide chemin que vous, d'autant plus que je suis célibataire, moi. Mais non, j'avais pour cela trop d'indépendance dans le caractère.

— Cette idée ?

— La voici : c'est de faire la contrepartie de cette aubade que l'on vous donne ; c'est de mettre en regard les deux textes de l'homme, le texte public et le texte privé... Asseyez-vous, et écrivez.—Nous l'avons dit précédemment : après les soubresauts de la violence, Dubois s'annihilait en un abattement complet. — Y êtes-vous ?

Dubois ne répondit pas, mais il se prépara machinalement à obéir, et Floustignac lui dicta ce qui suit :

« Moi, Guillaume Dubois, prêtre et marié, simoniaque » et sacrilége, concussionnaire et parjure, aussi avili se- » lon le cœur que je suis puissant selon le monde, je dé- » clare... »

— Vive monseigneur le cardinal ! vive le premier ministre !

— Allons, l'abbé, montrez-vous encore une fois à la fenêtre, saluez et payez... Très bien !

Puis continuant de dicter :

« ... Je déclare que je suis à la solde de l'Angleterre, et » que, dans toutes les questions politiques qu'il m'a été » donné d'influencer, en ma qualité de ministre des af- » faires étrangères, j'ai constamment sacrifié les intérêts » de la France à ceux de la Grande-Bretagne. »

Le cardinal venait à peine de signer et de parapher, avec une docilité mécanique qui tenait de l'aliénation mentale, lorsque les deux battans de la porte s'ouvrirent avec fracas, et que parut majestueusement l'aubergiste, en grande tenue de maître d'hôtel.

Suivaient des gens de service, portant une table aussi élégamment dressée que délicatement servie.

— Après y avoir mûrement réfléchi, dit le Vatel, nous avons décrété que c'était là ce que voulaient vos seigneuries.

— Et que diable vouliez-vous que nous vous demandassions à cette heure, reprit Floustignac, si ce n'est à déjeuner ? Je vous rends mon estime. Allez !

A cet arrêt de vie, l'aubergiste, si grande que fût sa vénération pour l'importance de ses h[illegible], commit un de ces gigantesques entrechats dans lesquels les mollets d'autrefois se heurtaient si bel et si bien, et dont les premiers sujets de l'Académie royale ont seuls conservé la tradition.

Floustignac se mit à table, et mangea comme un capitaine de quelque chose qui représente toute sa compagnie et qui a la conscience de sa valeur numérique.

Dubois le regardait faire, et il faut lui rendre cette justice que la circonstance n'était pas apéritive.

Moins par nature que par arrêt de la Faculté, Son Eminence était d'ailleurs d'une excessive frugalité : ce dont nous sommes tenté de lui faire un crime, car ne fallait-il pas être bien profondément pervers pour assister de sang-froid aux saturnales du Palais-Royal et du Luxembourg.

A dix heures parut l'intendant ; il venait rendre ses devoirs au cardinal, qui repartait pour Paris, et annoncer au baron l'arrivée des dépêches de la cour.

— Ah ! et que disent-elles ?

— Monsieur le baron, Son Altesse Royale vous accrédite comme ministre de France auprès de l'électeur de Bavière, à Munich.

— Une pétaudière ! fit dédaigneusement Floustignac.

— Et de plus, continua l'intendant, elle m'enjoint d'avoir pour Votre Excellence les plus grands égards.

— Ce qui était parfaitement inutile, n'est-ce pas ?

D'Argenson répondit à cette gracieuseté par un sourire, et reprit :

— Il y a décidément des brigands dans ma province. Le courrier a été arrêté à une lieue d'ici ; on lui a pris ses papiers ; puis, au bout de deux heures, on les lui a rendus. Je n'y comprends rien.

— Ce sont apparemment les mêmes qui ont attaqué hier Son Éminence ?

— Sans doute.

— Il faut me poursuivre ces gaillards-là vigoureusement, ajouta Floustignac.

— Il y en a déjà deux sous la main de la justice, monseigneur.

— Bon !

— Ils viennent d'être arrêtés à l'instant même, aux portes de la ville.

— Et vous êtes sûr...

— Ce sont des gens de fort mauvaise mine, à ce qu'il paraît.

— Moi, j'ai la plus grande confiance dans les gens de mauvaise mine.

— Vous plaisantez ?

— Non pas.

— Et sur quoi basez-vous cette prédilection, monsieur le baron ?

— Suivez bien mon raisonnement. Est-il vrai que les personnes honnêtes, dont la conscience est tranquille, se préoccupent peu de leur extérieur, et restent bonnement telles que la nature les a faites, sans nul souci du qu'en pensera-t-on ?

— Cela est vrai, monseigneur.

— Est-ce que vous cherchez à en imposer sur votre mine, vous ?

— Non, monseigneur.

— Il est vrai qu'elle est des plus distinguées ; mais il en serait autrement...

— Que je ne m'en soucierais pas davantage.

— Est-ce que je cherche à en imposer sur la mienne, moi ?

— Non, monseigneur.

— Est-il vrai encore que les scélérats ont un puissant intérêt à s'enduire de miel, à se cacher sous des dehors séduisans ?

— Oui, monseigneur.

— Donc... Au surplus, ce n'est pas à moi de vous dicter vos devoirs.

— Je vais les interroger tout à l'heure, reprit l'intendant, et si monsieur le baron pense...

— Que voulez-vous que j'en pense, mon cher d'Argenson? C'est une simple observation que je me suis permis de vous faire en thèse générale, et que je vous livre pour ce qu'elle vaut.

En ce moment, une chaise de poste s'arrêta devant l'auberge.

— Messieurs, dit le cardinal, voici la voiture que j'ai demandée.

— Votre Éminence est donc irrévocablement décidée à partir ce matin?

— Irrévocablement.

— Après être venu à franc étrier de Paris à Valenciennes, il eût peut-être été plus prudent de prendre quelques jours de repos. Votre santé est si précieuse!

— Franchement, reprit Floustignac, avouez, mon cher cardinal, que vous n'êtes pas dans votre assiette.

— Je me porte à ravir.

— Ce qui n'empêche pas que, vous étant levé avant le jour, dans l'intention, je suppose, d'aller humblement dire votre messe à l'église voisine, comme un simple pasteur, vous avez été pris, ici même, dans mon appartement, d'un accablement subit dont témoigne encore l'altération de vos traits... N'est-ce pas, d'Argenson?

— Oui, je trouve... C'est-à-dire non, il me semble...

— Quoi qu'il en soit, reprit Dubois, il faut que je parte, et je pars... Son Altesse Royale m'attend.

— Et, si votre malaise se prolonge, riposta Floustignac, vous aurez là au moins Chirac sous la main. Il vous ordonnera un portefeuille... des calmans, veux-je dire, et il n'y paraîtra plus.

D'Argenson, froissant incessamment la boutonnière de son habit entre le pouce et l'index, s'évertuait en une pantomime que Floustignac finit par comprendre :

— Soyez donc tranquille, cher ami, c'est absolument comme si vous l'étiez. Son Éminence n'a pas deux paroles. Vous serez... que dis-je! vous êtes chevalier.

Le cardinal venait de monter en voiture; le postillon était en selle et cliquetait avec fracas; les chevaux piaffaient.

L'intendant s'était révérencieusement courbé en angle droit.

Dubois jetait bonassement aux badauds attroupés un semblant de bénédiction épiscopale.

— Monseigneur n'oublie rien? demanda Floustignac.

— Rien, reprit l'éminence, vous saurez quelque jour que j'ai trop bonne mémoire pour cela. Touchez, postillon, triples guides, et ventre à terre!

— J'en ferai autant ce soir, dit Floustignac, lorsque le cardinal fut parti.

— Et vous nous enlevez madame la baronne?

— Parbleu!

— En sorte que, après avoir possédé un instant dans ma retraite l'élite de la cour, je vais me trouver plus exilé que jamais?

— Vous vous restez à vous-même, et c'est beaucoup, cher ami; sans compter que madame d'Argenson vous reste aussi, ce qui est plus encore. A propos, et vos deux prisonniers?

— Je songeais justement à aller les interroger.

— Où cela?

— Au beffroi.

— Voulez-vous me permettre de vous accompagner?

— Certainement.

— En simple amateur, cette fois, ajouta malicieusement Floustignac.

— Vous êtes cruel, monsieur le baron.

— Moi! je suis le meilleur enfant du monde... main généreuse, cœur facile, bras dévoué; et, tenez, je me sens aujourd'hui des velléités de satrape, j'ai du Sardanapale dans le sang; j'éprouve le besoin de semer de l'or et de faire des largesses... Que voulez-vous que je vous donne, cher ami?

— Monseigneur!

— Voulez-vous un million? en voulez-vous deux? Voulez-vous ma terre de Tancarville?

— Monseigneur, il me suffit de votre estime et de votre bienveillance.

— Vous ne refuserez pas au moins... Je cherche quelque chose que vous puissiez accepter... Ah! j'y suis... Vous ne refuserez pas de me donner à souper ce soir, avant mon départ? un de ces petits soupers fins et coquets que vous devez savoir composer à ravir...

— Ah! monseigneur, que vous êtes clément et gracieux! J'ai justement dans la tête une combinaison, un plan de souper. Figurez-vous que j'ai eu l'idée d'appliquer à l'art culinaire les règles de l'art oratoire.

— En vérité!

— Je me suis dit qu'une savante graduation de mets éloquens devait avoir plus d'empire, non-seulement sur la sensualité, mais sur le jugement et sur la volonté de l'homme, que le discours le plus persuasif.

— Très bien.

— Partant de ce principe, j'ai divisé le service en quatre parties : l'exposition, la narration, la confirmation et la péroraison.

— Je vous prédis une chose, reprit Floustignac, c'est que vous irez à la postérité, et que, si vous étiez en Angleterre, votre découverte ferait merveille.

Quand nos interlocuteurs furent arrivés au beffroi, l'intendant fit comparaître les deux hommes soupçonnés d'avoir coopéré à l'arrestation du courrier.

— Le fait est qu'ils ont fort mauvaise mine, dit Floustignac en reconnaissant deux de ses complices; ce doivent être de bien braves gens. — Puis il pirouetta sur lui-même, alla caresser le petit enfant du geôlier, se promena un instant de long en large, et revint sur ses pas. — Eh bien! d'Argenson, que disent-ils?

— Ils nient.

— J'en étais sûr... Et, au fait, que lui a-t-on pris, à ce courrier?

— Rien.

— De sorte que ces braves gens sont accusés de...?

— Ma foi!...

— Il serait curieux que ce fût de n'avoir rien pris.

— Vous perdez donc la tête, s'écria d'Argenson en se tournant vers ses estafiers, d'emprisonner ainsi à tort et à travers les premiers venus?

Les estafiers revêtirent cette physionomie obséquieuse qui était particulière aux gens de leur espèce, et ce fut faute d'issue qu'ils ne disparurent pas sous le sol.

— Allez, mes amis, reprit paternellement le magistrat, en s'adressant cette fois aux accusés, vous êtes libres.

— O Salomon! fit Floustignac.

Parodiant alors par avance la stérile sollicitude de certains philanthropes, ces messieurs visitèrent le beffroi dans ses plus minutieux détails, sauf l'oubliette dans laquelle on avait descendu le véritable Law.

Ils goûtèrent au pain, à la viande, aux légumes, à la soupe, et trouvèrent le tout parfait.

— Il ne manque pas d'honnêtes gens qui seraient heureux d'avoir un pareil potage, dit l'intendant.

— Du diable si je mange d'aussi bon pain que celui-là! reprit Floustignac. Ah! voilà le cabanon que j'ai habité pendant une nuit. Concevez-vous, cher ami, que l'on s'évade d'ici?

— Pourquoi pas!

— J'aurais voulu vous y voir.

— Je vous assure, monsieur le baron, que tout le monde en aurait fait autant à votre place.

— Tout le monde?

— Certainement.

— Que voulez-vous dire?

— Ceci est mon secret. D'ailleurs madame la baronne vous racontera cela un de ces jours.

— Ah ! monsieur l'intendant, il y a des secrets entre la baronne et vous, et vous m'avouez cela à brûle-pourpoint !... Que ne me priez-vous de passer sous la table, comme l'Orgon de Molière ?

— Monseigneur, interrompit d'Argenson, il ne sera pas dit que vous aurez daigné visiter cette prison sans qu'il en soit résulté un soulagement immédiat aux infortunes qui l'habitent. Il n'est pas de lieu si déshérité du ciel, si maudit, que le soleil ne réchauffe et ne fasse sourire en y pénétrant.

— Flatteur !

— Je vais ordonner que l'on fasse une distribution de vin aux prisonniers.

— Ce n'est pas assez : je désire que l'on élargisse à l'instant les détenus pour dettes : je payerai pour eux. Seulement, vous voudrez bien avancer la somme nécessaire.

— Ma caisse est à votre entière disposition, monseigneur.

— Je trouve qu'il est de bon goût de répondre de la sorte à mes calomniateurs, et de me venger par un bienfait de la France qui m'exile.

— Cela est digne de vous, monseigneur.

Floustignac et d'Argenson se séparèrent,

L'un pour veiller aux préparatifs de son départ,

L'autre pour aller exhumer de son coffre-fort de quoi subvenir à la munificence du faux baron.

La journée acheva de s'écouler en préoccupations de toute sorte.

La baronne et Céline, qui étaient du voyage ; Bianca, qui ne semblait pas devoir partir, mais dont l'imagination courait déjà la poste ; l'intendant qui avait à cœur que les argumens de son miraculeux souper fussent irrésistibles ; Richard, qui, sous le prétexte de ne pas quitter sa mère, ne quittait plus Bianca ; tout cela allait et venait, méditant, chantant, souriant, soupirant, chacun selon son rôle ou la disposition de son esprit.

A huit heures, on servit un repas phénoménal, dont les incidens gastronomiques et autres, — à part la physionomie victorieuse de Richard et la pâleur de l'intendante, — n'importent pas à la marche de cette histoire.

A neuf heures, sous le prétexte d'une affreuse migraine, Bianca prit congé. Elle embrassa tendrement la baronne, fit une révérence profonde à Floustignac, au chevalier, et se retira dans son appartement.

Les *affreuses migraines* n'étaient pas moins de mode en 1720 qu'en 1855.

A dix heures, les chaises étaient attelées et chargées, les portières ouvertes, les marchepieds déployés.

Des guirlandes de laquais, ornés de flambeaux, émaillaient le vaste perron de la cour d'honneur.

L'impatiente Céline, emmitouflée de la tête aux pieds, comme pour un voyage au Kamtchatka, s'était déjà blottie dans un coin de la voiture de suite.

Par un belliqueux caprice de jeune homme, et malgré la nuit, Richard partait à cheval.

Il devait aller ainsi jusqu'à Mons, et, de là, pour ménager son genet d'Espagne, se faire suivre à petites journées par un valet de pied.

— Monsieur et madame la baronne, dit d'Argenson en baisant humblement la main de cette dernière, jurez-moi que vous n'emportez d'ici aucune impression qui me soit défavorable ?

— Ah ! monsieur, nous n'avons que des grâces à vous rendre !

— Mon cher intendant, ajouta Floustignac en ouvrant ses bras, venez sur mon cœur. Je n'emporte rien d'ici qui ne me soit agréable et précieux.

— Lorsque vous écrirez au cardinal, serez-vous assez bon pour lui rappeler...

— Tenez, reprit Floustignac en ôtant les insignes de l'ordre de Saint-Michel et de l'ordre du Saint-Esprit réunis, qu'il avait en sautoir, acceptez-les pour l'amour de moi. Je vous confère dès aujourd'hui le droit de les porter.

D'Argenson s'agenouilla pieusement, et le chevalier lui donna sur l'épaule deux ou trois coups de plat d'épée.

Puis, comme s'il eût voulu couper court à de plus vives émotions, il s'élança brusquement en voiture, et donna le signal du départ.

— Dieu vous garde, cher ami !

Les chevaux détalèrent, le pavé scintilla, et le récipiendaire avait à peine eu le temps de se remettre à l'état perpendiculaire, que les voyageurs étaient déjà loin.

Au détour de la première rue, Richard fit caracoler son cheval à portée de la seconde chaise.

— Est-ce bien vous, chère ? demanda-t-il.

— C'est moi, reprit Bianca en lui tendant une petite main que le chevalier ganta de baisers.

D'Argenson se coucha ce soir-là en se frottant les mains avec des airs de jubilation parfaite : il avait à la fois satisfait à la rigidité de ses devoirs envers l'État et aux égards qu'il devait à une illustre infortune ; le premier ministre lui avait souri ; il avait eu l'honneur d'avancer quelque vingt mille écus pour le compte de Son Excellence le contrôleur général ; il tenait sous verrous l'audacieux libérateur du baron, le chef probable des brigands qui infestaient les environs, peut-être Cartouche lui-même ; il était chevalier des ordres du roi, et, pour comble de bonne fortune, il venait d'écarter de sa femme la dangereuse Céline, dont il estimait que les mœurs légères auraient pu devenir pour Bianca d'un funeste exemple.

— Je défie Titus, se dit-il, d'avoir jamais mieux rempli une de ses journées.

XIX

OU LES ROUTES SE BIFURQUENT.

A Mons, Floustignac s'inclina profondément devant la baronne ; puis, se redressant aussitôt et jetant son chapeau sous le bras gauche, avec cette désinvolture qui était à elle seule toute une généalogie, tant il paraissait alors avéré que ces galantes façons d'agir ne pouvaient émaner que d'un gentilhomme :

— Madame, lui dit-il, je dois abdiquer ici le rôle ambitieux que les circonstances et le désir de vous être utile m'avaient imposé. Cet inepte intendant du Hainaut vous a fait amende honorable ; monsieur le contrôleur général des finances a la vie sauve et l'honneur intact... ma tâche est accomplie.

Après quoi il disparut tout à coup, de même qu'il était apparu trois jours auparavant, sans que l'on sût au juste ni dans quel but, ni par où, ni comment.

Il n'emportait rien des trésors supposés en la possession de Law... car le voleur était le volé : il n'avait rien trouvé.

Muni des lettres qui accréditaient Law auprès de l'électeur de Bavière, il lui restait toutefois la chance de prendre sa revanche à Munich.

Veuve de ce mari honoraire, madame Law poursuivit sa route vers Bruxelles, où elle comptait rejoindre son époux authentique, ou à peu près.

Quant à Richard, il s'était éclipsé dès la seconde poste, en même temps que la voiture de suite.

Tout ce que pouvait dire à cet égard le valet de pied qui, au départ, occupait cette voiture avec la prétendue Céline, c'est que, à deux ou trois lieues de Valenciennes, il avait pris la place du chevalier, et le chevalier la sienne ; qu'ayant alors fait un temps de galop et dépassé les postillons de quelques portées de fusil, il n'avait plus retrouvé au retour qu'une seule chaise au lieu de deux.

IX

A MUNICH.

Il y avait à peine quelques jours que le chargé d'affaires de France était arrivé à Munich, et déjà la cour subissait le charme de ses grandes manières, de son élégance et de son faste.

Il donnait de charmantes fêtes et de splendides médianoches, que l'électrice Thérèse, fille de Sobiewski, roi de Pologne, essayait de lui rendre à ses châteaux de Nymphembourg et de Schleisheim.

De mémoire d'Allemand, jamais le conseil aulique n'avait tant dansé.

Les équipages et les costumes, les nœuds d'épaules ou d'épée, les vertugadins et les engageantes, les pirouettes et les révérences, la poudre et les mouches, les airs de fête et de hanches, il fallait que tout fût à la française.

C'était à ce point que si le chargé d'affaires se fût un jour avisé de saluer quelqu'un en lui donnant une croquignolle sur le nez, à la manière des Otaïtiens, tout Munich se serait bientôt salué de la même manière.

Et nous vous laissons à juger du curieux spectacle que devaient offrir ces braves Tudesques en travail de se faire gracieux et roués.

Gracieux et roués! Figurez-vous que l'assassinat d'un serf coûtait 20 solides d'or payés au propriétaire; l'assassinat de l'homme libre en coûtait 160, celui d'un noble 320, celui d'un membre de la famille ducale 640, celui du duc 960 (1). Toute voiture qui versait, tout cheval qui tombait, toute barque qui échouait, appartenaient au seigneur de l'endroit (2). Le vol entraînait la perte des oreilles; les adultères s'expiaient, dans la classe bourgeoise, par des pénitences publiques, la prison ou l'exil; dans la classe noble, par des legs pieux ou par une campagne contre les Turcs (3). On brûlait pour le prétendu crime de sorcellerie, de même que pour la profanation d'une image sainte. Les bâtards étaient infâmes pour la vie (4).

Or, vous conviendrez que les Bavarois devaient se cabrer sous leurs accoutremens à la française comme des Kabyles habillés par Staub et gantés beurre frais.

Quant à l'électeur Maximilien-Emmanuel, dont Fénelon a dit qu'*il était bon prince, c'est-à-dire faible dans sa conduite et corrompu dans ses mœurs* (5), à bout d'expédiens et de ressources, il avait naturellement dû considérer l'arrivée de Law comme providentielle.

Ainsi, pour faire face aux dépenses, on avait déjà institué la loterie, anticipé sur les impositions, et frappé de la mauvaise monnaie (6), qui, rejetée par les Etats voisins, avait reflué dans le pays et ajouté aux embarras du trésor.

On avait bien encore institué des prières publiques, ordonné de porter des rosaires et autres objets bénis (7); mais cela n'avait pas plus remédié que le reste aux calamités de l'Etat.

L'électeur lui-même était endetté au point de ne pouvoir racheter les diamans du domaine, engagés depuis longtemps à Amsterdam, ni même payer la rente de la somme empruntée (8).

Cela était dur pour un prince qui avait battu les Turcs, emporté d'assaut la forteresse de Bude, pris Belgrade, pillé le camp de Soliman-Pacha, et, qui, lors de son premier mariage avec l'archiduchesse Marie-Antoinette d'Autriche, avait paru à Vienne avec une suite de cinq cent quarante-trois personnes dorées sur tranches et huit cent soixante chevaux ferrés d'argent (1).

Restait le papier monnaie, auquel on n'avait pas encore eu recours.

Il est bien vrai que les résultats que le *système* avait eus en France n'étaient pas faits pour encourager; mais dans quelle histoire avons-nous vu que, depuis six mille ans, les fautes d'un peuple aient servi de leçon à un autre peuple?

Et, pour ne pas remonter plus haut, la tulipomanie hollandaise a-t-elle préservé la France de la rage du Mississipi. Celle-ci nous a-t-elle préservés de la frénésie des jeux de bourse?

— Vous qui avez eu les finances d'un royaume tuées sous vous, avait un jour demandé l'électeur à Floustignac, que, pensez-vous du papier monnaie?

— Il n'y a que ce moyen de rétablir promptement la fortune publique lorsqu'elle est ébranlée, avait répondu le chargé d'affaires avec son aplomb habituel.

— Cependant la France...

— La France a eu le tort d'être trop vaste pour subir l'unité d'administration indispensable à la réussite de mes opérations. J'étais mal secondé, mal renseigné; et puis je manquais de liberté d'action... Ah! si l'on m'avait laissé faire!...

— Ainsi vous croyez...

— Il m'aurait fallu un état plus restreint, dont j'aurais pu embrasser d'un coup d'œil le mécanisme entier, dont tous les ressorts eussent abouti à moi.

— Que dites-vous de la Bavière?

— La Bavière est trop riche. Mon remède n'est bon que dans les cas désespérés; il ne guérit que de la mort.

— Mon cher monsieur, la Bavière est à l'agonie; son souffle éteint ne communiquerait aucune moiteur au miroir que vous poseriez sur ses lèvres; si vous interrogiez ses artères, aucune pulsation ne vous répondrait.

— En ce cas, je puis garantir à Votre Altesse Sérénissime que mon système ici marcherait comme sur des roulettes.

Et le papier monnaie avait été décrété (2).

A part la nouvelle administration des finances et les ballets de la cour, les petits soupers et la galanterie, le passe-dix et le pharaon, les affaires diplomatiques marchaient haut et fort.

Le chargé d'affaires trouvait temps pour tout.

Ainsi, à propos d'une de ces mille difficultés qui, dans le siècle dernier, surgirent entre la France et les petits Etats d'Allemagne au sujet du Palatinat, il avait tout bonnement menacé de faire avancer des troupes sur le Rhin, si l'on ne faisait droit aux prétentions de son gouvernement. En sorte que son audace et son habileté réunies avaient accompli en un instant ce que l'on avait tenté vainement pendant plusieurs années de négociations.

Une autre fois dans une question de préséance, il s'était bravement permis de prendre le pas sur l'Angleterre, après avoir toutefois offert à son collègue de vider la querelle l'épée à la main, et au grand risque de compromettre l'entente cordiale de ce temps-là.

Cependant le véritable contrôleur général avait été transféré de Valenciennes à Paris, étape à étape, et grande avait été la stupéfaction de messieurs du Châtelet quand, au lieu du voleur de grand chemin qui leur était annoncé par le cardinal Dubois, ils avaient reconnu le baron Law.

Les uns niaient que ce fût lui, les autres criaient au mi-

(1) *Résumé de l'Histoire de Bavière*, page 21. Lecointe. 1829.
(2) *Id.*, page 8..
(3) *Id.*, page 136.
(4) *Id.*, page 184.
(5) *Œuvres de Fénelon*, t. III, p. 749.
(6) *Résumé de l'Histoire de Bavière*, p. 153.
(7) *Id.*, page 161.
(8) *Id.*, page 184

(1) *Résumé de l'Histoire de Bavière*, page 170
(2) Les finances de la Bavière étant épuisées, l'électeur eut recours au papier monnaie, qui tomba bientôt à la moitié de sa valeur nominale. *Résumé de l'Histoire de Bavière*. p. 161.

racle, le cardinal plus haut que tous, il avait fallu que le régent lui-même interrogât son ancien favori pour que la chose fût avérée.

Mais alors quel était ce diplomate intrépide qui menait si grand train les intérêts de la France, et dont les dépêches, signées « *Law* » et datées de Munich, arrivaient régulièrement à Dubois, le ministre des affaires étrangères ?

Il n'y a que les premières veines d'une mine qui soient difficiles à découvrir. D'inductions en inductions, de lueur en lueur, de filon en filon, la police de Le Voyer d'Argenson, le père de notre intendant, avait eu bientôt fait de débrouiller ce chaos. Si bien qu'un beau jour, pendant que le galant chargé d'affaires répétait avec la première dame d'honneur de l'électrice un menuet qu'ils devaient danser le soir à la cour, l'ambassade fut soudainement envahie par une nuée d'exempts de la prévôté de Paris.

L'un d'eux, limier de tact et de flair, alla droit à certain portefeuille en cuir de Cordoue dont le cardinal avait confidentiellement évalué la capture à deux mille louis, car il devait contenir des *secrets d'Etat* de la plus haute importance.

Les autres arrêtèrent le chevalier de Floustignac au moment ou il commettait un innocent rond de jambes, le garrottèrent en raison de son adresse et de sa force, et le conduisirent à Paris, où Louis-Dominique Cartouche fut rompu vif en place de Grève, le 26 novembre 1721.

Ce qui donnerait fort à penser, c'est que, comme si les deux n'avaient fait qu'un, du jour où celui-là cessa de vivre, on n'entendit plus parler de l'autre.

Jean Law alla rejoindre sa femme, qui depuis un mois l'attendait vainement à Bruxelles, et passa de là à Venise, où il mourut en 1729, dans un état voisin de la misère.

Ainsi finirent les deux personnages essentiels de cette histoire.

Dans la nuit même qui avait suivi le départ simultané de madame Law, du chevalier de Floustignac, de Richard et de Bianca, pendant que le bienheureux d'Argenson faisait des rêves couleur de rose et nageait en pleine félicité, Céline, selon les instructions qu'elle avait reçues de sa maîtresse, partait à son tour pour le couvent des génovéfines (situé à Paris, au coin de la rue Saint-Antoine et de celle de l'Egout), d'où elle avait fait parvenir à l'intendant le billet suivant, préparé à l'avance par Bianca :

« Monsieur,

» Peut-être ne m'auriez-vous pas accordé la permission » d'aller faire une retraite chez les dames génovéfines, » voilà pourquoi je m'en suis passée. N'attribuez ma dé» termination qu'aux vilaines actions que je vous ai vu » commettre, et dont je vais demander au ciel de vous ab» soudre. Je ne répondrai à aucune lettre et ne recevrai » aucune visite.

» BIANCA. »

Après avoir impatiemment subi pendant un mois les rigueurs du cloître sous le nom de madame d'Argenson, Céline devait recevoir une dot et voler de ses ailes.

Malgré les recherches les plus consciencieuses, il nous a été impossible de découvrir quel était le monastère et l'ordre des religieuses que l'Espagnole avait préféré à celui des génovéfines.

Nous savons seulement que Richard, à la grande satisfaction d'Olivier, était enfin arrivé au château de Ham ; que cette insipide demeure s'était apparemment métamorphosée en Eden, puisque le chevalier n'en sortait plus ; et que parfois deux ombres jeunes, belles, inséparables, se glissaient amoureusement par les charmilles, s'asseyant cœur à cœur sur les bancs de mousse, se perdant sous les ombrages, se mirant dans les eaux du lac, et laissant partout après elle des parfums de bonheur.

L'une de ces deux ombres avait de magnifiques cheveux noirs qui pleuraient en longues grappes sur des épaules qu'auraient enviées la Diane du Titien, la Madeleine de Canova, les Vierges d'Holbein et d'Owerbeck, la Léda du Corrége et la Galatée de l'Albane.

Mais un mois après le jour même où madame d'Argenson reparut à Valenciennes, on raconte qu'elle fut emportée par ses chevaux, qui la précipitèrent du haut des remparts dans l'Escaut.—Serait-ce donc que le hasard raisonne ou que Dieu fasse le hasard ?

On ajoute que l'intendant se consola peu à peu de cette perte, mais il ne se consola jamais de s'être vu admonester en assemblée solennelle par les membres du présidial, pour avoir illégalement porté les insignes du chevalier des ordres du roi.

NOTES.

P.-S. Voici en quelques mots l'histoire de ce fameux système de Law.

Lorsque Philippe, duc d'Orléans, eut été nommé régent du royaume, après la mort de Louis XIV, il trouva les finances dans le plus grand désordre, et l'Etat presque ruiné. Par un mémoire qu'il rendit public, la dette nationale, à la mort du roi, montait à deux milliards soixante-deux millions en capital, portant quatre-vingt-dix millions d'intérêts. Le maréchal de Noailles assure dans ses mémoires qu'au lieu de onze cents millions d'espèces que l'on devait avoir, il eût été difficile d'en trouver six cents, tant l'exportation en avait été énorme, et tant le commerce en avait souffert.

L'an 1716, le roi donna un édit portant l'établissement d'une banque générale par tout le royaume, sous le nom du siéur Law et compagnie. Il était libre à toute personne de porter son argent à la banque, qui devait donner en échange des billets payables à vue. Le commerce de Mississipi, du Sénégal et des Indes devint la base du système de Law.

L'an 1718, le 4 décembre, la banque générale fut déclarée banque royale, et Law en fut nommé directeur. Le 27 du même mois, sortait un arrêt du conseil qui défendait de faire des payemens en argent au-dessus de six cents livres, ce qui rendit nécessaires les billets de la banque royale, et obligea d'en créer une multitude innombrable.

Cet arrêt fut l'époque et la cause d'une révolution étonnante dans les mœurs de la nation. L'intérêt étouffa la voix de la nature et de l'équité; on se sacrifia mutuellement comme dans un naufrage ou un incendie ; le frère fut trahi par le frère, et le père par le fils. L'homme secourable fut écrasé par celui dont il avait prévenu la ruine, et périt par son propre bienfait. On vit des noms respectables anéantis, des noms flétris prendre leur place.

Le 23 décembre 1719, arrêt du conseil portant une diminution considérable sur les espèces monnayées.

Le 11 décembre, défense de faire des payemens en espèces au-dessus de dix livres. Ce qui, joint aux variations faites ou annoncées des espèces monnayées, obligea les particuliers à porter leur or et leur argent à la banque et à les échanger contre des billets.

Le bruit qu'on fit répandre, selon un historien, qu'on avait trouvé deux mines d'or à la Louisiane, le discrédit de l'argent, la confiance du public dans le papier, concoururent à faire enlever les nouvelles actions, à donner des regrets à ceux qui n'en pouvaient obtenir, à faire offrir du gain à ceux qui les avaient enlevées, en sorte que chacun les enchérissait successivement et à l'envi, et qu'elles montèrent à des prix excessifs. Au mois de mai 1720, on prétend qu'il y en avait pour plus de *six milliards*, crédi énorme qui surpassait de plus des deux tiers les espèces ou matières d'or et d'argent qui pouvaient être dans le royaume.

Enfin, le 21 mai 1720, parut le fatal édit pour la réduction graduelle, de mois en mois, des billets de banque et des actions de la compagnie des Indes.

Ce fut l'époque de la chute du système de Law. En vain on révoqua cet édit six jours après, sur la réclamation générale de la nation et les remontrances du parlement ; les actions et les billets perdirent la confiance du public sans retour. Chargé de leur masse entière, le gouvernement se retrouva par là au premier pas, semblable à un voyageur qui s'égare et revient après une longue fatigue au point d'où il était parti.

Le 29 mai suivant, le conseil rendit un arrêt qui remettait en circulation les espèces d'or et d'argent.

LETTRE DE JEAN LAW, ADRESSÉE A WILLIAMS NORDINGTON, BANQUIER DE LONDRES.

« N'avez-vous pas vu, milord, votre ami Stairs, de retour à Londres avec trois ou quatre millions que je lui fis gagner rue Quincampoix ? Il vous aura dit de mon système ce que tout le monde en dit : qu'il ressemblait à l'escalade des géans pour s'emparer du ciel. Il est étrange que la banque, qui fait tant de fortunes, n'ait pas fait la mienne, du moins telle que je l'espérais. Les banquiers de Venise m'ont perdu beaucoup d'argent, et je m'en vais maintenant recueillir le reste. Voilà ce qui fait que je vous écris.

» Croiriez-vous que sur mon nom je ne trouverais pas mille guinées à emprunter en France? Force m'est donc de m'adresser à mes débiteurs, dont vous êtes, milord. Un galant homme tel que vous n'a pas oublié qu'en 1698 je pariai contre lui mille guinées qu'un jour je ruinerais la France par le papier. C'était, si je m'en souviens, à l'occasion d'une lettre de change de mille guinées que je voulais avoir sur Bernard le juif, banquier à Paris; je ne vous offris que des billets de l'échiquier, que vous refusâtes, disant que le papier ne saurait que ruiner l'Angleterre; je fus d'accord avec vous sur ce point, et cependant je proposai de parier la somme susdite que je saurais quelque jour donner cours au papier en France. Vous avez, en présence de lord Stairs, de lady Colbrige, de milord Cadoghan, accepté mon pari sur votre parole loyale, attendu, disiez-vous, que les Français ont trop d'esprit pour se laisser prendre à ce piége grossier.

» Donc, je vous prie de me dire ce que vous en pensez, et si j'ai bien et dûment gagné la gageure? Il me semble que j'ai outrepassé même les conditions du pari; j'en prends pour juges, vous d'abord, et la voix publique de toute l'Europe. Ainsi, milord, comptant sur votre parole, je compte sur les mille guinées, et vous dispense d'y ajouter, quoique j'aie ajouté au pari. Voyez, s'il vous plaît, ce que j'ai fait sans autre aide que mon génie : j'ai réduit le roi de France à être mon sujet, et l'Angleterre doit me savoir gré de mon système à cause de cela. Je poursuis mon éloge, car ici la modestie serait mensonge. J'ai fait du régent mon camarade et complaisant, des plus hauts seigneurs mes commis, des plus grandes dames mes maîtresses, de toute la France ma dupe et ma vache à lait.

» Enfin savez-vous comment je signale mon départ? Le premier prince du sang est devenu mon loueur de chaise de poste. Je serai incessamment à Bruxelles; avant que j'en parte pour Venise, où me rejoindra mon épouse, faites, s'il vous plaît, passer les mille guinées à Jean Mécuo, banquier, qui doit être de retour à Bruxelles.

» J'ai omis une particularité qui vous donnera bien à rire : je suis, à cette heure, aussi bon catholique romain que quiconque a reçu baptême, communion et confirmation. Vous penserez comme moi que c'était payer bon marché le privilége du Missisipi, du tabac et de la monnaie. Il ne m'a manqué que des lettres de noblesse et le titre de duc. N'est-il pas plaisant de se moquer de toute une nation pendant quatre années consécutives?

» Votre affectionné compatriote,

» JEAN LAW »

FIN DU CHEVALIER DE FLOUSTIGNAC.

Adrien Paul.

A COTÉ DU BONHEUR

I

Il y a vingt ans environ, — une date plus précise n'ajouterait rien à cette histoire, dont tous les incidens sont parfaitement véridiques, — un jeune homme se promenait sur le pont du vapeur l'*Étoile* n° 1, allant du Pecq à Rouen. Daniel Gerfaux, — vingt-sept ans, — surnuméraire au département des finances, — nez, menton, regard et cheveux ordinaires; — signes particuliers : un album à la main, — tel était son signalement.

Ajoutons, pour en finir avec les descriptions, qu'il portait une espèce de *sombrero* en feutre gris, un paletot bleu (couleur d'employé), un pantalon blanc retombant sur une guêtre brune à boutons de nacre ; que sa lèvre supérieure était estompée d'une légère moustache noire, qu'il était bien élevé, excellent garçon, doux, un peu timide, et qu'il allait passer à Rouen deux jours de congé chez un négociant dont il devait épouser la fille. — Voilà son compte réglé.

Daniel venait de jeter à la Seine le bout de son havane problématique, et cherchait une place commode sur le banc qui entoure la galerie, lorsqu'une dame dissimulée sous un voile bleu se recula pour lui laisser cette place.

Il salua, s'assit, ouvrit son album et se mit à croquer, par contenance, le premier site venu.

— Était-ce au moins une jolie femme?

Nous trouvons cette question fort difficile à résoudre.

Qu'est-ce, en effet, que la beauté comme on l'entend aujourd'hui? Est-ce la pureté des formes et l'harmonie des contours? Le ciseau de l'éternel statuaire y est-il pour quelque chose, comme autrefois à Rome et à Athènes? Nullement. La beauté, chez nous, est une énigme où il est impossible de démêler ce qui appartient à la nature de ce qui appartient au coiffeur, à la lingère, à la couturière, au cordonnier, au gantier, à la modiste, au crinolinier, etc. Ajoutez-y plus ou moins de minauderie, et voilà une femme dont on devient aussi bien fou que Périclès l'était d'Aspasie, Antoine de Cléopâtre, et Catilina de Sempronia.

Or, comme toutes les femmes peuvent être coquettes, plus ou moins, et qu'il n'est au contraire donné qu'à un très petit nombre d'entre elles de sortir des mains de Phidias, nous trouvons que c'est là une preuve suprême de leur habileté et de leur tact d'être parvenues peu à peu à détrôner la beauté par la mignardise, le marbre par l'étoffe, et le vrai par le faux.

A ce titre, notre inconnue était une gracieuse personne ; et lorsqu'il lui arrivait de se lever avec un mouvement d'impatience nerveuse pour aller morigéner un petit garçon de sept à huit ans, son fils sans doute, qui jouait entre les jambes des passagers, les milles ondulations de sa robe lui prêtaient de ravissans prestiges de taille.

Quant à l'âge, elle était, comme dit Balzac, dans cette longue période de la vie d'une femme pendant laquelle elle a invariablement vingt-neuf ans.

On venait de passer devant le Château-Gaillard, et Daniel achevait de dessiner une tourelle et un arbre, qui ne ressemblaient pas mal à un pain de sucre et à un manche à balai couronné d'une perruque, lorsque l'inconnue, écartant son voile et inondant tout à coup notre surnuméraire des chatoyans rayons de son regard, comme le soleil qui se dégage de sa tunique de vapeurs, s'écria avec le plus vif enthousiasme :

— Oh ! monsieur, que cela est bien !

— Ah ! madame...

— Monsieur est artiste ?

— Nullement, madame; je...

— N'achevez pas, monsieur ! je suis d'une indiscrétion dont je vous demande mille pardons.

— Il n'y a pas de quoi, madame, je vous assure.

— Mais je suis ainsi faite ; le beau m'impressionne à ce point que je ne puis contenir les élans de mon admiration.

— Cependant...

— Je ne vous demande plus si vous êtes artiste ; je le sais, je le vois, j'en suis sûre.

— En ce cas, madame, je vous avoue franchement que vous êtes plus avancée que moi, car...

— Oui, je comprends cela : on est fatigué des ovations

et de la gloire, des travaux de l'atelier, de l'atmosphère des salons, de la poussière des boulevards, sur lesquels on ne peut faire un pas sans entendre cette exclamation : « Voilà le célèbre *un tel!* » On se dit alors : « Je vais voyager incognito, changer d'air, m'appeler comme tout le monde, et m'appartenir un peu. » Que s'il arrive alors de voir dénouer les cordons du masque vulgaire sous lequel on se cache, par quelque écervelée de mon espèce, on est trop poli pour le dire tout haut, mais on l'envoie tout bas à ce que vous autres hommes vous appelez tous les diables. Avouez que j'ai deviné ?

Daniel regardait piteusement son pain de sucre et son manche à balai, qui ne témoignaient même pas des yeux et des nez qu'il avait dessinés dans son enfance.

— Madame, reprit-il, si c'est une gageure, je ne demande pas mieux que de vous la faire gagner.

— Ah ! monsieur, continua l'inconnue, que vous avez eu raison de préférer la peinture à la musique et aux belles-lettres ! Je suppose que vous vous appeliez Rouget de l'Isle, Rossini ou Meyerbeer, et que vous ayez créé quelque chant sublime comme la ***Marseillaise***, ***Guillaume Tell*** ou ***Robert*** : qu'arrive-t-il ? il arrive qu'après avoir entendu une ou deux fois votre œuvre à grand orchestre, vous n'assistez plus que par ouï-dire aux émotions dont vous êtes la source, fort heureux encore si votre émotion à vous n'a pas été déflorée par un dièze malavisé ou un bémol malencontreux. Est-ce vrai, monsieur ?

— Parfaitement vrai, madame.

— Soyez homme de lettres : une fois la jouissance intime de la création passée, que vous reste-t-il ? rien. Vous serez admiré dans le silence du cabinet ; vous ferez verser bien des larmes et bondir bien des poitrines dans le mystère du boudoir, mais vous serez le dernier à le savoir, à moins que vous ne passiez votre vie à vous relire vous-même, ce qui finirait par devenir ennuyeux.

— D'autant plus, hasarda Daniel, que c'est quelquefois ennuyeux dès la première fois.

— Le peintre, au contraire, peut vivre et mourir au sein de ses œuvres, s'il aime mieux les garder que les vendre, ce qui lui arrive même un peu plus souvent qu'il ne le désire. Alors il n'a besoin pour en jouir ni d'un imprimeur ni d'un orchestre. Est-il une image qu'il veuille disputer à la mort, des traits dont il veuille perpétuer la jeunesse et la beauté, une page de son existence qu'il lui soit doux d'avoir toujours sous les yeux, un site qui le charme ? il en peuple sa solitude et se fait un musée de ses tendresses mortes et de ses bonheurs envolés.

— Permettez-moi de vous dire à mon tour, madame, que, pour parler des arts avec cette vivacité de sentiment, il faut leur appartenir de bien près.

— Hélas ! oui, monsieur, moi aussi je peins, ou plutôt je peignais... Mais c'est là une déplorable histoire, et je ne vois pas trop à quel titre je vous en attristerais.

Puisqu'il s'agit de tristesse, madame, j'insiste pour en avoir ma part.

— Au fait, je vous ai montré assez de curiosité pour que vous ayez le droit d'en avoir quelque peu.

— Ce n'est pas la curiosité seulement, madame, qui...

— Bon ! je sais ce que vous allez dire, et je vous en dispense... Tenez, passez de ce côté ; mon ombrelle vous garantira du soleil.

— Vous êtes mille fois bonne.

Et Daniel vira de bord.

L'inconnue étagea ses volans, défripa ses manchettes en leur donnant de jolies petites croquignoles, et, rejetant sur les épaules sa mantille de dentelles,

— D'abord, monsieur, reprit-elle, je dois vous avouer que la nature s'est trompée en me créant : je devais naître homme.

— En ce cas, madame, il était impossible de se tromper avec plus de grâce et d'adresse.

Comme il faisait excessivement chaud, l'inconnue était armée d'un éventail dont elle menaça les doigts de Daniel.

— Ajoutez à cela, poursuivit-elle, que ma mère est une femme d'un grand sens, qui m'a élevée à l'encontre des procédés habituels. Car enfin, monsieur, comment élève-t-on la plupart des jeunes personnes ? On leur apprend à se guinder, à se serrer la taille, à pincer les lèvres, à dissimuler les impressions qu'elles éprouvent, à feindre celles qu'elles n'éprouvent pas, à mentir au physique et au moral, à dessiner la tête de Scipion ou le torse de Spartacus, à écorcher un grand air italien, à martyriser un piano de H[illegible]rz ou de Pleyel, et voilà une éducation bâclée ; si elles savent, avec cela, préciser l'époque à laquelle a vécu Alexandre ou César et la latitude des îles Moluques, ce sont des créatures accomplies, et il ne s'agit plus que de s'en défaire.

— Ah ! madame...

— Vous vous dites que je suis un transfuge, et que j'introduis l'ennemi dans mon camp. Mais ne vous ai-je pas prévenu que j'étais presque un homme ?

— Oui, madame, mais je n'ai pas accepté la métamorphose.

D'ailleurs, quand je parle de s'en défaire, il est bien entendu qu'il ne s'agit pas de les conduire tout crûment au bazar, comme à Smyrne, à Constantinople et même en Angleterre. Nous possédons trop bien l'art de plaquer l'odieux et de vernisser la honte pour commettre de pareilles choses. Nos bazars, à nous, sont partout et ne sont nulle part : les Tuileries, l'Opéra, les Italiens, une soirée, un concert, un bal, et parfois même le prêche ou le sermon.

— Vous me rappelez ce mot de je ne sais qui : « Toute mère au bal est un notaire déguisé. »

— Ce mot est parfaitement juste, monsieur. Puis, quand il s'est présenté un acquéreur relié en veau et doré sur tranche, on croit avoir rempli tous les devoirs imposés par la nature ; on embrasse sa fille au front en essuyant une larme et en lui disant : « Tu auras des diamans et une voiture. » Vous souriez, monsieur ?

— Oui, madame, de la vérité du tableau.

— Or, que peut devenir une jeune femme à la suite de pareilles transactions où son cœur est si complétement désintéressé ?

— C'est bien plutôt à moi, madame, de vous adresser cette question.

— Hé ! mon Dieu ! la réponse est facile. Cette jeune femme aura bien de la peine à ne pas devenir une franche coquette. Il faut bien se désennuyer. Qu'elle s'aperçoive, par exemple, qu'un homme de cœur est sur le point de l'aimer, en admettant que cet homme lui soit parfaitement indifférent, pensez-vous qu'elle ira noblement à lui pour lui dire : « Je ne puis rien pour votre bonheur » ? Non pas, s'il vous plaît. Elle l'encouragera, lui sourira, l'enroulera de ses regards les plus fascinateurs, comme fait un boa de ses anneaux avant d'étouffer sa proie ; peu à peu elle lui assignera une place entre son sapajou et son carlin, se fera combler de bouquets, de romances nouvelles et de boîtes de bonbons ; se fera de cette passion malheureuse une parure qu'elle étalera au grand jour ; vous montrera aux bonnes amies ses ennemies comme un esclave enchaîné à son char (vieux style) ; puis, un beau jour, quand cette femme aura fait explosion dans votre vie, s'il vous arrive de lui serrer le bout du doigt un peu trop fort, elle sonnera sa femme de chambre et vous fera un de ces majestueux saluts qui signifient clairement : « Quand ce monsieur reviendra, vous lui direz que je n'y suis pas. » Tels sont les crimes quotidiens de la coquetterie. — Ainsi parlait l'inconnue. Or, qu'un amant éconduit, un jeune vieillard déplumé, une aïeule revenue depuis longtemps des passions et morigénant son petit-fils, débitent de pareils propos, rien de plus vulgaire ; mais figurez-vous une femme jeune encore, que vous n'avez jamais vue, paraissant rompue elle, même plus que personne à tous les manéges de son sexe, vous foudroyant de temps à autre de ces œillades que l'on appelait assassines au dix-huitième siècle, vous abritant de son ombrelle, vous grisant de ses parfums, et avouez que la position était bizarre. Daniel tombait des nues et se demandait avec ingénuité si cette amazone se moquait de lui ou parlait sérieusement. — J'en connais, monsieur, continua l'inconnue, qui aiment les décès parce que le noir leur va bien, et qui suivent les deuils de la cour, où elles n'ont jamais mis les pieds de leur vie. Il y a loin de ces femmes-là à Cornélie, dont l'écrin se composait de ses enfans, lesquels furent depuis les deux Gracques... Edmond, voulez-vous bien finir! voilà un petit être qui me fera mourir de chagrin? — En effet, depuis que monsieur Edmond était parvenu à épeler qu'il est défendu de parler au pilote, il ne cessait de lui crier : « Ohé! ohé, pilote! bonjour, pilote! » Daniel savait trop son monde pour ne pas excuser le petit bonhomme et le trouver charmant. Les Quasimodos étant des Apollons aux yeux de leurs mères, le procédé est ordinairement infaillible. Mais, étrange en cela comme en tout le reste, l'inconnue reprit, en étanchant la goutte de diamant qui eût pu scintiller au coin de sa paupière : — Je crains bien qu'il ne suive les traces de son père et ne me prépare de nouveaux chagrins!

— Oserais-je vous rappeler à ce propos, madame, que vous m'aviez promis un peu de vos douleurs?

— Vous y tenez?

— Oui, madame, car en les partageant, on les allége,

— Vous êtes un grand cœur, — reprit l'inconnue en lui tendant la main. Le premier mouvement de Daniel fut de la porter à ses lèvres, mais il se rappela à temps que cette mode surannée date du commencement de ce siècle, où, à cette époque, les modes de ce genre étaient encore de vieilles modes. Il secoua donc légèrement le bout des doigts qu'on lui offrait : ce que les Anglais appellent *shake-hand.* — Je commence, monsieur.

— J'écoute, madame.

II

— Je crois vous avoir dit, monsieur, que j'ai une mère d'un grand sens. Sa prétention était de faire de moi une femme accomplie...

— Elle y a parfaitement...

— Vous allez me dire une fadaise, et je les déteste.

— Eh bien! non, je me tais.

— A la bonne heure. J'entends par femme accomplie, monsieur, non une femme douée des frivoles avantages de la beauté, mais une femme franche, simple, modeste, et pouvant au besoin se suffire à elle-même sans devoir être nécessairement remorquée par un époux qui lui alloue de mauvaise grâce des appointemens pour ses chiffons.

— Prenez garde; voilà que vous repassez à l'ennemi.

— Nullement, monsieur; je suis homme par goût, femme par nécessité, mais impartiale avant tout. Ma mère commença donc par m'interdire les corsets, les fausses nattes et les souliers trop étroits, trois choses que je continue à avoir en horreur. — Les yeux de Daniel se fixèrent un instant sur le buste de l'inconnue, qui se redressa par hasard. De là ils descendirent machinalement vers le sol, et, toujours par hasard, la pointe d'un brodequin mordoré large comme un biscuit de Reims se glissa sous des flots de mousseline. — Ensuite, poursuivit Laure, elle m'enseigna à laisser s'écouler tout naturellement mon cœur et ma pensée par mes lèvres, et dirigea toutes mes facultés vers un seul art, au lieu de me les faire effleurer tous. Il résulta de ce système d'éducation que j'exposai à seize ans ce portrait de Achmet-Ben-Muley-Ali qui a fait tant de bruit au salon de **1823**.

— Seize ans en 1823, supputa mentalement Daniel, et nous sommes en 1832. Seize et neuf font vingt-cinq... Je l'aurais crue plus âgée.

— Achmet-Ben-Muley-Ali... vous devez vous rappeler...

— Parfaitement, madame; un admirable portrait! Achmet-Ben...

— Muley-Ali.

— C'est bien cela; dans la rotonde, à gauche..

— A droite, en entrant.

— A gauche en sortant...; il me semble le voir encore.

Daniel n'avait jamais entendu parler de cet exotique portrait, mais il crut de bon goût de paraître l'avoir vu et admiré.

L'inconnue se tourna vers lui de trois quarts et plongea pour ainsi dire dans sa pensée, comme pour jauger à quel point cette nature était malléable et crédule.

— Nous vivions heureuses dans cette *médiocrité dorée* dont parle Horace, je crois, et dont les fleurs et je ne sais quelle élégance native dans les habitudes font tout le faste. Ainsi, monsieur, j'ai toujours préféré un grain de riz sur une nappe de neige et dans une coupe du Japon à tous les menus de Cambacérès et de Brillat-Savarin.

— Je suis entièrement de votre avis, madame, à part ce grain de riz, qui me semble fort isolé.

— Je vous reconnais bien là! Voilà en quoi les femmes vous sont véritablement supérieures : c'est qu'elles vivent de rien.

— Plus les gâteaux de Félix et les diablotins de Marquis.

— Qu'est cela? Je vous conseille de parler de notre voracité, vous autres! Si vous ne vous faites plus servir des lamproies engraissées à l'esclave et douze marcassins sur un plat, comme au banquet de Trimalcion, c'est que vos restaurateurs n'ont pas encore songé à les remettre à la mode.

— Ah! madame, allez dans nos cabarets les plus renommés, et vous verrez que le dîner d'un homme comme il faut se compose aujourd'hui d'une rouelle de beurre, de trois radis, d'une sardine, d'un filet sauté au madère et d'un cure-dents.

— J'avais donc seize ans, monsieur, et parmi les hommes qui composaient notre société habituelle, je n'en avais distingué aucun, lorsque ma mère vint me trouver un matin dans mon atelier. J'étais en train de retoucher aux moustaches de Achmet-Ben-Muley-Ali, dont je n'étais pas satisfaite... « Laure, me dit-elle, as-tu remarqué que monsieur de Château-Maison te fait la cour? — Non, ma mère. — Il ne manque plus une de nos soirées, il ne boutonne plus son habit jusqu'au haut comme auparavant, et avant-hier, au whist, il a oublié trois fois de marquer ses honneurs. — C'est donc ainsi que l'on fait la cour, ma mère? — Oui, cette méthode est particulière aux hommes sérieux. Comment le trouves-tu? — Je ne l'ai jamais regardé. — Je t'engage à le faire, et tu me diras ensuite ce que tu en penses. » Je le lui promis.

— En vérité, voilà qui est d'une simplicité antique, interrompit Daniel. Et pas un mot sur la fortune, sur la position, sur le caractère?

— Rien. A deux jours de là, monsieur de Château-Maison revint, comme il en avait l'habitude, et je l'analysai. C'était un homme de trente-cinq à trente-huit ans, grand, régulier, d'une figure mâle et caractérisée; il ne portait ni gants serins ni carreau sur l'œil; sa cravate était nouée au hasard, et il pouvait se baisser sans faire craquer aucune sangle. Tout cela constaté, je le pris par la main, le conduisis vers l'embrasure d'une fenêtre, et lui dis : « Monsieur de Château-Maison, maman prétend que vous me faites la cour. Est-ce vrai? » Il passa de l'ocre au cramoisi et balbutia quelques mots qu'il me fut impossible de saisir. « Eh bien! ajoutai-je, puisqu'il en est ainsi, voici ma main. » — Daniel ouvrit de grands yeux, et regarda madame de Château-Maison, qui regarda Daniel sans sourire le moins du monde. — Deux mois après, reprit l'inconnue, nous nous étions dit *oui* devant une écharpe tricolore; on m'appelait madame au lieu de m'appeler mademoiselle, et j'avais le droit de porter un cachemire... Mais j'abuse peut-être de votre patience, monsieur?

— Nullement, madame, je vous assure.

— Supposons un instant que je vous ennuie à mourir : quelle réponse me feriez-vous?

— La même, madame, je l'avoue, reprit Daniel en riant.

— Et comment appelez-vous les convenances sociales qui imposent à la pensée de pareils travestissemens?

— Je les appellerai stupides, si vous le permettez.

— Je remarque, monsieur, qu'il y a entre vous et moi de grandes affinités de caractère. Je poursuis donc. Vous savez par vous-même à quel point les trivialités de la vie positive sont antipathiques aux natures d'élite. On ne descend pas des hauteurs de l'art pour faire le compte de sa blanchisseuse ou débarbouiller un marmot. Monsieur de Château-Maison parut d'abord comprendre cela, et, dans les premiers temps, je continuai sans relâche mes travaux de jeune fille.

— Et il en résulta sans doute de dignes pendans à Achmet-Muley... Achmet-Ben-Muley...

— Ah... Mais, au bout de la première année, monsieur, mon mari cessa de se contraindre, et je me trouvai en face de l'homme le plus vulgaire qu'il soit possible d'imaginer.

— Que je vous plains!

— Ancien militaire, il reprit une à une toutes ses habitudes soldatesques, sacrant, brusquant, et laissant traîner jusque dans mon appartement d'affreuses collections de pipes illustrées... Je dis *illustrées*, monsieur, vous comprenez pourquoi.

— J'ai parfaitement compris, madame.

— Enfin, monsieur, je le vis rentrer un jour dans cet état que Luther assigne quelque part à l'humanité tout entière...

— Je ne connais pas ce passage.

— « L'humanité, dit Luther, est comme un paysan ivre à cheval ; quand on le relève d'un côté, il retombe de l'autre. »

— Ah ! l'horreur !

— Malheureusement, monsieur, ce jour eut des lendemains, à ce point qu'il lui arrivait alors de forcer l'entrée de mon atelier, de prendre le premier pinceau venu, et de barbouiller odieusement mes tableaux.

— Le Vandale !

— D'élégante qu'elle était, ma maison devint un corps de garde où ses dignes amis venaient se conduire comme dans une ville prise d'assaut. Notre groom fut remplacé par ce qu'ils appelaient *un vieux de la vieille ;* ma femme de chambre fut congédiée ; je fus astreinte aux soins du ménage, et peu s'en fallut que je ne dusse lui tirer les bottes, comme autrefois la grande Mademoiselle au duc de Lauzun.

— Mais en ce cas-là, madame, on tue son mari ; la loi doit le permettre.

— Je l'espérais comme vous, monsieur ; mais c'est en vain que j'ai cherché cette permission dans le code.

— Ce ne peut être qu'un oubli de la part du législateur.

— Quoi qu'il en soit, dès ce moment un nom déjà cher aux arts disparut de la lice. Je m'étais éteinte dans le mariage !

— Ah ! si vous aviez eu le bonheur de vivre sous l'empire !

— Sous quel empire, monsieur?

— Sous l'empire du divorce, madame.

— Ce bonheur-là me vieillirait beaucoup. Toutefois, au milieu de ses vices, mon mari avait une qualité : il était joueur.—Pour le coup Daniel bondit sur son siége, et s'il n'éclata pas de rire au nez de l'inconnue, c'est que celle-ci parlait avec un sang-froid et un air de persuasion qui lui imposèrent. — Oui, monsieur, il était joueur ; et lorsque je le voyais rentrer parfois, le matin, les yeux hagards, les cheveux en désordre et les ongles dans la poitrine, je le trouvais presque beau. Si du moins j'avais pu le faire poser alors !

— Ç'eût été un dédommagement.

— Malheureusement il ne jouait pas autant que je l'aurais voulu, et il retombait bientôt dans sa vulgarité. Voilà un homme bien horrible, n'est-ce pas, monsieur?

— Assurément, madame.

— Eh bien ! ce n'est rien encore. J'avais auprès de moi une sœur cadette que j'initiais aux secrets de mon art, et dont la douce présence mêlait un peu de miel à l'amertume de ma vie. Un soir que je revenais du Louvre, où je faisais une étude d'après Véronèse, j'appris que mon mari lui avait fait prendre un breuvage soporifique, l'avait jetée dans une chaise de poste, et qu'ils étaient partis Dieu sait pour où !

— Ce monsieur de Château-Maison descendait à n'en pas douter, de la famille des Atrides.

— Je fus une année entière sans en entendre parler : heureuse, d'une part, d'être rendue à moi-même ; désolée, de l'autre, de ne devoir mon repos qu'au malheur de ma pauvre Euphémie. Au bout de ce temps, monsieur, ma sœur revint seule, abandonnée, misérable.

— Ah ! madame, s'écria Daniel, dites-moi où est cet homme, ce monstre, veux-je dire, et puisque Hercule paraît s'en tenir à ses douze travaux, je me charge d'en purger la terre !

— Vous êtes mille fois bon. Il l'avait plantée là, à son tour, pour suivre une Polonaise qui levait un régiment de pandours dans le dessein d'aller reconquérir Varsovie. Mais le plus fabuleux, c'est que las d'abandonner des Arianes dans toutes les parties du monde, il revint un beau jour reprendre ses habitudes, sa robe de chambre et ses pantoufles, aussi impassiblement, aussi à l'aise, que s'il se fût absenté la veille dans l'intérêt de la communauté.

— La prétention, madame, peut passer pour exorbitante.

— Ce fut aussi mon avis, ainsi que vous l'allez voir.

III

— Vous comprenez, monsieur, continua l'inconnue, vous comprenez que la vie conjugale était désormais impossible entre moi et ce Joconde suranné.

—Assurément, répondit Daniel, qui prenait un intérêt de plus en plus vif aux incroyables aventures de cette jeune et jolie femme.

— En pareil cas, beaucoup d'infortunées comme moi se contentent de gémir en silence ; quelques-unes ont recours aux attaques de nerfs ; d'autres se vengent par l'infidélité, arme mesquine et à deux tranchans. D'ailleurs, je ne conçois ce talion que quand le cœur a parlé. — Ces derniers mots furent accompagnés d'un éclair qui se voila aussitôt sous les cils de velours de l'inconnue. — Moi, monsieur, poursuivit-elle, je profitai d'un de ces momens où il se tenait droit sur le cheval de Luther, et, de même que je lui avais dit, quelques années auparavant : « Je suis à vous, » de même je lui signifiai que j'allais le quitter.

— Enfin !

— Huit jours après, j'habitais seule un amour de petit appartement, je m'entourais de fleurs comme jadis, et je reprenais mes pinceaux ; en un mot, j'étais redevenue...

— Jeune fille, acheva Daniel.

L'éventail lui retomba sur les doigts.

— Ah ! monsieur, lorsque l'on a été ainsi battue par la tempête, on est une vieille femme à vingt-quatre ans.

— Quelle hérésie !

— Les événemens dont je vous parle, monsieur, se passaient il y a quelques mois seulement, et je croyais avoir conquis l'indépendance et le repos ; il n'en fut pas ainsi. Soit que cet homme fît le mal par instinct, soit que mes dédains l'eussent exaspéré, comme cela arrive souvent, il devint mon ombre, mon satellite, mon cauchemar. Que j'allasse au bois ou au théâtre, il était là, toujours là ; si bien que je dus prendre le parti de ne plus sortir.

— C'est un défenseur qu'il fallait prendre, madame!

— Regrettez-vous donc que je ne l'aie pas fait? — A cette demande, Laure baissa timidement ses beaux yeux. Le surnuméraire devint pourpre. — Un matin que je prenais le frais sur mon balcon, reprit l'inconnue, je le vis stationnant en face de chez moi avec des crochets et sous les habits d'un commissionnaire. Non contente de ne plus sortir, je condamnai mes persiennes. Alors il gagna mon porteur d'eau, et vint à sa place.

— L'enragé!

— Chaque jour il se présentait sous le prétexte de s'acquitter des commissions les plus saugrenues, tour à tour vitrier, frotteur, tapissier, etc. Je n'avais pas plus tôt déjoué une de ses ruses, qu'il en inventait une nouvelle. Le pire, monsieur, c'est que, quel que fût son déguisement, mon fils le reconnaissait et l'appelait *papa*. Or, il était arrivé à quelques personnes de l'entendre dire *papa* tantôt à un frotteur, tantôt à un commissionnaire, tantôt à un porteur d'eau, etc.; le commérage aidant, je vous laisse à juger de la réputation que j'eus bientôt acquise dans le quartier!

— Ceci dépasse toutes les bornes!

— Il ne me restait qu'un parti à prendre : c'était de quitter Paris. Ma mère et ma sœur se sont retirées à Rouen, et je vais les rejoindre. Toutes les victimes de cet homme seront ainsi réunies dans les mêmes regrets et dans les mêmes larmes.

— Il n'y manquera que la Polonaise, pensa Daniel.

IV

En ce moment, un homme déboucha sur le pont par l'écoutille de la cabine numéro deux.

C'était une espèce de géant, hermétiquement boutonné dans une longue redingote damasquinée de taches, et coiffé d'un de ces chapeaux gris inventés par Frédérick-Lemaître lors de sa création de Robert-Macaire.

Laure rabattit son voile avec précipitation, le doubla, le tripla, et, pinçant énergiquement le bras du surnuméraire :

— Monsieur, lui dit-elle, le voilà!

— Qui cela, madame?

— Lui!

— Lui?

— Monsieur de Château-Maison!... Je vous en supplie, rappelez mon fils!

— Edmond! Edm...

— Comment, monsieur, vous l'appelez par son nom? Et son père qui est à quelques pas, quelle imprudence!

— C'est juste; je l'appelle par son nom au lieu de l'appeler... Mais, au fait! comment l'appellerai-je?

Daniel prit le parti d'aller chercher Edmond, lui enfonça sa petite casquette jusqu'au menton, et le ramena à sa mère qui respirait un flacon de sels.

— Est-ce le hasard, ou me poursuit-il encore?

— Voilà ce que j'ignore absolument, madame.

— Remarquez, monsieur, que si j'étais une femme comme toutes les autres, je me serais évanouie; j'en avais le droit.

— C'est vrai, madame, et j'admire votre courage autant que je plains votre infortune.

V

Cependant le bateau à vapeur venait d'arriver à Rouen; on l'amarrait au quai, et déjà des nuées de garçons d'hôtel, s'abattant sur le pont, écartelaient les voyageurs et se disputaient leurs bagages et leurs pans d'habit.

— Monsieur, dit Laure d'une voix émue, vous m'avez écoutée avec une sollicitude et une condescendance dont je vous remercie. J'ai retrouvé en vous l'artiste complet, grand par le cœur comme par le talent. Au milieu des tristesses qui me sont réservées, votre rencontre restera un de mes meilleurs souvenirs.

Elle prit Edmond par la main et fit un salut dans toutes les règles du menuet.

— Quoi! madame, vous ne me permettez pas de vous offrir mon bras? de vous protéger? Monsieur de Château-Maison...

— Vous le voyez : il est déjà loin et se dirige précisément du côté opposé à celui que je dois prendre. D'ailleurs ma mère habite à quelques pas d'ici.

— Mais encore...

— Insister davantage, monsieur, serait gâter l'impression que je désire garder de vous.

Elle salua de nouveau, et partit.

Daniel demeura quelques instans sur le pont, regardant tour à tour l'inconnue, qui s'éloignait de ce pas gracieux et coquet des filles d'Ève, et le géant, qui se dirigeait vers le quai Corneille, porteur d'un étui à violoncelle en guise de malle ; puis, cédant à l'impulsion d'une robuste main, qui depuis l'arrivée n'avait pas lâché son paletot, il se laissa conduire à l'hôtel du Havre.

VI

Après avoir fait un bout de toilette, Daniel prit le chemin du quartier Saint-Sever, où demeurait son futur beau-père, monsieur Pierre-Thomas Moreau.

Beaucoup de Rouennais s'appellent Pierre-Thomas, en commémoration des deux Corneille; ce qui ne les empêche pas de cultiver l'aunage de préférence à la poésie, et ils ont raison. Un autre trait caractéristique des Rouennais, et dont il se pourrait bien que les Corneille fussent encore la source innocente, c'est de faire du bruit au théâtre, sous le prétexte d'aimer les arts.

N'avez-vous jamais, à votre passage dans une rue quelconque, remarqué entre toutes une maison svelte, si j'ose le dire, joyeuse, pimpante et qui sentait bon ; une maison dont les fenêtres étaient garnies de fleurs toujours fraîches et de rideaux drapés avec une patiente symétrie? et, en ce cas, vous êtes-vous parfois demandé pourquoi cette maison n'était pas maussade et négligée comme ses tristes voisines?

La réponse est qu'il y a sous ce toit privilégié une jeune fille heureuse et pure, chantant avec l'alouette, voltigeant avec le papillon, allant, venant de sa perruche à ses roses, de ses fuseaux à son solfége, des joues de sa mère à celles de son père, et laissant partout le reflet de sa jeunesse et le parfum de sa candeur.

Telle était la maison de monsieur Pierre-Thomas Moreau.

Huit heures du soir allaient sonner lorsque notre surnuméraire surprit la famille en flagrant délit de bonheur patriarcal et de simplicité biblique.

Le négociant cherchait patiemment depuis deux heures, dans son livre de caisse à coins de cuivre, un centime égaré.

Madame Moreau avait à côté d'elle une grande corbeille pleine de bas; elle les prenait un à un, s'en gantait la main gauche, et cicatrisait les solutions de continuité.

Mademoiselle Cécile faisait réciter les prières du soir à un petit garçon de huit ans, à genoux devant elle. C'était une jeune personne de dix-huit à dix-neuf ans, au visage d'ange, au regard candide, au front pur et encadré de deux bandeaux de cheveux bruns soigneusement lissés. Sa mise était aussi fraîche et aussi simple que sa personne : une robe d'organdi lilas à mille raies, un peu décoletée vu la saison, mais dont une guimpe de batiste comblait pudiquement l'éclaircie; un petit tablier de taffetas, et des mitaines de résille noire d'où sortaient des doigts de lait et des ongles roses.

Il y avait loin de là à madame de Château-Maison, armée en guerre et toutes voiles dehors.

Le cadre à ce tableau était une salle à manger toute boisée et peinte gris sur gris; une table ronde au milieu, deux fauteuils pour le père et la mère, un buffet surmonté de quelques porcelaines, un grand baromètre doré et recouvert d'une gaze verte, deux gravures, l'une représentant Bélisaire et l'autre Œdipe guidé par Antigone; enfin la cage de Jacquot, lequel grignotait un morceau de sucre fixé dans le treillage.

Daniel fut reçu comme un fils. Mademoiselle Cécile lui tendit le front; le négociant lui tendit la main sans cesser de suivre la piste du centime récalcitrant; et madame Moreau, suzeraine de quelques bonnes mille livres de rente, n'en continua pas moins de faire la ravaudeuse.

A souper, il trouva sous sa serviette une bourse guillochée à son intention, et ce fut alors un adorable spectacle de voir rougir l'aimable fille, dont la guimpe se soulevait par petites vagues, comme fait la mer ondoyante sous une brise légère.

Au dessert, monsieur Moreau s'éclipsa, nanti d'un bougeoir et d'un trousseau de clefs, puis reparut bientôt portant avec précaution, je dirais presque avec respect, une bouteille poudreuse couchée dans une corbeille.

— C'est du romanée 1825, dit-il au surnuméraire, et vous m'en direz des nouvelles.

Il le flaira, en admira les teintes paillées, le huma doucement, fit claquer son palais, et l'on causa de trousseau, de fiançailles et d'avenir. Il y eut même un instant où, sous l'impulsion du nectar, monsieur Moreau parla de baptême en clignant de l'œil, ce qui contraignit mademoiselle Cécile à se lever, sous le grave prétexte d'aller flairer un bouquet qui ornait la cheminée.

A onze heures, toute la famille reconduisit Daniel jusqu'à la porte, sur le seuil de laquelle elle resta, lui criant *bonsoir* et *à demain* jusqu'à ce qu'il eût entièrement disparu.

Comme il se retournait une dernière fois, il vit flotter un mouchoir blanc dont la muette éloquence lui pénétra le cœur des émotions les plus douces.

VII

— Monsieur, lui demanda le garçon de l'hôtel en ouvrant la porte, n'est-ce pas vous qui êtes un artiste, un grand artiste?

Daniel se rappela qu'il avait laissé son album sur la table de sa chambre.

— Décidément, mon pain de sucre et mon manche à balai couronné d'une perruque seraient-ils donc un chef-d'œuvre? pensa-t-il.

— C'est qu'il y a une dame au numéro 3 qui attend monsieur avec la plus vive impatience.

— Une dame?

— Oui, monsieur; avec un petit garçon.

Daniel se laissa conduire.

A peine la porte du numéro 3 était-elle ouverte, que madame de Château-Maison lui prit les mains, et, les serrant avec effusion :

— Ah! monsieur, lui dit-elle, que je suis charmée de vous retrouver!

— Pas plus que moi, madame, je vous prie de le croire. Par quelle heureuse circonstance...?

— Hélas! monsieur, ma mère est au Havre. La Faculté lui a ordonné des bains de mer. Il en résulte que, au moment où je croyais m'abriter sous son aile, je me retrouve seule, avec un enfant, dans une ville étrangère, et exposée peut-être à quelque nouvelle avanie de la part de mon mari, de ce monstre que le hasard seul ne peut avoir amené sur mes traces. Cette protection que vous m'avez offerte il y a quelques heures, et que j'ai refusée parce que je la croyais superflue, je viens donc la réclamer maintenant.

— Certainement, madame, je... je suis... je...

— Peut-être mes terreurs sont-elles mal fondées, et aurais-je pu vous épargner cette... comment appellerais-je cela?... cette corvée...

— Ah! madame!

— Mais, vous le dirai-je? j'ai jugé de vous par moi, et il m'a semblé que, loin de vous en plaindre, vous me sauriez gré de vous avoir fourni l'occasion d'exercer la noblesse de votre cœur.

— Je suis fier, madame, de vous avoir donné une pareille opinion.

— D'ailleurs, s'il en était autrement, vous ne seriez pas artiste... Toutefois, monsieur, je n'ai pas l'habitude de faire des martyrs, et je n'abuserai pas de votre bonté; mon intention est de partir demain matin pour aller rejoindre ma mère. Voulez-vous me conduire jusque dans ses bras? seulement au Havre, pas davantage.

Et, sans attendre la réponse, Laure donna un coup de sonnette.

— Mon Dieu! madame, j'étais venu... je suis à Rouen pour... et assurément...

— Je n'en attendais pas moins de vous. Garçon, à quelle heure part demain le bateau pour le Havre?

— A cinq heures du matin, madame.

— Vous me réveillerez à quatre heures, et vous irez ensuite réveiller monsieur. Et maintenant, monsieur, ajouta madame de Château-Maison lorsque le garçon fut sorti, oserai-je vous demander votre nom, pour que je puisse le bénir et l'enchâsser daans ma mémoire?

— Daniel Gerfaux.

— Ah! je comprends... C'est là le nom d'emprunt, la modeste bure sous laquelle se cache la pourpre éclatante.

— Je vous affirme...

— Du mystère?... même avec moi!

— Mais, madame...

— Eh bien, soit! Je ne veux pas brusquer votre confiance, je veux la conquérir. A demain donc, monsieur.

Elle se déganta, lui tendit une petite main potelée sur laquelle souriaient de gracieuses fossettes, et l'on se sépara.

VIII

Le lendemain, à cinq heures, Daniel et l'inconnue s'embarquaient sur le bateau à vapeur la *Normandie*. La première personne qu'ils aperçurent fut le géant de la veille, fumant une de ces pipes que madame de Château-Maison appelait *illustrées*, et regardant tranquillement couler la Seine, les mains dans ses poches.

Laure s'était voilée plus hermétiquement que jamais, et monsieur Edmond expiait, enseveli sous un foulard, la fluxion imaginaire dont la prudence de sa mère l'avait soudain gratifié.

La traversée se passa, comme celle de la veille, en propos excentriques de la part de l'inconnue, en perplexités de plus d'une sorte de la part du surnuméraire, en suppositions plus ou moins sinistres sur les vues de monsieur de Château-Maison, dont le calme apparent et l'insouciance jouée recélaient, disait Laure, d'horribles volcans!

Or, pour comble de guignon, au Havre, il se trouva que sa mère était partie la veille pour Southampton, dont les bains avaient, disait-on, une vertu curative mieux appropriée à ses souffrances.

L'inconnue se désola, se tordit quelque peu les bras, — sans se faire mal toutefois, — joignit les mains, regarda tour à tour le ciel et le surnuméraire, exprima si bien la terreur, la faiblesse, l'abandon, que Daniel partit du Havre pour Southampton, comme il était parti de Rouen pour le Havre.

D'ailleurs, le premier pas était fait, et l'on prétend que, lorsqu'il s'agit d'aboutir à une folie, il n'y a que le premier qui coûte.

Vous devinez sans peine que le géant était du voyage.

Daniel continuait, à part lui, de faire les réflexions les plus sages, mais les plus inutiles, comme toutes les réflexions sages, sur la fragilité de l'espèce humaine en général, et sur celle des surnuméraires en particulier, sur les caprices du hasard, sur la tyrannie des événemens, sur son congé qui allait finir, sur son mariage qui n'était pas commencé, sur la vigoureuse encolure de ce monsieur de Château-Maison, qui ressemblait plutôt à un alcide de bas étage qu'à un homme bien né.

— En vérité, madame, je me faisais une toute autre idée de votre persécuteur.

— Ne devinez-vous pas que c'est encore là un de ces déguisemens trivials qui lui sont familiers?

— Mais, à part cela...

— A part cela, monsieur, je vous assure que c'est un fort bel homme. J'ai étudié l'antique, et, sous ce rapport, vous pouvez vous en rapporter à moi. Il ressemble, à s'y méprendre, à la statue de Pompée que vous avez sans doute vue à Rome, au palais Spada.

— Non, madame.

— Vous avez eu tort. Je vous avouerai même que c'est en partie cette ressemblance qui m'a fait accepter sa main et céder à ses poursuites.

— Elle appelle cela *des poursuites!* se dit Daniel en se rappelant la façon cavalière dont s'était conclu le mariage.

— Je me suis figurée épouser le rival de César. Ainsi que j'ai déjà eu l'avantage de vous le dire, lorsqu'il revient de jouer, c'est-à-dire de perdre, il est magnifique!

— Mais, madame, je songe à une chose : ne pourriez-vous le faire enfermer?

— Il faudra que je m'en occupe. Ah! si nous vivions encore sous le charmant régime de Cotillon Ier, de Cotillon II ou de Cotillon III! Une œillade à monsieur de Sartines, un sourire à monsieur de la Vrillière, une lettre de cachet, un cabanon à la Bastille, et le tour serait fait.

IX

Plus on approchait de Southampton, et plus l'inconnue tournait ainsi à l'extravagance. Elle racontait des choses inouïes de la jalousie de monsieur de Château-Maison, de ses duels à cinq pas, des victimes qu'il avait immolées sur les plus frêles indices; mais, par une étrange contradiction, ses terreurs paraissaient s'évanouir en raison inverse de l'imminence des dangers qu'elle signalait.

Parfois, il lui prenait, à l'état de spasmes nerveux, des envies de rire qu'elle convertissait, à grand'peine, en morsures acharnées dont son mouchoir était la victime; à tel point que, complétement déconcerté, Daniel prit le parti d'en finir.

Il n'est tels que les caractères timides pour s'arrêter subitement aux résolutions les plus martiales.

— Monsieur, dit-il en allant droit au géant et se posant en face de lui les bras croisés, quand cette persécution aura-t-elle un terme?

— Quelle persécution?

— Celle dont votre malheureuse femme est depuis si longtemps la victime!

— Quelle femme, monsieur?

— C'est juste; vous vous perdez dans le nombre : est-ce Laure? Euphémie? la Polonaise?

— Je ne vous comprends pas.

— Fi! monsieur, vous devriez rougir!

— Capitaine, cria le géant, un aliéné! Des douches à ce monsieur!... c'est la chaleur.

Madame de Château-Maison était accourue; elle prit Daniel par les deux mains, et l'entraînant avec elle :

— Monsieur Gerfaux, je vous en prie! — Sa voix était devenue sérieuse, son maintien digne, son regard véritablement affectueux, et, sans lâcher les mains du patient, — Promettez-moi d'abord, reprit elle, que vous ne vous fâcherez pas, que vous ne m'en estimerez pas moins, et que vous resterez mon ami?

— Quel grave préambule!

— Voulez-vous me le promettre?

— Certainement.

— Eh bien, monsieur, je... je me suis... moquée de vous.

— Ah!...

— On me nomme au théâtre Marie D..... J'allais en Angleterre; j'étais seule, je m'ennuyais. Une idée folle m'a traversé le cerveau. J'ai voulu voir si je réussirais aussi bien dans la comédie que dans le drame; j'avais lu sur le violoncelle du prétendu monsieur de Château-Maison qu'il s'embarquerait pour Southampton comme moi. A Rouen, je vous ai fait suivre pour savoir à quel hôtel vous descendriez... et... vous devinez le reste.

Que dire? que faire? Il n'y avait là ni frère, ni mari auquel on pût s'en prendre. De plus, Daniel avait passé trois jours dans l'intimité d'une femme aimable et spirituelle, d'une glorieuse artiste, et mille autres eussent envié sa place à pareil prix.

Daniel prit le parti de rire, ce qui est le seul parti raisonnable, quand il n'y en a pas d'autre. Les pontifes de Rome n'y manquaient jamais quand ils avaient rendu quelque oracle. Je parle de la Rome antique.

— Il résulte de mon équipée la preuve, continua madame D..., que je suis irréfléchie, indiscrète, coupable peut-être, mais que, dans tous les cas, vous êtes un galant homme dont l'appui ne ferait pas faute à une véritable infortune. Acceptez cette bague en souvenir de moi, et, lorsque je serai de retour à Paris, venez quelquefois, quand vous n'aurez rien de mieux à faire, passer une heure dans mon petit salon du boulevard Saint-Martin. Vous y retrouverez, non plus Laure de Château-Maison, mais une femme toute simple et une amie véritable.

Daniel reprit donc le chemin du Havre, puis celui de Rouen, où monsieur Pierre-Thomas Moreau, informé de son départ pour l'Angleterre avec ce qu'il appelait une baladine, lui ferma sa porte au nez.

Daniel revint donc à Paris plus célibataire que jamais.

Mais, là, on avait profité de l'expiration de son congé pour donner sa place au fils de l'oncle du neveu du cousin d'un des électeurs de je ne sais quel membre de la chambre des députés dont la voix était indispensable au ministère d'alors.

Sa femme et sa place!

C'est ainsi que pour avoir commis sur son album un pain de sucre et un manche à balai surmonté d'une perruque, sous prétexte de croquer d'après nature un pigeonnier et un arbre, Daniel se vit mystifier (*historique*) par une des plus grandes actrices de notre temps; lâcha la proie, lui aussi, pour courir après l'ombre, et passa près du bonheur sans s'y arrêter. Déceptions fort peu rares, assurément! La vie humaine est-elle donc autre chose?

FIN DE A COTÉ DU BONHEUR.

Paris. - Imprimerie J. Voisvenel, rue du Croissant, 16.

www.ingramcontent.com/pod-product-compliance
Ingram Content Group UK Ltd.
Pitfield, Milton Keynes, MK11 3LW, UK
UKHW022136190726
13855UKWH00003B/1181